थोड़ी-सी ज़मीन थोड़ा आसमान

जयश्री रॉय

वाणी प्रकाशन

वाणी प्रकाशन
4695, 21-ए, दरियागंज, नयी दिल्ली 110 002
फ़ोन : +91 11 23273167 फ़ैक्स : +91 11 23275710
शाखाएँ
अशोक राजपथ, पटना 800 004, बिहार
कॉफ़ी हाउस कैम्पस, महात्मा गाँधी मार्ग, इलाहाबाद 211 001, उत्तर प्रदेश
महात्मा गाँधी अन्तरराष्ट्रीय हिन्दी विश्वविद्यालय, वर्धा 442 001, महाराष्ट्र
सुल्तानिया रोड, मोतिया पार्क, भोपाल 462 001, मध्य प्रदेश
www.vaniprakashan.com
marketing@vaniprakashan.in
sales@vaniprakashan.in

Thodi-Si Zameen, Thoda Aasman
by Jaishree Roy

ISBN : 978-93-5518-184-8
Novel

प्रथम संस्करण 2022

मूल्य : ₹ 350

आर. टेक ऑफ़सेट प्रिंटर्स, दिल्ली-110032 में मुद्रित

वाणी प्रकाशन का लोगो मक़बूल फ़िदा हुसेन की कूची से

समर्पित विश्व के उन सभी प्रताड़ित मनुष्यों को
जो किसी न किसी रूप में
जातीय, धार्मिक, भाषिक, प्रान्तीय
और नस्लीय पूर्वाग्रह के आधार पर
भेदभाव तथा हिंसा के
शिकार हुए/हो रहे हैं।

बेवतन लोगों की दुनिया!

इन भयानक रातों में महसूस होता है, मेरी रूह जैसे सन्नाटों का कोई ज़िन्दा क़ब्र है। बोलती नहीं मगर चीख़ती रहती है बेआवाज़...। काँपते शब्दों के साथ बोलते हुए सिगरेट सुज़ाना के होंठों से छूटकर नीचे गिर बुझ गयी थी। सीली हुई थी, मुश्किल से जली थी! अब तो माचिस की आख़िरी तीली तक नहीं बची...। एक गहरी खीज लेकर वह सुज़ाना को देखता रहा था। क्या अपने दुख को लेकर इतना रोमानी होना ज़रूरी है! शोक का इश्तहार बनी फिरती है! कितने हादसे हैं जो बिजली की तरह गिरते हैं जीवन के ऊपर, बेइन्तिहा दर्द कलेजा पानी कर देता है...। सोचते हुए उसे अपने सीने पर हाथ रखने की ज़रूरत महसूस होती है, यहाँ कुछ बहुत क़ीमती था जो लगातार मर रहा, तभी तो रह–रहकर पानी से निकली मछली की तरह गलफड़े खोलकर साँस के लिए हाँफ उठता है वह।

कुछ दूर बेघर, मुफ़लिस लोग कचरे की पेटी में आग जला उसके आसपास गोल होकर बैठे हैं। सिमटे–सिकुड़े, अपने आप में पोटली–से बँधे हुए। आज खुले आकाश और ज़मीन से ठण्ड फुहार की तरह बरस रही है। क्रिसमस के दिन, हवा में बर्फ़ घुला है, इमारतों की खिड़कियों पर महीन जाली–सा लगा दूर से स्ट्रीट लाइट में चमक रहा। वह ठिठककर देखता है उन लोगों को, आग की लपटों में झुलसे–से उनके चेहरे दूर से डरावने लग रहे। जैसे प्रेतात्माएँ...। कितनी अजीब बात है कि यहाँ भूत बस ज़िन्दा इन्सान

ही होते हैं—अपनी भूख, आतंक, अतृप्त इच्छाओं के ज़िन्दा भूत! मरने वाले तो बहुधा जी जाते हैं!

वह उनके अलाव से बुझी सिगरेट सुलगा लाता है। अँधेरे के बीच आँच पर चढ़े ताँबे के तपते बर्तन जैसे वे तुड़े—मुड़े चेहरे उसे बेमतलब के आक्रोश और हिकारत से घूरते हैं। इन लावारिसों को भी अपनी निजता, स्पेस में घुसपैठ का डर आक्रामक बनाने लगा! जो कहीं है नहीं उसकी भी रखवाली! कमाल है! उस दिन एक भिखारी उसे देख अपनी कटोरी छिपा रहा था! उसके चन्द सिक्के भी ख़तरे में आ गये थे उससे...। कहीं आईना मिले तो एक बार अपना चेहरा देखे, क्या वह वही दिखता है!...। अपनी माँ का राजा बेटा! गहरी कश के साथ ढेर—सा कड़वा धुआँ फेफड़ों में खींचते हुए उसके भीतर हँसी जैसा कुछ फैलता है—कांट ब्लेम, यह डर सबको अपनी लपेट में लिए बैठा है। प्राणी मात्र के डी.एन.ए. में है, हाड़—मज्जे में गहरे तक धँसा हुआ! क्या बहसी जानवर, क्या इन्सान...। ज़मीन, पानी, आकाश घेरकर बैठे हुए लोग, भाग—भागकर अपनी देह गन्ध से सीमा तय करते पशु—यह मेरा इलाक़ा, मेरी ज़मीन...। इसका अतिक्रमण कोई ना करे! वर्ना...।

तनी हुई बन्दूक़ों और जलती—धुआँती आँखों की दूसरी तरफ़ ज़माने से उन जैसे लोग हैंड्स अप की मुद्रा में खड़े हैं। दुनिया भर में उनकी ख़ाली जेबों से लेकर आत्मा तक को नंगी कर तलाशी ली जा रही है। शर्मनाक है यह सब?....। वेल! सब जानते हैं मगर कोई नहीं जानता! यह कंविनियन्स की राजनीति है—भूखे, नंगे, रिफ़्यूजी लोग बड़े ख़तरनाक होते हैं! उनकी नज़र आपकी रोटी—पानी, ज़मीन पर होती है। इन फैले हाथों की बेचारगी पर मत जाइये, ध्यान से देखिये, गिद्ध के चंगुल हैं यह! मौक़ा मिला नहीं कि झपट्टा मारेंगे...।

वह खड़े—खड़े सिगरेट के कई गहरे कश लेता है। अक्सर देह, हाथ—पैर शिथिल हो जाते हैं मगर यह सोचने की क्रिया ठहरती नहीं। दिमाग को जलती भट्ठी बना रखा है हरदम....।

भुनते मांस—से लाल भभूका चेहरों की पंक्ति पर उसकी आँख बारी—बारी से फिसलती है। निरीक्षण उसका स्वभाव हो गया है।

देखता रहता है सबको। निषेध की तख़्ती–सा यहाँ का हर चेहरा! चौकन्ना, आक्रामक, भयार्त! यह चेहरे उसे बोटी पर गुर्राते जानवरों की याद दिलाते हैं। ऊँची–ऊँची दीवारें, कँटीले तार, वाच टावर्स, फ्लड लाइट्स...। यह उन्हीं जैसों को परे रखने के तमाम सरंजाम हैं ना! यह दुनिया बस कुदरत ने कभी एक बनायी होगी, वर्ना हर मानचित्र में इसके सैकड़ों टुकड़े किये गये। कुछ को अपने हिस्से का आकाश मिला, ज़मीन भी; कुछ आज भी चन्द टुकड़ों पर लड़ रहे...। इसी छीना–झपटी में दुनिया बोटी–बोटी हो गयी!

वह सामने पहुँचकर देखता है, सुज़ाना अपने ओवरकोट के हुड को तकिया बनाकर बस स्टॉप की बेंच पर ही सो गयी है। उसके सूखे, बेतरतीब बालों के बीच नींद में खुले हुए मुँह की ओर देखते हुए उसका जी चाहता है, इस निःसंग, ग़रीब लड़की को अपनी बाँहों में लेकर ख़ूब प्यार करे, कहे, डरो मत, मैं हूँ ना...। वह अपनी इस सोच को परे धकेलते हुए बेंच पर बैठकर उसके सरके हुए ओवरकोट ठीक करता है। जाने क्यों इस लड़की के प्रति वह प्रोटेक्टिव महसूस करता है। इसकी बेचारगी उसे अनायास अपने यन्त्रणा भरे अतीत की ओर ले जाती है। ऐसे ही एक भयार्त चेहरे ने एक अभिशप्त रात अपने दोनों हाथ फैलाकर उसे पुकारा था कभी–दादा...! उस दिन वह अपने लपटों में घिरे घर के पीछे जलावन की लकड़ियों की ढेर में छिपकर बैठा रह गया था। सख़्ती से मुट्ठी बाँधें। भींचे हुए जबड़ों के बीच जीभ से ख़ून छलछला आया था। आतंक ने उसे शून्य कर दिया था पूरी तरह, धड़कता दिल सीने में फटा पड़ रहा था...।

कितने साल बीत गये मगर आज भी वह आवाज़ उसका कलेजा हिम कर देती है। हाथ–पैर पक्षाघात के बीमार की तरह बेजान हो उठते हैं। माँ का धिक्कार याद आता है–तेरी बहन को वह उठा ले गये! तू कैसे ज़िन्दा रह गया! 'मैं कहाँ ज़िन्दा हूँ माँ, बस साँस ही तो लेता हूँ...।' चाहकर भी वह माँ से कभी कह नहीं पाया। अच्छा है उसके जीने का भरम बना रहे। इसी आसरे उसके पीछे देश में वह अपने निःसंग दिन निकाल रही है।

मगर यह सुज़ाना!...। एक टूटी, टपकती छत कब किसी का आसरा बनी है! वह ख़ुद खुले आकाश के नीचे का बाशिन्दा है। पैर के नीचे की क़दम भर ज़मीन भी अपनी नहीं! हालाँकि विडम्बना यह कि पैदा हुआ था एक विशाल देश का वारिस बनकर–हज़ारों साल की सांस्कृतिक विरासत, धर्म, दर्शन और ज्ञान! साथ ही जन्नत की बेशुमार ख़ूबसूरती...। भीतर वही बीमार करने वाला मचोड़ फिर से उठ रहा–देश...! क्या है इस शब्द में? उच्चारते ही सीने में कुछ समन्दर–सा उमड़ आता है! चोटिल आत्मा पर नमक पड़ जाता है जैसे!

वह दोनों बाँहों से अपने सीने को बाँधने की कोशिश करता है। इस जकड़न से निजात नहीं! कब छूटेगा अपने आप से उसका देश...! लोग तो दीवार खड़ी करते हुए कहते हैं यह बस मिट्टी–पत्थर है...। फिर यह धड़कता क्यों है सीने में दिल की तरह! माँ को याद करता है तो यह याद आ जाता है। आख़िर क्यों हर आख़िरी–सा लगता क्षण देह की मिट्टी वतन की मिट्टी को पुकारने लगती है कि मुझे तुममें होना है, मुझे अपने गर्भ की सुरक्षित पनाह में लो...। किसी को बता नहीं पाता कि आज भी हर असुरक्षा के पल रोते हुए बच्चे की तरह उसने अपनी माँ की गोद में लौट जाना चाहा है।

कल इंडिया डे था। सड़कों पर रंग–बिरंगे पारम्परिक पोशाकों में सांस्कृतिक कार्यक्रम की झाँकी प्रस्तुत करते भारतीय बच्चे और लहराते तिरंगे...। रास्ते के किनारे जबड़ा भींचे खड़े वह सबके साथ वन्दे मातरम् का नारा लगा नहीं पाया था। आवाज़ ही नहीं निकली थी! कोई नहीं यहाँ बैठा उसे मनाने के लिए...। वह जानता है मगर जाने किसके लिए यह मान गुमड़ रहा था मन में–किस तरह भुला दिया सबने! मगर लौटते हुए रास्ते पर गिरे कुछ नन्हे तिरंगे चुन लाया था। देश क्या सिर्फ़ ज़मीन पर होता है! भीतर अदेह बना रहता है, बहुत पीछे छूटकर भी लगातार साथ चलता है, ठीक पीछा करते हुए अबाध्य चाँद की तरह!

...चाँद! सिगरेट का कश लेते हुए वह चाँद को देखता है–बर्फ़ीले, नीले आकाश में उजला, झक सफ़ेद! एकदम सीधा खड़ा...।

जैसे स्वर्ग का चौकीदार! चाँद में नरमाई सुहाता है, वह प्रेमियों का हमराज़ है! यहाँ आकर जाना है, अमीर, सक्षम धरती में कुदरत का तेवर भी बदल जाता है! देश में यही चाँद कितना क़रीब लगता था! मलाई के कटोरे–सा, नर्म, मुलायम! जैसे अपना कोई...। चन्दा मामा! सूत कातती बुढ़िया, पतिया बाँटता डाकिया...। वह चाँद के दाग़ में शक्लें ढूँढ़ता है–क्या अब वहाँ भी कोई नहीं रहता! उन्हीं की तरह विस्थापित हो गये...। विस्थापित होकर वह तो दुनिया के एक सिरे से दूसरे सिरे तक ठोकरों की मेहरबानियों पर आ गये, यह चाँद–सितारे कहाँ जायेंगे, किस आसमान में! क्या दुनिया अपनी धुरी छोड़ देगी, और वह अटल ध्रुव तारा...?

सामने से पुलिस की एक पेट्रोल जीप धीरे–धीरे सरकती हुई आती है, अलाव को घेरकर बैठे लोगों के सामने एक पल रुककर उनकी तरफ़ बढ़ आती है। उन जैसे लोगों का डर कभी उन्हें निश्चिन्त होने नहीं देता। हर पल ऑन गार्ड रखता है। वह किसी भयभीत पशु की तरह चौकन्ना होते हुए इन्तज़ार करता है। हाथ जेब में पड़े कागज़ों पर जमा है। सरहदों की इस दुनिया में उनका वजूद बस इन्हीं से है–काग़ज़, तस्वीर, नम्बर, पासवर्ड! इनके बिना वह कहीं साबित नहीं कर सकता कि वह सचमुच है–ज़िन्दा! कोई झूठ, फ़रेब नहीं!

आँख के कोने से वह लगातार देखता है बढ़ती हुई जीप को। वह इनकी हर बात से वाक़िफ़ है–कब चलती है, कब रुकती है, कहाँ, किनके पास...। उनके सवाल और अपने जवाब भी ज़ुबान पर रटे हुए हैं। ख़ुद को हर जगह, बार–बार साबित, सत्यापित करवाते हुए उसे भी संशय होने लगता है कई बार अपने होने पर। वह–वे, सब हैं ना! थे, कभी होते थे ना! ज़मीन का जाना सिर्फ़ आश्रय का जाना नहीं होता, यह आपसे आपका परिचय, आपके होने का अधिकार और दुनिया में उपस्थिति का औचित्य छीन लेता है। आप होते हैं मगर कहीं के नहीं होते! दूसरों के लिए और ख़ुद के लिए भी।

अपनी ज़मीन, आईन, तिरंगा अपने होने की गारंटी और आश्वासन है, एक भावनात्मक सुरक्षा...। बेघर, बेवतन होकर ज़माने

से टूटे नक्षत्र की तरह भटकते हुए यह बात उसने भली–भाँति समझी है। जिनका होना यहाँ वैध नहीं उनके होने से खिलवाड़ का अधिकार सबको हो जाता है! इस निर्मम दुनिया को बस कोई कमज़ोर मिल जाय!

कुछ लोग यहाँ बाई डिफाल्ट दाग़ी होते हैं। कोई अदृश्य चाकू से उनके माथे पर 'सन्दिग्ध' शब्द गोदकर चला जाता है, हमेशा के लिए! विडम्बना यह कि उनके माथे पर यह उनके लुटेरों ने लिख दिया है, वे लुटेरे जिन्होंने उनसे उनका सब कुछ–हिमालय, डल, चिनार, स्वर्ग लूट लिया...।

क़रीब आकर जीप से सर निकालकर एक युवा अफ़सर मुस्कराते हुए उसे रात का अभिवादन करता है 'गुडे नाख्ट' और सर्र से निकल जाता है। कितना उजला और ख़ूबसूरत है यह चेहरा! बिना दाग़–धब्बों के चाँद–सा! इसमें हिकारत या शक़ नहीं। बस एक आत्मीय, विश्वास भरी मुस्कराहट। यही मुस्कराहट अब भी दुनिया बचाई हुई है। उन जैसों से कभी, कहीं रुककर कह जाती है, हमें यक़ीन है तुम लोगों के होने पर...। कि यह दुनिया तुम्हारी भी है! वह हैरानी से जाती हुई जीप की ओर देखता है।

अफ़ग़ानी भाई ठीक ही कहता है, ओय तुम भोत डरता है यारा! अमारी बात पर यक़ीन करो, हर दरख़्त में जिन्न नइ ओता!...। जिन्नात सिर्फ़ तुमारी इस बोतल में होता ऐ जो तुमारे अन्दर घुसकर ऊल–जलूल बकता रअता ऐ। अफ़ग़ानी भाई को शराब की तलब होती है मगर कभी पीता नहीं। उसके पीने से भी उसे सख़्त एतराज़ है। कहता है यहाँ शराब हराम है, इस अंगूर की बेटी की गुलाबी आँखों की तरह एक अदद गर्दन भी होती तो उस पर ढाई मरतबा छुरी फेर उसे हलाल बना लेता...। बहरहाल सीधे जन्नत जाकर ही अब नोश फरमाइयेगा।

वह क्या कहता! जिन्न हर दरख़्त में नहीं होता मगर उस आसेब का क्या जो उनकी रूह को लग गया है! कन्धे पर सदियों से लदा हुआ एक बेताल...

सुज़ाना उस अफ़सर की आवाज़ से उठ गयी है और अब सीधी बैठकर इधर–उधर देख रही है–बस आती होगी ना अब? ग्यारह बज गये...

दो यूरो बचाने के लिए वे वेंटॉर्फ से पैदल चलकर आये थे और अब पिछले एक घण्टे से यहाँ बस के लिए इन्तज़ार कर रहे थे। आकाश आज एकदम साफ़ और खुला है इसलिए ठण्ड बहुत बढ़ गयी है। हवा खाल पर ब्लेड–सी चल रही है। सुज़ाना के गरम ओवर कोट की ओर देखते हुए वह अपनी हथेलियाँ रगड़ता है, किसी तरह एक कोट का बन्दोबस्त करना पड़ेगा। वर्ना यह ठण्ड नहीं कटेगी...।

सुज़ाना इधर–उधर देखती है बेचैनी से मगर कुछ कहती नहीं। वह समझता है, उसे सिगरेट की तलब हो रही है। ग्लानि का अनुभव होता है, उसने उसकी सिगरेट पी ली...। मगर उसे एक सिगरेट ख़रीद कर देने के लिए उसके पास पैसे नहीं। बस का महीने भर का पास साथ है तो घर पहुँच जायेगा, इस बात की राहत है।

पूरा एक महीना हो गया, उसके पास नौकरी नहीं। अगले हफ्ते जिस गराज़ में रहता है उसका किराया नहीं दे पाया तो वहाँ से निकाल दिया जायेगा। जैसे और दस ठिकानों से निकाला गया। उसके तुर्की मकान–मालिक अलतान के साथ बात करने की कोई गुंजाइश नहीं। काम से ही नहीं, फ़ितरत से भी कसाई है। बात–बात पर वह उसका सामान उठाकर सड़क पर फेंक आता है। कहता है, हम यहाँ तुम्हारे साथ इश्क़ लड़ाने नहीं बैठा। उसके लिए बहुत छोकरी हैं हमारे पास। गेट मी मुला एंड देन टॉक!

वैसे कभी बकरे की भूनी हुई पूरी टाँग वाइन के साथ भकोस कर मूड में आ जाता है तो उसे बैठाकर आधी–आधी रात तक बागलामा बजाकर गीत सुनाता है। अजीब–सी बात है कि व्यवसाय से कसाई अलतान को संगीत का बहुत शौक़ है। संगीत की बात करते हुए अक्सर उसका चेहरा नर्म पड़ जाता है। अपनी ख़ून सनी गाँठदार उँगलियाँ बालों में फिराते हुए खोये–खोये अन्दाज़ में फ़िलॉसफ़र की तरह संगीत के माहात्म्य पर बात करता है। कहता है, कभी ध्यान से सुनना, ज़िबह होती बकरी के में–में में भी एक तरह

की मौसिक़ी होती है। मैं तो बहुत एहतियात और एहतराम से उनकी गर्दन रेतते हुए इस मौसिक़ी का लुत्फ़ उठाता हूँ...। ऊपर वाले से आख़िरी वक़्त मदद की पुकार में एक सोज़, एक दर्द, एक दुआ की पुरनम क़शिश तो आ ही जाती है।

जिस दिन वह उसकी पकड़ में आ जाता है, वह उसे तुर्की के पारम्परिक वाद्य यन्त्र के बारे में तफ़सील से बताता है–बागलामा, सेंग, काबाक केमाने, सन्तूर...। वह कावाल–एक तरह की बाँसुरी भी बजा लेता है। बजाते हुए दिन–रात भूल जाता है। इन सबके साथ क़िस्मत अच्छी हुई तो कभी–कभार सिक कबाब, डोनर कबाब, कोफ्ते या स्ट्रोंग टर्किश कॉफी मिल जाती है। इस तरह ना जाने कितनी बार किराया ना देने की सूरत में उसका यह जानलेवा संगीत और कबाब का सितम झेलकर वह सड़क पर उठाकर फेंके जाने से बचा है।

सामने ग्यारह बजे की बस आकर रुकी है। भीतर ठण्डी रोशनी है। झटके से दरवाज़े खुलते हैं और वह दोनों बस पर चढ़ जाते हैं। बस हल्की गूँ–गूँ की आवाज़ के साथ चौड़ी सड़क पर दौड़ पड़ती है। पीछे कोने की तरफ़ दो ख़ाली सीट चुन कर दोनों बैठते हैं, एक–दूसरे से बहुत सट कर। इस समय एक–दूसरे की देह से उठती हल्की ऊष्मा और सामीप्य ही उनका सम्बल है, हर तरह से अकेले ना होने का आश्वासन! कई जोड़ी आँखें हमेशा की तरह उन्हें ठण्डी, तटस्थ नज़रों से घूर रही हैं।

यह आँखें हर जगह उन्हें घेरे रहती हैं, मगर अब उस तरह परेशान नहीं करतीं। शुरू–शुरू में ज़रूर असहज करती थीं। भीतर एक घबराहट–सी बनी रहती थी। सामान्य बने रहने की कोशिश में और–और असामान्य हो उठते थे वह।

ऐसे में सबसे मुश्किल होता था अपने दो हाथों को सहेजे रखना। उनका क्या करना है, समझ नहीं आता था। कभी जेब में, कभी बाहर, कभी उँगलियाँ चटकाते हुए...। यह उँगलियाँ चटकाने की बीमारी उसे बहुत बुरी लगी हुई है मगर चाह कर भी छोड़ नहीं पा रहा। इन आँखों के कँटीले घेरे में कभी छोड़ भी पायेगा! पता नहीं...।

दुख से दुख की यात्रा में!

सुज़ाना हल्की, उथली साँसें ले रही है। उसकी देह से पसीने और मरी हुई सेंट की बासी–सी गन्ध आ रही है। आज बहुत विह्वल है वह। वह उसकी मनःस्थिति समझ सकता है। कल रात उसकी एक सौ साल की उन्मादिनी नानी का एक पागलखाने में देहान्त हुआ है। सुबह उसे ख़बर मिली थी। स्कूल ना जाकर सीधे उसके पास आयी थी। बदहवास–सी! हाथ पकड़ कर कहा था, चलो!

उसे उसकी बात समझ नहीं आयी थी। ठीक से नींद भी नहीं खुली थी उस समय। आँख मिचमिचाते हुए पूछा था, कहाँ? उसने सपाट आवाज़ में कहा था, पता नहीं, मगर चलो! उस समय उसकी आँखों में एक अजीब–सी सूखी चमक थी। प्रच्छन्न उन्माद–सा कुछ! देखते हुए उसे डर लगा था। आगे बिना कुछ कहे चेहरे पर कुछ पानी छपककर वह उसके साथ निकल आया था। उस समय उसकी जेब में बस तीन यूरो थे।

सुबह का लेश के पर्दे–सा झीना कुहरा हल्की, तापहीन धूप में धीरे–धीरे पिघल रहा था। सड़क के किनारे बड़े गमलों में गीले–गीले चमकते फूलों पर सुनहले पानी–सी धूप की परत चढ़ी थी। वैसे यह गुलाबों का ही मौसम है। हर गली–कूचे, रास्ते के किनारे गमले, क्यारियाँ इनसे लदी हैं। हवा ख़ुशबू से तर! आम सड़क और बग़ीचे एक–से सुन्दर, सजे हुए। लगता नहीं आँखों के सामने पसरा परिदृश्य हक़ीक़त है। पूरा देश जैसे ट्रे पर सजा कर रख दिया गया हो।

इन पर पैर रखते मैला हो जाने का अन्देशा होता है। दूसरी तरफ़ पार्क के जॉगिंग ट्रैक पर कुछ जोड़े धीमे क़दम आपस में बतियाते हुए भाग रहे हैं। शब्दों के साथ उनके मुँह से निकलता भाप सुबह की धूप में थोड़ी देर के लिए झिलमिलाकर अदृश्य हो रहा है।

वह उदासीन आँखों से सब देखता चलता है मगर भीतर कुछ दर्ज नहीं होता। एक लम्बे समय से वह ऐसा हो गया है, पोरस–छलनी–सा! कुछ उसके भीतर ठहरता नहीं, ठिठककर गुज़र जाता है। ठहरे भी तो कहाँ! जगह ही नहीं पाँव धरने की! ओने–कोने तक भरा हुआ है इस तरह–स्मृति, विस्मृतियों से...। इन इकट्ठा हो गये त्रासद असबाबों का गले तक भरा हुआ गोदाम घर है वह, बक़ौल अफ़गानी भाई, कचरा पेटी!

"तुमसे बू उठती है यारा! हौसला करो, बीतर ठूँसे यह तमाम बेकार सामान एल्बे नदी में फेंक आओ एक दिन।"

वह बता नहीं पाता, अपनी वितस्ता में वह कब का ख़ुद को सिरा आया है! अब जो है वह, वह नहीं है, एक भ्रम है...।

अनमनी–सी तेज़ क़दम चलती सुज़ाना के बगल में अपनी जेबों में मुट्ठियाँ बाँधे चलते हुए वह चुपचाप देखता रहा था अपनी चारों ओर। नींद और सपनों की एक लम्बी हिमेल रात के बाद कुनमुनाकर जागती दुनिया–नवजात बच्चे–सी गुलाबी, नर्म–मुलायम परिदृश्य...। सब कुछ कितना सुन्दर...। वह इनमें हैं फिर इनका हिस्सा क्यों नहीं हो पाता! क्या है जो उसे भीड़ में खोने, एकसार होने से रोकता है! हर जगह एक अजनबियत का अहसास, अकेले होने और रहने की अतार्किक ज़िद्द! या तो उसकी वही अपनी वाली दुनिया या कुछ भी नहीं...। वह ख़ुद को समझा नहीं पाता।

कुछ तस्वीरें अनायास भीतर कौंधती हैं, उनके गाँव गँधरवाल की सुबह की तस्वीरें! वह सुबहें किस जन्म में होती थीं! कितनी सदी पहले की बात है...! उन सुबहों के बाद तो फिर कभी सुबह नहीं हुई! बस रातें...। और रातें! निरन्तर बनी रहने वाली रातों का एक नया मौसम उन जैसों के लिए ईजाद हुआ है यहाँ...।

भीतर दृश्य बनते–बिगड़ते हैं। वह उन्हें भीतर ही भीतर उलटता–पलटता, देखता चलता है–सूखे चनार के पत्तों से माँ काँगड़ी सुलगा लाती थीं। 'चिल्ला कलाँ' के शुरू होने से पहले यह पत्ते बाबूजी और वह कितनी मेहनत से इकट्ठा कर लाते थे! अपने फिरन में सुख का एक गर्म टुकड़ा समेटे वह हमाम वाले कमरे की हल्की ऊष्मा भरी फ़र्श पर बैठकर सुबह–सुबह लबासा के टुकड़ों के साथ नून चाय सुड़कते...। ठण्ड से अवश्य होती हथेलियों के बीच भाप से भरा हल्का गुलाबी पेय का कप, जिसे वह घुमा–घुमा कर हाथ सेंकते हुए पीते थे...।

हज़ारों मील दूर इस सुदूर देश में जेब में ठूँसी हिम होती उँगलियों में उस ताप की स्मृति एकाएक जीवन्त हो उठी थी। बीच में समय का एक घना, बीहड़ जंगल है मगर वह अपने पीछे छूट गये स्वाद, गन्ध, अनुभूति की एक पूरी दुनिया से आज भी जब–तब अनायास घिर आता है। समझ नहीं आता वह कहाँ है। एक साथ देह और अदेह भी! दोनों के विपरीत अनुभव समानान्तर चलते हुए! वर्तमान और अतीत आपस में गड्डमड्ड होने लगते हैं। अतीत से निकलने या वर्तमान में लौटने की जद्दोज़हद अन्दर ही अन्दर लगी रहती है...

एक रेवन के जोड़े की कर्कश आवाज़ में चीख़ते हुए पोस्ट ऑफिस के सामने खड़े विशाल ओक की टहनी पर आ बैठने से उसकी तन्द्रा टूटी थी। दो बड़ी ट्रकें मोटे रबर पाइपों की मदद से वैक्यूम कर जंगलों के सूखे पत्ते बुहारती फिर रही हैं। ताज़ा कटे पेड़ों की डालियों पर सुबह–सुबह पट्टी बाँध दी गयी है। छोटी गाड़ियों में लगी सीढ़ियों पर चढ़ कर स्ट्रीट लाइट और संकेत पट्टियाँ पोंछते कर्मचारी निर्लिप्त आवाज़ में अभिवादन करते और अपनी ड्यूटी में लग जाते। सब कितने चाक–चौबन्द, मुस्तैद!

सुज़ाना का ध्यान इन बातों में नहीं था। जाने वह कहाँ गुम थी। उसे देख कर किसी अनहोनी की आशंका हो रही थी। कुछ घटा ज़रूर है, मगर क्या! वह जानना चाहता था मगर बिना कोई सवाल किये उसके साथ चलता रहा था। उसे अहसास था कि इस तरह चुप

रहकर वह उसके किसी काम आ रहा है जिसकी सख़्त ज़रूरत इस वक़्त सुज़ाना को है। वह इतना तो कर ही सकता है उसके लिए!

बिना कुछ कहे वह देर तक फुटपाथ पर निरुद्देश्य–से चलते रहे थे और आख़िर एक सेमिट्री में आ बैठे थे। यहाँ वह अक्सर आ बैठते थे। सुज़ाना कहती थी, जानते हो हिमालय! क़ब्रगाह दुनिया की सबसे निरापद जगह होती है। मुर्दे हम ज़िन्दा इन्सानों से बेहतर होते हैं। असली मुसीबत ज़िन्दगी है। जिनके पास पेट नहीं, भूख नहीं, लालच नहीं उनके पास कुछ ग़लत करने की वजह भी नहीं। सारा झगड़ा इस ज़िन्दगी का ही है। जीवन से छूटना दरअसल हर ग़लत, हर अज़ाब से छूट जाना है। आई रियली एनवी दिस गाएस...

छोटे–छोटे संगमरमर के फ़लकों को घेरती क्यारियाँ रंग–बिरंगे फूलों से लदी हैं। लॉन की छँटाई शायद आज ही हुई है। ताज़ा घास की गन्ध हवा में तैर रही है। यहाँ आकर उसे भी सुकून का अहसास होता है। जीवन के झमेले से परे यहाँ एक पुरसुकूँ मौन है, एक आश्वासन कि अब कुछ और बुरा नहीं घट सकता...। जो चरम था बीत चुका, फिर कभी ना होने के लिए।

सुज़ाना बेंच पर बैठकर एकदम से भरभराकर रो पड़ी थी। इस आकस्मिकता से कि वह स्तम्भित रह गया था। क्या करे या कहे, एकबारगी सूझा नहीं था। बस उसे चुपचाप देखते हुए बैठा रह गया था। टूटे बाँध–सी उसकी आँखें हो रहीं, आँसुओं की वन्या से अँधी होती हुईं। हिलक–हिलककर रोते हुए उसकी दुबली–पतली देह बेतरह काँप रही थी। कितनी कमज़ोर थी वह...। उसने उसे ध्यान से देखा था–हर जोड़ पर उभरी हड्डियाँ, पीली, ज़र्द त्वचा, भीतर धँसी हुई आँखें–बेहद उजली और तरल! देखते हुए जाने उसके भीतर क्या उमड़ा था। वह कब तक इस तरह बेबस रहेगा! यह दुनिया यूँ ही मज़लूमों पर अपनी लाठियाँ तोड़ती रहेगी और वह देखेगा, बस देखता रहेगा! कितना ग्लानिकर है यह सब–टूटे हुए पाँव और हौसलों का यह सफ़र...। ख़ुद के सामने ठहरा नहीं जाता नज़र उठाकर अब...

रोती हुई सुज़ाना ने ख़ुद ही सरककर उसके सीने में अपना चेहरा छिपा लिया था—नानी मर गयी हिमालय! कल रात वह भी मुझे छोड़ गयी...। बहुत डर लग रहा है! इतनी बड़ी दुनिया में अब कोई नहीं! ...ओह! वह कहना चाहता था, ऐसा मत सोचो, मैं हूँ ना! मगर कह नहीं पाया था। वर्षों पहले भींचे हुए जबड़े से जैसे आज भी ख़ून छलछला आया था। कौन है वह और किसका है! अपनी माँ—बहन, बाप का नहीं हो पाया, ख़ुद का नहीं हो पाया! वतन...। अपनी जिल्लत में धँसा वह चुपचाप बैठा अपने सीने पर पिघलते हुए सुज़ाना के चेहरे को महसूस करता रहा था। उसके होंठ, तर गाल, पलकों की गीली पाँत...। अपनी त्वचा पर वह चींटियों—सा कुछ रेंगता महसूस करता है। नुकीली हड्डियाँ जगह—जगह चुभ रहीं, कपड़ों के नीचे की उष्ण हो उठी देह सेंक—सी लग रही। यकायक उसका मन बेचैन हो उठा है। सब कुछ कितना लिजलिजा—सा है! लिजलिजा और त्रासद! जी करता है सुज़ाना को परे धकेलकर भाग जाय। मगर कुछ कर नहीं पाता। चुपचाप बैठा उसकी सुबकियों से काँपती देह की कम्पन तरंग को अपने जिस्म में महसूस करता रहता है। ज़माने से मुर्दा पड़ी देह को जीवित देह का यह संस्पर्श गहरे तक आतंकित कर रहा है। क्या उसमें अब भी जीवित हो उठने की कोई सम्भावना बची है! नसों में अचानक पिघले पारे—सा यह क्या बह आया है!

सुज़ाना रोते—रोते एक समय ख़ुद ही थककर चुप हो गयी थी। उसने नहीं कराया था। जानता था, रोकने पर वह और और रोयेगी। पीड़ा को स्थगित नहीं करना चाहिए भीतर, उसे कपाट खोल कर बह जाने देना चाहिए। वर्ना रुका हुआ दर्द एक दिन हमेशा के लिए ठहर जाता है। भीतर गाँठ बाँध लेता है, स्थायी घर बना लेता है...। उसके ख़ुद के भीतर जो है क्या वह अब कभी पिघल पायेगा! खौलते लावे जब जमते हैं तो उनसे बहुत सख़्त चट्टानें बनती हैं।

सुज़ाना ने कहा था, वह अपनी नानी के फ़्यूनरल में नहीं जायेगी। "जीवन भर कितना लम्बा सफ़र उन्होंने अकेले तय किया! अब तो उनका वनवास ख़त्म हुआ...। और मेरा शुरू हुआ...!

आकाश की तरह उनकी उपस्थिति थी मेरे जीवन में। बहुत दूर, अमूर्त मगर एक छाँव जैसी...। जलती धूप, बारिश, मेह के मौसम में कहीं नहीं होती थीं मगर होती थीं! अहसास में, अनुभूति में! सान्त्वना की तरह..." यह ख़याल कि इस इतनी बड़ी दुनिया में वह बिल्कुल निःसंग नहीं। कोई है जो उसके साथ है, उसका एक हिस्सा, बहुत छोटा–सा, नगण्य सही। उसने सिहरकर उसका हाथ पकड़ लिया था–अब कोई नहीं! कोई भी नहीं...।

अपनी पकड़ को सख़्त बनाने की एक नाकामयाब कोशिश करते हुए उसने फिर कहना चाहा था, ऐसा मत सोचो, मैं हूँ ना...। मगर कह नहीं पाया था। एक अक्षम जीवन का विषाद चेहरे पर लिए खड़ा रह गया था। कुछ देर के अपेक्षा भरे मौन के बाद उसकी तरफ़ एक नज़र डाल सुज़ाना झटके से मुड़कर सेमिट्री के गेट की ओर चल दी थी। क्या था उस एक क्षण को कौंध उठी उन आँखों में!...। वितृष्णा? दया? धिक्कार...? मरे क़दमों से वह उसके पीछे चल पड़ा था–कोई भी अपेक्षा उन जैसों के साथ ज़्यादती है, एक निर्मम मज़ाक...! लोगों को उनका शून्य, उनका अभाव नहीं दिखता! क्या है उनके पास जो दिया जा सकता है...।

आज फिर धूप है। मौसम बेहद खुशगबार! एल्बे नदी के किनारे मेला–सा सजा है। लोग तितली के जत्थे की तरह उमड़ रहे हैं। बहुत दूर कहीं रह–रहकर बज उठता जहाज़ का भोंपू सुनाई पड़ रहा है। हिमालय को उनकी पहली मुलाक़ात का दिन याद आया था। बिल्कुल ऐसा ही दिन था! दोनों ने एक स्टॉल से सैंडविच ख़रीद कर खाया था। विगन सैंडविच! टोफू और मशरूम का। पैसे भी उसी ने दिये थे। आज इस हालत में सुज़ाना से पैसे माँगने का मन नहीं हुआ था।

सुज़ाना ज़माने से विगन है। शुद्ध शाकाहारी! पशु से उत्पन्न किसी चीज़ का प्रयोग नहीं करती। ना खाना, ना चमड़ा, ना कुछ और। पशुओं पर प्रयोग करने वाली किसी प्रसाधन कम्पनी का सामान भी इस्तेमाल नहीं करती। मॉल में एक–एक चीज़ का लेबल पढ़

कर सामान ख़रीदती है। उसके साथ कई बार उसे चिढ़–सी होने लगती है। कोई भी चीज़ खाते या ख़रीदते हुए उसकी लम्बी पूछताछ, छानबीन...। कहती है, जिस हिंसा का शिकार ख़ुद हुई हूँ वह दूसरों पर कैसे करूँ!

मगर उसकी बातें उसे अक्सर निरुत्तर भी कर देती हैं। कहती है, हम जब तक निरीह, बेज़ुबान जानवरों की हत्या कर उनका मांस खाते हैं, ख़ुद को अहिंसक नहीं कह सकते। वह क्या कहता! कश्मीरी है, बहुत ज़्यादा माँसाहारी! बाज़वान का ज़ायका ज़ुबान से उतरता नहीं। मटन रोगनजोश, गुश्ताबा, दम पुख़्त, याखनी पुलाव...। स्मृतियों में यह लज़ीज़ खाने आज भी आ–आकर लुभाते हैं। इनके बिना उनका कोई उत्सव पूरा नहीं होता।

मगर कहीं से समझता है, सुज़ाना सही है। हत्या किसी भी सूरत में जायज़ नहीं हो सकती! आज उनकी हत्या, जलावतनी, कश्मीर से योजनाबद्ध तरीक़े से उजाड़े जाने को भी तो कुछ लोग सही ठहराने की कोशिश में लगे हैं...। इतिहास, धर्म, लोक कथाएँ खँगाली जा रही हैं उनका गुनाह साबित करने के लिए–इतने मासूम भी नहीं, कुछ तो किया होगा...। उनकी बर्बादी की ज़िम्मेदारी उन्हीं के सर! आख़िर कोई यूँ ही तो क़त्ल नहीं करता! 'कोई तो मजबूरी होगी...' विद्वान हत्यारे का मनोविज्ञान समझने में अपनी सारी ऊर्जा झोंक रहें। बहुत दुख है, ग़ुस्सा है, हताशा है, क्या करे जो बन्दूक़ ना उठाए, हत्या ना करे...। यह कैसी मानसिकता है–लोग हत्यारों के साथ हो ले रहें! समाज की एक पूरी इंटेलेजेंसिया लगी है उनकी बेज़ा, ग़ैर–इन्सानी हरकतों को जायज़ ठहराने के लिए...। मगर उन जैसे बेक़स, मज़लूमों के लिए बस हिकारत, तंज़, मशविरे! उन्हें सब्र रखना है, उन्हें इन्तज़ार करना है, उन्हें अपना क़त्ल माफ़ करना है...! बक़ौल उनके, यही कश्मीरियत है...। इस शब्द से उसे अब वितृष्णा–सी होने लगी है। कितना बेज़ा इस्तेमाल होता है इसका!

उसे वह मशहूर तस्वीर याद आती है जिसमें एक भूखे बच्चे के मरने का इन्तज़ार एक गिद्ध कर रहा है! कैमरे के फ्रेम में जड़ा

एक अविस्मरणीय क्षण! दुनिया साँस रोक कर देख रही–एक बच्चा धीरे–धीरे मर रहा है–वह मर रहा है...। गिद्ध बेसब्र इन्तज़ार कर रहा! उनकी रोज़ दर रोज़ की मौत की भी ख़ूब नुमाइश हो रही है, तमाशे चल रहे हैं, दावत हो रही गिद्धों की! व्यापार बुलन्दी पर है। एक अर्से से उसे लगता है, यह पूरी दुनिया ही एक बहुत बड़े गिद्ध में तब्दील होती जा रही है जो उन्हें घेरकर उनके ख़त्म हो जाने का सालों से इन्तज़ार कर रही। उन्हें बस चुपचाप मर जाना चाहिए! यही इस बहुत मेहनत से खड़े किये गये नैरेटिव, पॉपुलर विमर्श का सोल्युशन है, परफ़ेक्ट एंडिंग!

सुज़ाना खाते हुए बताती जा रही है, बीच–बीच में उठती हिचकी के साथ, विगन मूवमेंट सबसे अधिक इज़रायल में सफल हो रहा। अजीब बात है ना! यहूदी भी बहुत अधिक मांसाहार करते हैं। फिर उनका पशुवध का तरीक़ा 'कोशेर' भी हलाल से कम निर्मम नहीं होता। किसी की जान लेने के कितने तरीक़े, कितने नियम, कर्मकाण्ड...। सोचती हूँ तो अजीब लगता है–ऐसे नहीं, ऐसे मारो, इस तरह ज़िबह करो...। यह हलाक़ करने का सही, धर्म सम्मत तरीक़ा है! क़त्ल करने का धर्म सम्मत तरीक़ा...! इस बात में ही कितनी बड़ी विडम्बना छिपी हुई है ना?

उसकी बात बीच में टोककर उसने सफ़ाई देने के–से अंदाज़ में कहा था, "हम जानवरों को तकलीफ़ देने में यक़ीन नहीं करते, झटके से ख़त्म करते हैं!" सुनकर सुज़ाना पहली बार हँसी थी–"तुम कोई भी तरीक़ा अपनाओ, जान जाने की तो एक–सी ही तकलीफ़ होती है, एक ही डर और दहशत से उनको गुज़रना पड़ता है। अच्छा, एक बात बताओ, यदि तुम्हें कोई चुनने के लिए कहे, तुम अपने लिए मौत का कौन–सा तरीक़ा चुनोगे–'कोशेर', 'हलाल, या 'झटका'...? अपने गिल्ट से छूटने और दुनिया को बहलाने के लिए हम और तुम लाख मौत को हलाल और हराम में बाँटते रहें, मगर मरने वालों के लिए इन नामों में क्या रखा है! मौत तो बस एक ही होती है उनके लिए–गाढ़ा स्याह, दर्दनाक...। अपनी प्यारी ज़िन्दगी से छूट जाने का एक भयानक ज़रिया!

सुज़ाना का ध्यान थोड़ी देर के लिए भटक गया है। गनीमत है! चेहरे की रंगत हल्की पड़ रही है। वर्ना सुबह से मेघिल आकाश–सा गाढ़ा दिख रहा था। जब से उनका परिचय हुआ है, वह उसे अपनी पागल नानी के बारे में बताती रही थी। हर महीने वह उनसे मिलने जाती थी। चाहती थी एक बार वह भी उसके साथ चले। वह ही किसी न किसी बहाने टालता रहा था। सुज़ाना के मुँह से उनकी हृदय विदारक कहानियाँ सुन वह बेहद परेशान हो गया था। अपने जीवन में और दुख रखने की कोई जगह नहीं बची है। वह गले–गले तक ख़ुद डूबा हुआ है। आज उनकी ख़बर सुन उसे आतंक–सा हुआ था, अपने शोक में तो अब सुज़ाना विक्षिप्त ही हो जायेगी...। और फिर उसका रोना, विलाप उसे ही झेलना पड़ेगा।

इतने दिन में तो वह समझ ही गया है, उसके सिवा इस निःसंग, उदास लड़की का कोई और आत्मीय नहीं यहाँ। अपने आश्रय में आये इस लड़की की वह चाह कर भी उपेक्षा नहीं कर पाता। उसकी उम्मीदें उसे अक्सर लज्जित करती है, खिजाती भी हैं मगर कहीं से एक भरोसा भी जगाती हैं कि वह एकदम से ख़त्म नहीं हो गया है, बचा है अब भी कहीं, बहुत थोड़ा सही! यह किसी की नज़र में होना उसके ढहते आत्म बल को कन्धा देता है।

एक बेंच पर बैठकर दोनों अपना सैंडविच कुतरते हैं, फ़ॉयल में मुड़ा गर्म और टोबास्को सॉस के खट्टे–तीखे स्वाद से भरा। सामने नदी की इस्पाती धार पर दोपहर का सूरज पिघलकर बह रहा। आकाश में रंग–बिरंगे गुब्बारे के गुच्छे सफ़ेद बादलों के साथ उड़ते फिर रहे हैं। साथ हल्की हँसी और मधुमक्खी की गुंजार–सी हवा में तैरती बातों की आवाज़...। एक बेहद ठण्डा और उजला–चमकीला दिन!

कभी–कभी जब कुछ अनायास अच्छा लगने लगता है जाने क्यों ग्लानि–सी होती है! वह किसके साथ अन्याय कर रहा है! किन स्मृतियों को ठेस पहुँचती है उसकी क्षणिक खुशी से! कौन चाहता है कि वह कभी ना हँसे...! वह अपना सर झटकता है, कोई उसे अकेला छोड़ दे...।

सुज़ाना ने उससे कहा था, प्लीज़! आज मुझे खुद में लौटने मत देना हिमालय! आज मुझे अपने हर गम से फरार हो जाना है, बहुत दूर चले जाना है अपने आप से। सच, अब खुद में रहा नहीं जाता...। बीमार, बहुत बीमार हूँ...। एक उजड़ा–भुतैला गाँव, एक खँडहर बन गयी हूँ जैसे! अपनी ही ज़िन्दा क़ब्र! मुझे अपने आप से दहशत हो रही...

"अब कहाँ चले?" उसने बेंच से उठते हुए कहा था। इस सवाल में उसकी ऊब साफ़ झलक आयी थी मगर शायद समझकर भी सुज़ाना ने समझना नहीं चाहा था–"कहीं भी, जहाँ बस मैं ना होऊँ..." उसे अब भीतर से थकान होने लगी थी। एक प्रच्छन्न–सी खीज भी। आज सुज़ाना का वाचाल व्यवहार–निरन्तर बोलना, अनायास रो पड़ना, कसकर हाथ पकड़ना, देह से लगकर चलना उसे असहज कर रहा। वह ऐसी नहीं था। बहुत संजीदा लड़की है। नानी की मौत ने उसे असन्तुलित कर दिया है। वह बहक रही थी। लगातार बोले जा रही। शायद भीतर की क़ैद से छूट भागने की कोई अकुलाहट–"जानते हो, एक विगन एक्टिविस्ट ने कहा था, जिस तरह 'होलोकॉस्ट' में इन्सानों पर जुल्म किया गया था उसी तरह हम बेज़ुबान जानवरों पर अत्याचार कर रहे। यह वीडियो जब हिब्रू में अनुवाद होकर इज़राइल पहुँचा तो जंगल की आग की तरह वायरल हो गया। इसका असर इतना ज़बर्दस्त हुआ यहूदियों पर कि वह बड़ी संख्या में विगन होने लगे। आज वहाँ का सबसे बड़ा शहर तेल–अबीब दुनिया की विगन राजधानी है! सोच सकते हो!

"कुछ लोगों को होलोकॉस्ट की मांसाहार से यह तुलना नागवार गुज़री होगी मगर यहूदियों से बेहतर इसकी विभीषिका को कौन समझ सकता है भला।" उसकी बात सुनता हुआ वह चुपचाप चलता रहा था। उस समय शाम ढलने लगी थी।

उसके पास केवल एक यूरो बचा था जिसे कल के लिए बचासे रखना ज़रूरी था। कमरे में राशन के नाम पर शायद ही कुछ हो।

सुज़ाना ने भी अपने पास के सारे पैसे ख़र्च दिये थे। इसलिए वापस लौटते हुए दोनों बेंटर्फ तक पैदल चले थे और फिर बस स्टैंड पर बस के इन्तज़ार में बैठ गये थे। बस रात ग्यारह बजे आनी थी।

बस अपने समय पर आयी। एक धीमी घूँ–घूँ की आवाज़ के साथ रुकी और एक झटके से दरवाज़ा खुल गया। दोनों चढ़े और पीछे की दो ख़ाली सीट देखकर बैठ गये। ऐसा अक्सर होता है, वह हर जगह कोने की सीट तलाशते हैं, धीरे बोलते हैं। मगर छिप नहीं पाते। रात के इस समय बस में कुछ ही लोग थे। बिना देखे वह जानते थे, कई जोड़ी आँखें उन पर हमेशा की तरह लगी हुई हैं। ठण्डी कौतूहल से भरी हुईं! यह आँखें एक अदृश्य निषेध की तरह उन्हें कहीं से रोक देती हैं। वह असहज महसूस करते हैं, ठिठक जाते हैं! जाने इनकी आदत होकर भी अब तक क्यों नहीं हो पायी! अतिक्रमण की कोई अबूझ ग्लानि भीतर बनी हुई है, एक अपराध बोध...। सबकी अपनी टेरिटरी होती है, उससे बाहर की दुनिया परायी! इस परायी दुनिया में हर क़दम नाजायज़ लगता है। लगता है, किसी अदृश्य कठघरे में खड़े हैं...।

बेगाड्रफ में बस रुकी तो सुज़ाना भी उसके साथ उतर गयी–प्लीज़, आज मुझसे अकेले नहीं रहा जायेगा! वह कुछ कह नहीं पाया था। कमरे में जाकर इस वक़्त वह सिर्फ़ सोना चाहता था। बहुत थकान हो रही थी। सुज़ाना का विषाद उसके देह–मन पर तारी हो गया है। मगर अब फिर उसका साथ हो लेना...

वर्जित रात

गराज का दरवाज़ा खुलते–बन्द होते ज़ोर से चरमराता है। रात की इस निस्तब्धता में यह सेंध–सी लगाती चीख़ बहुत अप्रिय जान पड़ती है। जिसकी आशंका थी, वही होता है, आवाज़ सुनकर अलतान ऊपर की बाल्कनी में निकलकर नीचे झाँकता है और ज़ोर से गला खँखारता है। वह सुज़ाना को लगभग ठेलकर कमरे में ले आकर भीतर से दरवाज़ा बन्द करता है।

सामानों से अँटा पड़ा छोटा–सा कमरा किसी मोर्ग की तरह ठण्डा है। हीटर कई दिनों से बन्द पड़ा है। रात के वक़्त गराज का यह हिस्सा बर्फ़ की सिल्ली में तब्दील हो जाता है।

सोफे के बगल में लम्बे तार से लटके बल्ब की रोशनी एक छोटे–से वृत्त में फैली है। उसके आसपास का हिस्सा तरल अँधेरे में डूबा हुआ है। उसमें तैरते–से सामान पूरे कमरे में बिखरे पड़े हैं। एक बेहद बेतरतीव और गन्दा कमरा। कहीं पैर रखने की जगह नहीं।

सुज़ाना यहाँ कई बार आ चुकी है मगर अजनबी–सी नज़र से सब कुछ देख रही है। उस नज़र में कुछ भी नहीं एक बेमतलब भटकाव के सिवा। उसने अपना कोट भी नहीं उतारा है। बाथरूम से लौटकर वह असमंजस में बैठा रहता है। कमरे में एक ही सोफ़ा है। एक पैर से टूटा हुआ। सुज़ाना कहाँ सोयेगी! उसे बहुत नींद आ रही है।

मगर सुज़ाना अभी सोने के मूड में नहीं लगती। कवर्ड से वाइन की आधी भरी बोतल ढूँढ़कर निकाल लाती है और घूँट–घूँट

कर पीती है–जानते हो, मुझे कभी नींद नहीं आती! बस थकान होती है, बहुत–बहुत थकान मगर भीतर हर क्षण जैसे जगी रहती हूँ, चौंकी–सी, एलर्ट! नींद आती है तो लगता है किसी अन्धे कुएँ में गिर रही, घबराकर आँख खुल जाती है। मुझे ख़ुद में होने से डर लगता है हिमालय, भागती फिरती हूँ...

इस अहसास को वह जानता है। वर्षों इनसे होकर गुज़रा है। ख़ुद के भीतर जब सिर्फ़ डर बचा हो तो वहाँ ठहरा नहीं जाता। बाहर रिफ़्यूजी और भीतर अपनी क़ैद...। बच निकलने के लिए कोई ठौर नहीं ूझता।

सुज़ाना के हाथ से बोतल लेकर वह भी पीता है। नींद और जगार के बीच के यह क्षण सपने जैसे लगते हैं। आसपास घटित होती बातें आभासी प्रतीत होती हैं। अच्छा है, इस पल के छोटे–से घेरे से बहुत दूर है उसका कल, कई घण्टे के फ़ासले पर। वह कल जिसमें एक दिन का स्थायित्व नहीं, आश्वासन नहीं। इस रात–दिन के महफ़ूज़ बफर के बीच वह फ़िलहाल निश्चिन्त जी सकता है। सुबह कसाई अलतान उसके दरवाज़े पर आ खड़ा होगा, उसके बदतमीज़ सवालों के साथ ढेर–से और सवाल आ जुड़ेंगे। साथ भूख, उसका सनातन डर और अनिश्चितता...। उन जैसों के लिए बस सवाल है ज़िन्दगी! ना कोई जवाब, ना हल...। रोज़ वह उठता है और इनसे जूझता है, तब तक जब तक पस्त होकर बिस्तर पर गिर नहीं पड़ता...। एक बन्द गली, एक सपाट, बेचेहरा दीवार–सी दुनिया और बौना क़द, अदना वजूद वह!

सुज़ाना उसके कन्धे से लग गयी थी–सुनो, मेरे पास कुछ रुपये हैं...। "अच्छा, तो?" उसे उसकी बात समझ नहीं आयी थी। यकायक पैसे की बात...। "तो कल हम वर्लिन चलते हैं...। तुम भी फ्री हो!" बिना बात को घुमाये–फिराये सुज़ाना कहती है। सुनकर उसे अचानक मिली राहत का–सा अहसास होता है। कुछ दिन के लिए ज़िन्दगी की फ़िक्र से छुट्टी! सुज़ाना सवालिया नज़रों से उसे देख रही। बिना कुछ कहे वाइन की बोतल में बची आख़िरी घूँट भरकर वह मुस्कराया था। सुज़ाना भी जवाब में मुस्करायी थी।

"तो फिर थोड़ी देर नींद ले लेते हैं। सुबह मुँह अँधेरे निकल पड़ना होगा..." उसने फ़र्श पर कुछ तौलिया, चादर डालकर अपना कंबल उठा लिया था। "सोफ़ा टूटा हुआ है, तुम्हें तकलीफ़ होगी मगर सोने की कोशिश करो।"

बत्ती बुझाते ही सुज़ाना ने अँधेरे में टटोलकर उसका हाथ पकड़ लिया था—नहीं! बत्ती मत बुझाओ! मुझे डर लगता है, बत्ती बुझते ही अँधेरे चेहरे बन जाते हैं, ख़ौफ़नाक चेहरे...। यह क़ब्र से निकल—निकलकर मेरे आसपास मज़मा लगाते हैं, नकियाकर हँसते हैं, उनकी नरक कुण्ड—सी आँखें...। कलाई पर सुज़ाना की हड़ियल उँगलियों का दबाव और खाल पर गढ़ते नाख़ून...। उसके भीतर एकदम से गुस्से का विस्फोट हुआ था, अब अति ही हो रही! उसने उसे धकेलकर ख़ुद से परे कर देना चाहा था—बस बहुत हुआ यह पागलपन!

"नहीं प्लीज़..." सुज़ाना अबाध्य बच्चे की तरह उससे चिपट गयी थी—देखो, वह आ रहे..." उसका धैर्य अब जवाब देने लगा था—"तुम पागल होती जा रही हो!"

"पागल...। नहीं! यह सब सच ही तो है! काश तुम मेरी आँखों से देख सकते..."

"सब तुम्हारे भीतर है, ख़ुद से बाहर निकलो अब..."

उसने अपने हाथ छुड़ाने चाहे थे मगर सुज़ाना उसके सीने में धँस—सी गयी थी—

"इतना आसान है क्या यह? सदियों का इकट्ठा हुआ सन्त्रास, डर...। इन अलकतरे—से काले, ख़ौफ़नाक हादसों में जान गहरे तक डूब गयी है..."

"कोशिश तो करो!" उसने उसे परे हटाने की एक और कोशिश की थी। जगह—जगह दबाव डालती उसकी देह की बची हुई नरमायी का अहसास उसके बर्दाश्त से बाहर की चीज़ थी। सतरूपा के बाद उसने औरत क्या होती है, भुला दिया था। जिस्म के कभी—कभार जाग उठे तक़ाज़ों पर ध्यान नहीं दिया। जिसे पीछे छोड़ आया था

वह सिर्फ़ एक औरत नहीं थी उसके लिए। उससे बहुत आगे बढ़कर कुछ थी।

कितनी बार यहाँ के मशहूर रेड लाइट एरिया 'रेपबन' गया अपने पाकिस्तानी, पंजाबी दोस्तों के साथ मगर फिर चुपचाप लौट आया। रंग–बिरंगी रोशनी में नहाये पिंजरों में बन्द लगभग विवस्त्र औरतें, कम उम्र लड़कियाँ, उनके अश्लील इशारे...। हाड़ कँपाती ठण्ड में गली के नुक्कड़ पर तंग, छोटे कपड़ों और भड़कीले मेकअप में सिगरेट फूँकती हुई ग्राहक के इन्तज़ार में खड़ी लड़कियों को देखते हुए उसका मन एक अजीब तरह के क्षोभ और विषाद से भर उठता। जाने क्यों ऐसे क्षणों में उसे कभी जाह्नवी का चेहरा याद आता तो कभी सतरूपा का। उसे हर औरत का चेहरा किसी विशेष क्षण में एक–सा क्यों लगता है!...। पहचानी हुई–सी...। लोग उसे समझाते, यार! औरत सिर्फ़ माँ, बहन नहीं होती, औरत भी होती है। वह सुनता मगर समझ नहीं पाता। किसी बेबस का फ़ायदा उठाना, लुत्फ़ लेना...। यही तो दुनिया का एक बहुत बड़ा हिस्सा अब तक करता आया है उन जैसों के साथ। मगर उसकी भूख अब तक इतनी विकृत नहीं हो पायी है कि वह ज़िन्दा इन्सान का मांस नोच ले...

"हाँ! मुझे भी इस कैद से मुक्ति चाहिए, निकलना चाहती हूँ मगर हो नहीं पाता..." अब सुज़ाना सिसक–सिसककर रो रही थी– "तुम मेरी मदद करो हिमालय...!"

"मैं...। मैं क्या मदद कर सकता हूँ! ख़ुद मेरे पास कुछ नहीं!" कहते हुए उसे रोना आने लगा था। सब क्यों बार–बार उसे उसकी अक्षमता का अहसास दिलाने में लगे हुए हैं...

"है तुम्हारे पास, बहुत कुछ है..." सुज़ाना ने अन्धे की तरह उसका जिस्म टटोला था–"मुझे ख़ुशी दो, थोड़ा–सा सुख दो...। और सहा नहीं जाता, मुझे जीना है..."

सुनकर वह सन्न रह गया था। यह क्या कह रही थी सुज़ाना...! आज वह सचमुच पागल हो गयी है क्या! पहले कभी तो...। उनका रिश्ता ऐसा था ही नहीं। उसकी बड़ी–बड़ी झोलानुमा शर्ट पहनकर

दिनों उसके साथ सिगरेट फूँकती, बियर पीती, गर्मी के दिनों में नाम मात्र के अन्तःवस्त्र पहन झीलों में नहाती, सीने तक तहमद बाँध बेफ़िक्र घूमती सुज़ाना...। उनके बीच जिस्म कभी नहीं था। साझे के एक अदेह, तरल दुख में दोनों बँधे थे। इसमें ठोस, मांसल कुछ था ही नहीं। फिर आज...

"सुनो! मुझे प्यार करो...." सुज़ाना की अधीर, कामुक आवाज़ से उसकी चेतना लौटी थी। चौंककर देखा था उसने, आह!...। यह क्या कर रही है वह! सुज़ाना ने अपने उत्तप्त चुम्बनों से ना जाने कब उसके गाल, गला, सीना गीला कर दिया था। एक तेज़ गुस्सा एकदम से उसके भीतर गुमड़कर उठा था। उसने उसे क्या समझ लिया है! "ना का मतलब ना होता है सुज़ाना!" उसके बटन टटोलते नम, ठण्डे हाथ को लगभग मरोड़ते हुए उसने गराज़ का दरवाज़ा खोलकर उसे बाहर धकेल दरवाज़ा अन्दर से बन्द कर दिया था।

दरवाज़ा बन्द कर उसने समझा था, बाहर इस बीच जाने कब बर्फ़ की आँधी शुरू हो गयी थी। गेट के पास का प्राचीन चनार तेज़ हवा में दुहरा हुआ जा रहा था, बाथरूम के विंडो पैन पर शीत में कंकाल हुए सेव की डालियाँ लगातार टकराते हुए बज रही थीं। दरवाज़े से पीठ लगाये वह चुपचाप सुज़ाना का दरवाज़ा पीटना सुनता रहा था। दरवाज़ा पीटते हुए वह अबोध्य भाषा में जाने क्या बोले जा रही थी। गनीमत है कि आँधी का शोर इतना तेज़ है वर्ना अलतान सुज़ाना की चीख़-पुकार से अब तक ज़रूर जाग जाता।

इस तेज़ आँधी और बर्फ़ की रात में अपने इस सीलन भरे तंग कमरे के घुप्प अँधेरे में खड़े उसे अनायास वर्षों पीछे छूट गयी वह स्याह रात याद आ गयी थी जब कश्मीरी पण्डितों का उनका एक पचास-साठ लोगों का दल कश्मीर से भागते हुए जवाहर टनल में फँस गया था।

गुफा के भीतर काई, सीलन से भरी पांचाल पर्वत की दीवारों से छोटी-छोटी लकीरों में बहती पानी की धाराएँ, हिमेल हवा और दम सधा मौन...। कोई साँस लेने में भी डर रहा था उस रात।

माँओं में अपने बच्चों के मुँह दबा रखे थे। जवान होती लड़कियाँ भारी लबादों के भीतर दुबकी पड़ी थीं। डरे हुए अभिभावक उनके हाथ–पैर छाँट, ख़ूबसूरती नोच कर बस उनका भरम साथ ले आये थे। ज़िन्दा रहें तो बहुत। बाक़ी तो आनी–जानी है... हासिल के नाम पर जेबों में अपनी ज़मीन की मिट्टी और चनार के पत्ते भर लाये थे। मगर जो पीछे छूटा था वह था दौलत, मकान के साथ सदियों का इकट्ठा किया हुआ बेशक़ीमती यक़ीन, साझे के बसर का जज़्बा...। इनकी भरपाई कभी किसी मुआवज़े से मुमकिन नहीं होने वाली थी!

अजब दहशत का माहौल था! घाटी में चीख़ती हवा और गुफा के भीतर उसकी मद्धिम गूँज! जैसे कोई बहसी जानवर धीमे–धीमे गुर्रा रहा हो! निपट अन्धकार में जाने किनकी सुलगती आँखें चमक रही थीं। हर तरफ़ निपोड़े दाँत, निकले हुए नाख़ून का अहसास...। कितना भयावह था सब कुछ! सबके मन में उस समय गहरे अवसाद और डर के सिवा शायद ही कुछ था। पीछे निचाट शून्य और सामने दृष्टि पथ में दूर तक बिछा अन्धकार और उसमें अस्पष्ट गूँजता भीषण आततायियों का नारा 'अल जेहाद'! 'अल जेहाद'!

अपने भीतर के सफ़र में जाने वह कितनी दूर निकल गया था। लौटा तो हर तरफ़ सन्नाटा था। सुज़ाना जाने कब चुप हो गयी थी। ठहरे हुए तूफ़ान की चुप्पी में उसका यह मौन गूँज बनकर छाया हुआ था। यकायक उस पर घबराहट का दौरा–सा पड़ गया था–सुज़ाना चुप क्यों हो गयी...! उसने झटके से दरवाज़ा खोला था। सामने सुज़ाना किसी बेजान गठरी की तरह पड़ी थी, टी–शर्ट, जींस में। एकदम अकड़ी हुई–सी! शायद वह अचेत हो गयी थी। ओह! बत्ती बुझने के बाद जाने कब उसने अपना ओवरकोट उतार दिया था!

कमरे में लाकर उसने उसके हाथ–पैर सहलाये थे, हॉट वाटर बैग में गरम पानी भर हथेलियाँ सेंकी थी मगर सुज़ाना कुछ होंठों ही होंठों में बड़बड़ाती बेसुध पड़ी रही थी। उस समय कमरे की पीली रोशनी में उसका दुबला चेहरा कितना ज़र्द दिख रहा था!...। हल्की नीली–सी खाल, दरारों में बँटे पपड़ाये होंठ, गले की उभरी हड्डियाँ, नसें...।

वह बेतरह डरा हुआ उसे देखता रहा था, क्या सुज़ाना मर जायेगी...। उसके गाल सहलाते हुए उसे रोना आने लगा था, आज वह इतना निष्ठुर कैसे हो सका...। उसका दिमाग़ तनाव, थकान और घबराहट से शून्य पड़ने लगा था। कुछ भी सोच नहीं पा रहा था। एक बार लगा था अलतान को बुला लाये मगर फिर ओवरकोट, कम्बल, कई चादरें एक साथ ऊपर डाल वह सुज़ाना को बाँहों में भर बिस्तर में दुबक गया था। उस समय सुबह की रोशनी फैलने लगी थी।

अलस्सुबह बर्लिन के लिए निकलते हुए दोनों चुप और अपने आप में सम्पृक्त—से रहे थे। ट्रेन में खिड़की के बगल वाली सीट पर बैठकर सुज़ाना ने बुदबुदाकर सॉरी कहा था मगर वह सुनकर भी अनजान बना बैठा रहा था। उस समय उसके भीतर कुछ भी नहीं था। एक सायास ओढ़ी हुई निर्लिप्तता जिसकी उसे उस समय सख़्त ज़रूरत थी। खुद से दूर रहना पड़ेगा उसे। अपने आप में ठहरा नहीं जा रहा।

रात की अवांछित घटनाओं, निषिद्ध स्पर्श, ग्लानिकर अनुभव से वह अब तक लिथड़ा हुआ है। स्त्री देह का ताज़ा स्वाद त्वचा पर मढ़—सा गया है। सुबह लगभग उबले हुए पानी से वह नहाया है मगर खाल में कुछ लिजलिजा—सा अब तक चस्पाँ है। वह चाहता था गराज़ से निकलते हुए अपनी देह वहीं कहीं खूँटे में उतार आये मगर यह साथ हो ली...। अपनी सारी टीस, अनुभव, सुगबुगाहट के साथ! यह अपने स्वाद, अपनी अनुभूतियों में डूबी है और यही बात उसे कहीं से गहरे वितृष्ण कर रही। यह नहीं होना था...। वह अपने भीतर से इस रात की स्मृतियों को नोच फेंकना चाहता है, धुल—पुँछ कर साफ़ हो जाना चाहता है। अपने ही अनजाने वह धीरे—धीरे अपने हाथ की त्वचा रगड़ता है।

कुछ देर चुपचाप देखते हुए अचानक सुज़ाना ने उसके दोनों हाथ पकड़ लिए थे—मैं तुम जैसे दोस्त को खोना नहीं चाहती! आई प्रोमिस, ऐसा फिर कभी नहीं होगा...। सुज़ाना की जल भरी धूसर आँखों की ओर देखते हुए उसके भीतर कुछ नम हो आया था।

ग्लानि, लज्जा, संवेदना...। एक–दूसरे से सघन हो जुड़ी इन अनुभूतियों को अलगाकर समझा नहीं जा सकता। देह वर्जित स्वाद से अलस, आप्लावित–सी, उसमें रह–रहकर कसक उठता मन, ग्लानि और अबूझ गुस्से का दंश...

"सुनो, तुममें तुम्हारा जो सब बहुत अपना और ख़ूबसूरत–सा सहेजा हुआ है ना, वह सब जो किसी और के लिए नहीं, मैंने हाथ तक नहीं लगाया है। सब जस–का–तस रखा है। भीख समझ लो, दान कह लो, मैंने थोड़ा–सा सुख, साहचर्य, सान्त्वना लिया है तुमसे...। वह समय जो झेला नहीं जा रहा था, बहुत मुश्किल था, तुमसे बाँटा है। यह बाँटना अकेला शाब्दिक नहीं होता। हम हमेशा जुबान से नहीं बोलते, कई बार स्पर्श में मन बेहतर व्यंजित होता है। यह मनुष्य की सबसे प्राचीन भाषा है। देह की एक भाषा संवेदना के निड़ि क्षणों के लिए होती है। ख़ासकर तब जब हम अपने दुख में गूँगा हो जाते हैं! उन क्षणों में तसल्ली, ढाढस यही बेहतर बँधाती है। इसका एक आदिम प्रयोजन है हमारे भीतर के उस पशु के लिए जिसे बोलना आज भी नहीं आता। वह बस महसूसता है–दुख–सुख, प्रेम...। उसे अमूर्त नहीं, हरे चारे की तरह ठोस, मांसल प्रेम चाहिए, यह मांसल प्रेम उसका भोजन है, इस नश्वर दुनिया में वह इसी खाद–पानी पर ज़िन्दा रहता है।"

सुज़ाना को सुनते हुए वह विस्मित–सा हो उठा था। देह की पशुवत ज़रूरतों को इस तरह भी समझा जा सकता है...। देह के साथ हमेशा इतनी ग्लानि, इतनी कुण्ठा क्यों जुड़ी होती है! असल त्रासदी शायद यह है कि मनुष्य यह भूलने में लगा रहता है कि वह पशु भी है... यकायक वह हल्का हो आया था। सुज़ाना ने शायद उसके चेहरे का यह रंग बदलना देखा था, तभी उसका हाथ अपनी गोद में खींच लिया था–एक गूँगे का रोना–हँसना समझ लो हिमालय! देह की बनैली भाषा में हमने जो कल बाँटा वह हमारा दुख था, अकेलापन था, तनाव था...। और कुछ नहीं! अपना प्यार, उम्मीद, सपने अपने अपनों के लिए बचाकर रखो, उनको कुछ नहीं हुआ, सच...!

वह भीतर से कहीं अनायास डबडबा आया था। आँखों का नमक दिनों बाद चिलक उठा था। वह कहीं भी रहा, नदी, समन्दर, मरुभूमियों के पार पहुँचा, टूट–बिखर गया मगर अपने उस हिस्से को महफ़ूज़ रखा जिसमें उसका घर था, ज़मीन थी, अपने लोग थे। जो दिल में ढोता फिर रहा उसे एक दिन फिर से बसाना है अपने गाँव, अपने देश। बस एक माकूल और मुफ़ीद वक़्त का इन्तज़ार है उसे। रोज़ उस आने वाले दिन की राह देखता है वह। उँगलियों के पोर पर दिन–रात, मौसम गिनता–जोड़ता है...। बीच के यह दिन, जो गुज़रते नहीं मगर जिन्हें एक दिन बीतना ज़रूर है, उनके बीच सेंतकर, एहतियात से बचाकर रखना है अपने निज को, निजता को....।

सुज़ाना के हाथों को हल्के–से दबाकर वह उलझन भरी दृष्टि से खिड़की से बाहर देखता है, इस बीच स्टेशन की चहल–पहल पीछे छूट गयी है। रफ़्तार पकड़ चुकी ट्रेन के साथ सब कुछ भागने लगा है–नदी, खेत, जंगल...। इस दौड़ते हुए परिदृश्य में वह अकेला क्यों ठहरा हुआ है। उसे भी अब चल देना चाहिए। छोटे–छोटे लम्हों में वह सदियों से रुका हुआ है। रुके हुए पानी की तरह सड़ने भी लगा है कहीं से। जीना है तो उसे निकास चाहिए, गति चाहिए, ख़ुद से छूट जाने का हुनर चाहिए...। तरह–तरह की देह गन्ध से भरी सुबह की हवा में वह खींचकर एक लम्बी साँस लेता है, कुछ चीज़ों को जस का तस छोड़ देना होता है। उनका हल बस वक़्त के पास है...।

एक जंगल और दो खोये हुए लोग

पत्थरों के उस लहरदार जंगल में उसका हाथ पकड़कर सुज़ाना दौड़ती रही थी, जाने कितनी देर तक!...। पागलों की तरह! उस समय दोपहर का सूरज बिल्कुल माथे पर था, एक सफ़ेद, तापहीन अग्नि–कुण्ड, ठण्डी, मीठी धूप से भरा... कभी–कभी बहुत ऊपर उड़ते चील के विशाल डैने से आच्छादित होता, उसकी टिंहकारी से गूँजता हुआ–सा। जब वह रुके थे, उनकी परछाइयाँ उनके पाँवों के इर्द–गिर्द सिमट आयी थीं। सुज़ाना एक पत्थर के ऊँचे, स्लेटी स्लैब से पीठ टिकाये हाँफती रही थी–कैसा लग रहा हिमालय? मुझे बताओ, इस क्षण तुम्हें कैसा महसूस हो रहा!

वह इस वक़्त हॉलोकॉस्ट मेमोरियल, वर्लिन में थे।

"मुझे..." पीठ से झुके अपने घुटनों पर दोनों हाथ टिकाये उसने उलझन भरी नज़रों से इधर–उधर देखा था–"पता नहीं! कुछ समझ नहीं आ रहा...। सब कुछ गड्डमड्ड–सा–एक जंगल है, एक–सी सूरतों वाले पत्थरों का जंगल...। कई रास्ते जो एक–दूसरे के समानान्तर निरन्तर दौड़ते हैं मगर कहीं पहुँचाते नहीं...। भागते हुए आख़िरी सिरे में पहुँचकर एक गुंजल में तब्दील हो जाते हैं, एक बेतरह उलझा हुआ, दुरूह गिरहों वाला गुंजल..."

"सही! और...। और...?" सुज़ाना ने उसकी बाँहों में अपनी उँगलियाँ गढ़ा दी थीं। तेज़ ठण्ड में भी इस वक़्त उसका चेहरा लाल भभूका हो रहा था। वह अब भी हाँफ रही थी।

"और..." सोचने की कोशिश करते हुए वह भी एक रेकटेंगुलर पत्थर से जा लगा था। सुज़ाना लगभग उस पर लदी हुई थी। पत्थर का स्पर्श पीठ पर किसी शव की तरह ठण्डा था। ठण्डा और सख़्त! सोचने की कोशिश में उसने अपनी आँखें मूँद ली थी—कुछ सूझता नहीं...। किधर जायें, क्या करें...। एक हत्यारा भँवर—अपनी काली खोह में सब कुछ सोखता हुआ या कि...। एक अन्धा, पाताल कुआँ, जिसका कोई सिरा नहीं...। हम खो गये हैं इस जंगल में...

"हाँ! बिल्कुल! बिल्कुल ऐसा ही लगा था हॉलोकॉस्ट के उस दौर में प्रताड़ित होते लाखों यहूदियों को! पूरी दुनिया एक हत्यारे जंगल में तब्दील हो गयी थी उनके लिए! ऐसा जंगल जिसके सर्पीले रास्ते कहीं पहुँचाते नहीं, चलते हुए आख़िर खो जाते है—किसी गैस चैम्बर, किलिंग सेंटर या दमघोंटू घेटो में...। हाँका पड़े जंगलों के भयार्त पशुओं की तरह दौड़ते—भागते इन रास्तों के मुसाफिरों के डर, हताशा, आतंक को समझ सकते हो? पीटर आइसेनमैन—इस हॉलोकॉस्ट मेमोरियल के आर्किटेक्ट की यही मंशा थी इस मेमोरियल को बनाते हुए कि भविष्य में यहाँ आने वाले लोगों को ज़माना पहले गुज़र गये उन बदनसीब यहूदियों की मनःस्थिति का अहसास हो! थोड़ी देर के लिए सही, वह उनके उस भीषण आतंक, सन्त्रास को जीये जिनमें उनकी कई पीढ़ियाँ खप गयी कि बिना ख़ुद जीये हम किसी की पीड़ा को सही मायने में समझ नहीं सकते।"

देह से लगी सुज़ाना की हल्की, सिसकी—सी आवाज़ उसके अपने सीने के भीतर से कहीं आ रही लग रही थीं। किसी अन्धे कुएँ की गहराई से घुमड़कर उठती हुई जैसे...। जाने कितनी रूहें क़ैद हैं यहाँ! उसने अपनी आँखें मूँदकर महसूस करना चाहा था—कोई सूराख़, कोई किरण, रिहाई की सूरत नज़र आते ही सबके सब कोरस में चीख़ने लगते हैं! किसी पशु बाड़े में क़ैद जानवरों की तरह...। मृत्यु से भी भयावह है आगत मृत्यु की प्रतीक्षा...। वह समय कई—कई मृत्यु का इकट्ठा अनुभव होता है...। वह घबराकर इधर—उधर देखता है—उन्नीस हज़ार स्क्वायर मीटर के ढलवा मैदान में स्तब्ध खड़े दो हज़ार

सात सौ ग्यारह छोटे–बड़े रेकटैंगल पत्थरों का हुजूम...। बेचेहरा, बेनाम...। यह कभी ज़िन्दा इन्सान हुआकरते थे! जाने किस ने कहा था, पीड़ा पिघलकर हमेशा आँसू ही नहीं बनती, घनीभूत होकर पत्थर भी बन जाती है...। वह शायद इन्हीं पत्थरों की बात कर रहा था, मटमैले अवसाद का पथरीला विस्तार...

सुज़ाना पत्थरों की क़तार के अन्त में खड़ी है, पत्थर की तरह ही–"देखो मैं भी 'स्टील–ली'–अकेला पत्थर! इन 'प्लूरल स्टीली'–पत्थरों के समूह के साथ...। वह उसे नासमझ भाव से देखता रहता है। इस जगह का असर या कुछ और, सुज़ाना फिर से बहक रही थी। उससे लापरवाह कहती जा रही–"आर्किटेक्ट पीटर इन पत्थरों को इसी नाम से पुकारता है...। मगर लैटिन में इनके लिए शब्द है स्टील–लाह!" काश शब्दों के अलग–अलग होने से अनुभूति में कोई फ़र्क़ हो पाता! दर्द की तासीर कम होती! वह अपने भीतर तमाम शब्दों को अनायास उलट–पुलटकर देखने लगता है–ऊहूँ! बस नाम अलग है वर्ना सारी दुनिया के दर्द का स्वाद एक–सा है! आँसुओं में नमक की मात्रा उतनी ही! वह आज उसी तकलीफ़ में रो रहे हैं जिस तकलीफ़ में यह यहूदी ज़माना पहले रोकर गये। तारीख़ बदली है बस, इन्सान की फ़ितरत नहीं!

सुज़ाना एक–एक पत्थरों से लगकर जाने क्या सुनने की कोशिश कर रही है। ऐसा करते हुए उसकी आँखों में एक अजीब–सी चमक है, सूखी, दीवानगी भरी चमक–हिमालय! सुनो! यह पत्थर धड़क रहे, उसाँसें–सी ले रहे हैं...। महसूस कर देखो! ...तुम्हें यह सब दिखने में एक–से लग रहें ना? मगर यह एक नहीं! सबकी क़द, आकृति अलग–अलग हैं, सब अपने आप में यूनीक–हम यहूदियों की तरह ही! दुनिया ने हमें बस यहूदी समझा, एक जात, एक फ़ितरत के एक–से इन्सान–इन पत्थरों की तरह! अस्सी साल से लेकर एक साल का बच्चा तक मारा गया एक ही गुनाह में–यहूदी होने के गुनाह में! किसी ने समझने की कोशिश नहीं की कि हम अलग–अलग इन्सान हैं, कुछ अच्छे, कुछ बुरे–दूसरे इन्सानों की तरह...।

वह सुज़ाना को सुन रहा मगर समझ नहीं पा रहा। उसकी बातें उस तक पहुँच नहीं रहीं पूरी तरह। इस माहौल में भीतर से वह अनायास ऐकान्तिक हो आया है। इस दुनिया के एक अलग हिस्से में एक और हॉलोकॉस्ट भी तो हुआ था...। क़त्ल का जुर्म संख्या से छोटे–बड़े के दायरे में नहीं आ जाता। क़त्ल तो बस क़त्ल होता है, हर भाषा में, हर अर्थ में। उनके जेनोडाइड को यह दुनिया कब स्वीकार करेगी! क्या उनके क़ातिल भी कभी चिह्नित होंगे? वह जो ख़त्म होने की कगार में आ पहुँचे हैं, क्या उनकी स्मृति में भी यह दुनिया कोई पत्थर कहीं खड़ा करेगी...। बाक़ी की छोड़ो, उनके अपने लोग, उनके हम वतन...? वह भी ज़िन्दा थे कभी मगर आज इन्हीं की तरह चलते–फिरते पत्थरों की भीड़ बनकर रह गये हैं! एक बेचेहरा, बेनाम, बेआवाज़ हुजूम–हत्यारों की इस सभ्य दुनिया में चीख़ती हुई ख़ामोशियों से भरे हुए...

सुज़ाना से पूछा था उसने, इन स्मृतिचिह्नों पर कोई नाम, वर्णन या धार्मिक प्रतीक नहीं। कुछ अजीब लग रहा, यह बेशुमार पथरीली क़तारें–नाम, शक्ल, पहचान से महरूम...। जैसे मौत और नाकाबिले–बयान दर्द को यहाँ एक सूरत में ढाल दिया गया हो, ठोस चेहरे में बदलकर दुनिया में नुमाया किया गया हो...। यह बताने के लिए कि दहशत, मौत का साकार ख़ौफ दिखता कैसा है...। वैसे सोच रहा हूँ, यहाँ इनके पीछे के फलसफ़े से एक आम इन्सान ख़ुद को कितना जोड़ पायेगा...। अकहे को समझना सबके वश की बात नहीं!

"हाँ! यह भी एक बात है...। मगर हम जैसे इस मौन की भाषा को बख़ूबी समझते हैं, नहीं? गूँगे का जो आर्तनाद सुनायी नहीं पड़ता उससे ज़मीन–आसमान में दरारें पड़ जाती हैं, यह हमसे बेहतर कौन जानता है! हम अपने रिसते हुए आकाश और ज़मीन के साथ युगों से जीने वाले खुली जड़ों के लोग हैं हिमालय...।"

उसने अपनी जेब से चाबी का गुच्छा निकाल लिया था–इन पत्थरों में अपना भी नाम लिख देते हैं...। कोई तो जाने, हम भी इनकी तरह कभी हुआकरते थे इस दुनिया में...। सुज़ाना के चेहरे पर

एक थकान भरी मुस्कराहट फैल गयी थी–"अफ़सोस तुम ऐसा नहीं कर सकते। इन पत्थरों पर लिखा नहीं जा सकता। निओ नाज़ी, एंटि सेमाइट और गोरे नस्लवादियों को यहाँ अपनी नफ़रत फैलाने से रोकने के लिए यह बन्दोबस्त किया गया है। अगर इन पत्थरों पर रसायन की परतें न चढ़ाई जातीं तो शायद तुम्हें आज यहाँ का हर पत्थर क्षत–विक्षत और घृणा के उगले धब्बों से लिथड़े हुए मिलते! हिमालय! दुनिया में आज भी प्रेम अल्पसंख्यक है, बहुमत नफ़रत करने वालों का है..."

आगे–आगे चलती सुज़ाना अचानक मुड़कर उसके बगल में आ गयी थी–"चलो, तुम्हें दिखाते हैं, विसिटर्स के लिए इन्फार्मेशन सेंटर इस मेमोरियल के नीचे है–पीड़ितों के नाम, जीवनी, उनसे जुड़ी जानकारियाँ...। यहाँ के कमरों के नाम देखो–रूम ऑफ़ डायमेंशन, रूम ऑफ़ फैमिलिस, रूम ऑफ़ नेमस...। उन स्तब्ध कमरों से गुज़रते हुए वह वहाँ की भयावह चुप्पी में एक बार फिर डूबने–उतराने–सा लगा था। यहाँ, इस जगह हॉलोकॉस्ट नहीं घटा था मगर माज़ी के वह ख़ौफ़नाक हादसे यहाँ की हवाओं में किसी आसेब की तरह आज भी छाये हुए हैं, वह महसूस कर सकता था। हवा में तैरते यह असंख्य 'हॉलो' चेहरे–मूँड़े हुए सर, विवस्त्र, हाथ में गुदे एक अदद नम्बर के साथ, रजिस्टरों में बन्द अपना नाम, वजूद, पहचान तलाशते हुए...। हर काउंटर पर जैसे कोई हाथ पकड़कर रोक लेता है उसे–यह मैं हूँ! तुम मुझे पहचानते हो...? जवाब में वह सर हिला देता है–नहीं! फिलहाल तो मैं ख़ुद को ढूँढ़ रहा...!

देर रात तक खिड़की पर खड़ा वह शहर की रोशनियाँ देखता रहा था। कितने दिन के बाद आज अपनी यह थकान भली लग रही है। एक लम्बी छुट्टी–सा आज का दिन गुज़रा है। वर्लिन झीलों का नगर है। 'स्प्री' के किनारे खड़े होकर वह उस ठोस बर्फ़ के मैदान को अचरज से देखता रहा था जो यहाँ की सबसे बड़ी नदी है। ठण्ड इस बार मायनस 20 डिग्री पर पहुँच गयी है। अधिकतर झीलें, नदियाँ जमने लगी हैं।

"सायबेरिया का मौसम यहाँ के आबोहवा पर असर डाल रहा है वर्ना कई बार यहाँ गर्मी भी ग़ज़ब की पड़ती है। बेहद सूखे, उमस भरे दिन होते हैं। तब लोग राहत के लिए यहाँ की झीलों की ओर जाते हैं...।" कहते हुए सुज़ाना पीछे से उसकी पीठ से लग गयी थी। ना जाने क्यों आज उसका स्पर्श उसे उस तरह से अवांछित नहीं लगा था। एक आत्मीय नरमाई जिसकी चाह उसके भीतर अन्जाने ही बनी रहती थी! जिसका ज़िक्र वह ख़ुद से भी नहीं करता था...। किंचित ग्लानि के साथ यह आत्म स्वीकार का क्षण था जिसे नकारने का सामर्थ्य अब वह खोने लगा है। कब तक इस तरह जीये...। कितना भी झुठलाये, आख़िर वह हाड़–मांस का इन्सान है...।

अपने तकिये को सीने से भींचे उसने कितनी रातें इस तरह उदास, निःसंग काटी हैं! हर पल नकार में जीना, ख़ुद को झुठलाना...। जो वर्जित है वही तो सबसे अदम्य है! सबसे अधिक थकाती है ख़ुद से की गयी यह जंग! वह हर बीते को ज़िन्दा रखने की कोशिश करता है और इसी कोशिश में मरता रहता है। एक धीमी गति की क़दम–दर–क़दम मौत!

दुहरा–दुहरा कर स्मृतियाँ भी भीतर ज़र्द पड़ने लगी हैं। जो कभी चटक, ख़ुशरंग हुआ करती थीं, आज उदास, मटमैला है। वह जानता है, उसके भीतर कुछ निःशब्द छीज रहा है। समय किसी को नहीं बख़्शता! गुज़रते मौसम की हवा–धूप हर याद को बदरंग कर देती है। कितना अजीब है कि फिर भी किताब में दबा कोई निर्गन्ध, सूखा फूल इन्सान अपने अच्छे दिनों की गवाही की सूरत में सहेजे रखता है! वह रोज़ सतरूपा की एकमात्र बची तस्वीर देखता है और उदास होता है मगर अब इस उदासी की भी उसे आदत पड़ गयी है। उदास होना अपने आप में कोई घटना नहीं है। वह बार–बार मुट्ठी से फिसलते वक़्त को बाँधने की कोशिश करता है मगर सब तरल होकर उँगलियों के दरारों से रिस जाता है। उसका बहुत बड़ा डर है एक दिन हर तरह से अकेला रह जाने का। अपनी ज़मीन, लोग से छूट कर अगर उनकी स्मृतियों से भी रीत गया तो क्या रह जायेगा वह...। एक ख़ाली मकान या कि खँडहर! अपना भराव खोकर शून्य

की ध्वनियों से गूँजती शंख–सीपियाँ...। जिन लहरों की आवाज़ का भ्रम पाले वह बैठा है वह तो कब की साहिल से उतरकर अपने जल की अगाध दुनिया में लौट गयी हैं...!

वह बिस्तर की ओर लौटता है। सुज़ाना धीरे–धीरे उसके बालों में उँगलियाँ फेरती है–"हिमालय! हम दोनों के पास कुछ नहीं मगर हम अपने–अपने शून्य से एक–दूसरे को भर सकते हैं..." जवाब में वह कुछ नहीं कहता। कहने के लिए उसके पास कुछ है भी नहीं। ज़िन्दगी ने उससे उसके सारे विकल्प छीन लिए हैं। उसे बस स्वीकारना है। जो भी मिले। नकारने का हक़ दूसरों के पास है। अगर वह चुन सकता तो इस परायी ज़मीन की यह सर्द, अजनबी रात कतई नहीं चुनता। क़हवे की एक गर्म घूँट चुनता, चिल्ला कलाँ के दिन और काँगड़ी की मीठी ताप चुनता...। दिन बीत जाते हैं मगर रातें कटती नहीं...। दिन ढलते ही भीतर घर के लिए कुदरत की पुकार मच जाती है। हर पंछी की तरह वह अपने घोंसले में लौटना चाहता है...

सुज़ाना के हड़ियल सीने के बीच उसकी कनपटियाँ धपधपाती रहती हैं–अब जल्दी से सुबह हो जाये। वह इस तरह जी नहीं रहा, थोड़ा–थोड़ा जाया हो रहा...। सुज़ाना धीरे से फुसफुसाती है, "कुछ दिन साथ रहो, फिर मैं रूस लौट जाऊँगी, लौटते हुए तुम्हें मुकम्मल रख जाऊँगी–तुम्हारे पास! जो मेरे साथ जायेगी वह बस थोड़े–से सुख की स्मृति भर! इतना तो दोगे ना..." वह फिर जवाब में चुप रहता है। वह क्या दे सकता है! उसे कहाँ लौटना है...।

ट्रेफह अकादमी ऑफ़ आर्ट्स, बर्लिन केथेड्रल, जुवीस म्यूज़ियम, म्यूज़ियम आईलैंड में दूसरे दिन वह दिन भर भटकते रहे थे। गुज़रे हुए समय को यहाँ इस तरह सहेजा हुआ देखना भीतर अनाम अनुभूतियाँ जगाता है। समय को लाँघकर समय से परे जाना...। जैसे किसी टाइम मशीन में बैठे हों।

उसे हैरत हुई थी, कितनी आज़ाद है यहाँ की फ़िज़ाएँ...। हँसते–खिलखिलाते बेफ़िक्र लोग, हर नस्ल और देश के। जितने फूलों के रंग नहीं, उतने चेहरे–क़िस्म–क़िस्म के! अपने में मगन।

दुनिया को तो ऐसी ही होनी चाहिए थी ना हमेशा से! ठीक जैसे कुदरत ने बनाई है—भाँति—भाँति के रंग—रूप—गन्ध से भरी...। फिर वह सब क्या था! वह सोचता रहता, लहू से लिथड़े हुए माज़ी के सफ़े...। पूरी दुनिया के तमाम कागज़ पर भी जिस दरिन्दगी का बयान सिमट न सके....। पाँत की पाँत खिले सुर्ख़ गुलाबों को देख उसे यक़ीन नहीं आता, कभी यह ज़मीन ख़ून से तर रही होगी।

एक हाथ की पाँच उँगलियाँ बराबर नहीं होतीं और हम चाहते हैं, पूरी दुनिया एक—सी हो—एक भाषा, एक रूप, एक मज़हब, एक सोच...। ओह! अगर कभी सचमुच ऐसा हो गया तो! उस ऊब और एकरसता की कोई कल्पना कर सकता है! सोचते हुए उसे डर लगता है। कोई एक पूरा दिन आईने के सामने खड़ा होकर बिता तो दे सही...। फिर दुनिया को एक रंग से पोत देने की बात करे!

'लाउमा' वीगन रेस्तराँ में बैठकर वह अपनी उँगलियों में गूँथी सुज़ाना की बेजान, सफ़ेद उँगलियाँ देखता है। उसके कॉन्ट्रास्ट में उसे अपनी लाल, बादामी उँगलियाँ मोहती है। एक रंग दूसरे की अहमियत को उभारता है, वर्ना स्याह के बिना सफ़ेद सफ़ेद नहीं....।

उसने सुज़ाना से प्रॉमिस किया है, जब तक उसके साथ है, नॉनवेज नहीं खायेगा। सुज़ाना ने एक मीठे चुम्बन के साथ उसे बता दिया है, वह नॉन वेज़ भोजन के लिए कभी पे नहीं करेगी। वह नॉन वेज़ खाने वाले लोगों के साथ एक टेबल पर बैठती तक नहीं। "यह इंटोलेरंस नहीं?" उसने पूछा था। "मुझे नहीं लगता!" सुज़ाना की सोच इस मामले में बहुत साफ़ है, "यह अपनी मर्ज़ी के मुताबिक़ खाने की आज़ादी की बात नहीं। नैतिकता का प्रश्न है। किसी की हत्या कर उसे खाने की यह कैसी आज़ादी! जिसे मैं अपराध समझती हूँ उसमें किसी भी रूप में शामिल नहीं हो सकती। गवाह भी नहीं बनना चाहती!" कुछ देर भरी—सी बैठी रहकर सुज़ाना ने एकदम बदली आवाज़ में फिर कहा था—जब लोग बेज़ुबानों का मांस खाते हैं तब दरअसल किसी राक्षस की तरह वह उनकी चीख़, उनकी पीड़ा, उनका आतंक निगलते हैं...। यह कभी किसी पेट में पच नहीं सकता, रूहों पर मल की तरह हमेशा के लिए लिथड़ा रह जाता है!

देश से भाग आने के बाद के दिनों में उसने कई एनिमल फर्म्स में काम किया है, मीट फ़ैक्टरियों में भी। वहाँ के नरक को उसने बहुत क़रीब से देखा है, बल्कि उसका हिस्सा भी रहा है। उन दिनों उसकी देह से ख़ून की बू आती रहती थी। ऊन, चमड़ियों के ढेर पर उठना–बैठना, मरते हुए पशुओं की उबली आँखों के आगे हड्डियाँ चिंचोरना...। ज़िबह के बाद ख़ून से लाल हुई फ़र्श की सफ़ाई करना उसका काम था। नालियों में ख़ून कीचड़ की तरह जम जाता था, हर तरफ़ दुर्गन्ध के भभाके उड़ते थे! रुई के सफ़ेद गालों–से मेमनों की काले मनके जैसी बड़ी, भोली आँखों की स्मृति आज भी उसका पीछा करती है। वहाँ उसने अमूर्त दर्द को उसके बीभत्स साकार रूप में देखा है! कई बार वह दर्द उसके सपनों में दैत्य बनकर उसे डरा गया है...।

उन जीए अनुभवों का अब कुछ किया नहीं जा सकता। वह रहेंगे उम्रभर आसपास प्रेतछाया बनकर। उसने हथियार डाल दिये हैं। वक़्त की धार जो इनका नुकीलापन ख़त्म कर सके! वह छीज रहा रोज़–रोज़ इसी तसल्ली के साथ कि भीतर का दगदगाता नरक भी साथ नष्ट हो रहा। जुगुप्सा भरी स्मृतियों के बीच वह चुपचाप खाता है, हर हमलावर याद के विरुद्ध यही उसका अकेला डिफेंस है–स्टीम्ड मलाई रोल, वेज़ लैंब स्टू...। सुज़ाना कहती है, चिन्ता न करो, तुम कश्मीरी को लैंब से महरूम नहीं करूँगी। अब सब मिलता है, वीगन यानी मॉक चिकन, फिश, मटन...। समझ रहे न? बर्लिन तो दुनिया का वीगन फूड कैपिटल बन गया है! यहाँ हर गली में एक वीगन रेस्तराँ खुल रहा है। उसे खाते हुए हैरत होती है। स्वाद में शायद ही कोई फ़र्क़ हो।

"हम अहिंसा की शुरुआत अपने डिनर प्लेट से करें..." सुज़ाना मुस्कराकर उसे वीगन आइसक्रीम का स्कूप पकड़ाती है। इस खाने से पेट ही नहीं भरता, आत्मा भी हल्की–फुल्की, भारहीन रहती है!

वह बहस नहीं करना चाहता। सुज़ाना की यह बातें उसे कहीं से परेशान करती हैं। उसने कभी इस तरह से सोचा नहीं था। जिसे महज़ भोजन समझा वह एक जान भी है...। जिस दर्द में वह ख़ुद

नीला पड़ा हुआ है वही दर्द किसी और को देता रहा है...। सुज़ाना कहती है, दर्द जायज़–नाजायज़ नहीं हो सकता! जान, जान होती है–सबकी जान!

उसे कश्मीर में अपने गाँव में बक़रीद का मंज़र याद आता है। सुबह से जानवरों की मर्मान्तिक चीख़ें और ख़ून से लाल हुई ज़मीनें...। बाबूजी कहते थे इस दिन लोग अपने मालिक को अपनी सबसे प्यारी चीज़ की कुर्बानी देते हैं। सुनकर वह अक्सर सोचता था, क्या दुनिया के इतने लोगों की सबसे प्यारी चीज़ यह बकरियाँ होती हैं! इन्सान ऊपरवाले को भी ठगने से बाज नहीं आता! मगर ऊपरवाला यह सब समझता होगा न!

वह अपने विचारों को झटकने की कोशिश करता है। कनपटी का वही नस फिर धपधपाने लगा है। सुज़ाना के साथ वह किसी भी यात्रा में होता है, लौटता अन्ततः पीछे की ओर ही है। उन जैसे अतीतजीवियों का सफ़र बाहर की ओर कम, भीतर की ओर अधिक होता है। अतीत पालतू चिड़िया की तरह बार–बार हथेली पर आ बैठता है। जो छोड़कर आया है उसमें उसकी सारी दुनिया स्थगित है मगर जिधर अब बढ़ चला है, वह क्षितिज के ओर–छोर तक फैला एक विराट शून्य के सिवा कुछ भी नहीं...अतीत में ठहरा जीवन भीतर से रह–रहकर पुकारता है। आगे जो बढ़ा है वह उसका भ्रम मात्र है। ख़ुद को दफ़नाकर क्या लेकर आगे बढ़ा जाय! परछाइयों के सफ़र का ठहराव कहाँ...!

एकान्तवास के दिन और उदासी का मौसम

एमस्टरडैम! ऐनी फ्रैंक–एक यहूदी किशोरी जो अपने परिवार के साथ नाज़ी हॉलोकॉस्ट के दौरान गेस्टापों पुलिस से बचने के लिए तक़रीबन दो सालों तक अज्ञातवास में छिपी रही, वह यहाँ उसका घर 'सीक्रेट एनेक्स' देखने आये हैं।

आज का यह दिन बहुत ख़ूबसूरत है। उजला, बर्फ़–सा ठण्डा! आकाश एकदम साफ़–झक आईने जैसा। सामने ऐनी फ्रेंक का 'सीक्रेट एनेक्स'–धूप में चमकता हुआ! मेले की गहमागहमी और रंगीन भीड़ से प्रांजल! रोशनी, हवा की इस टापू में कभी इतनी स्याही बटोरी हुई थी...। देखते हुए यक़ीन नहीं हो रहा! एक ही इमारत दो समय के दो चेहरे लिए यहाँ खड़ी है–एक में ज़र्द मौसम का संघनित अवसाद है, अदेखे का डर और अनहोनी की असह्य प्रतीक्षा और समय के दूसरे किनारे इसी दहलीज़ पर एक पूरी दुनिया खड़ी है उस बच्ची की ओर हाथ बढ़ाये जो विगत के एक भयानक समय में तिनके–सी दिशाहारा बहती फिर रही थी। तब यह दुनिया कितनी विरूप, कितनी कठिन प्रतीत हुई होगी उसे...।

दोनों कमरा दर कमरा फिरते हैं। बीता समय यहाँ अब भी जीवित है। हर असबाब, ओने–कोने में उसाँसें लेता हुआ। सुज़ाना की आँखों में एक उन्माद भरी चमक है। वह इस तरह एक–एक चीज़ के बारे में बताती जा रही है जैसे यह घर, सब कुछ उसका हो। उसके पूरे व्यक्तित्व से यातना के बीते हुए समय की बासी–बोसीदा गन्ध–सी आ रही है। एक असहज करने वाली अनुभूति हिमालय को अनायास आ घेरती है। उसकी मुट्ठी में सुज़ाना की उँगलियाँ बर्फ़–सी ठण्डी हैं।

वह 'एटिक' से आती धूप अपने चेहरे पर लेती हुई आँख मूँदे–मूँदे कह रही–आह! धूप, रोशनी...। जानते हो, कुछ दिन कितने अवसाद भरे होते थे...। धूप नहीं, ताज़ा हवा नहीं, आसमान नहीं...। दिन बीत जाते थे कुछ भी कहे–सुने। अपनी–अपनी चुप्पियों की टापू में क़ैद हम आठ लोग...। अक्सर शक होता था, हम ज़िन्दा भी हैं! रात–दिन के निरन्तर डर में हम भीतर ही भीतर नीले पड़ गये थे...। सुनते हुए उसकी देह पर काँटे उग आये हैं। सुज़ाना अजीब–सी भाव दशा में पहुँच गयी है, ख़ुद को ऐनी फ्रेंक समझ रही है!

वह उसकी बाँह में उँगलियाँ गड़ाता है–सुज़ान! मगर वह कहती जा रही–यह पर्दे जो हमेशा गिरे रहते थे, इन्हीं के दरारों से मैं और मागोट चुपके–चुपके बाहर झाँकते थे, तब जब यह मुहल्ला सोया–सा होता था, रविवार की दोपहर या गिरती शामों में...। ठण्ड, बारिश, कीचड़ से लथपथ यहूदी के जत्थे यहाँ से हाँके हुए जानवर की तरह गुज़रते थे, डरे हुए, पिटते हुए! उनके पीछे हरी और मटमैली लॉरियों में सवार पथरीले चेहरे वाले नाज़ी। उनके बन्दूक के नेज़े हमेशा सूखे ख़ून के दाग से स्याह पड़े रहते थे...। सुनते हुए उसका धैर्य जवाब दे गया था। दोनों कंधों से पकड़कर उसने सुज़ाना को झिंझोड़ा था–सुज़ान!

सुज़ाना खुद में लौटती है, इधर–उधर देखते हुए उसके चेहरे पर शर्म की रंगत है–"नाज़ियों से बचने के लिए ऐन फ्रेंक का परिवार कुछ और यहूदियों के साथ यहाँ इस गोडाउन और दफ़्तर की इमारत में छिपा था, पूरे दो साल के लिए! तब ऐनी मात्र तेरह वर्ष की थी। यही वह अपनी डायरी जिसे वह 'किटी' कहकर सम्बोधित करती थी, लिख रही थी जो दुर्भाग्य से अधूरी रह गयी। किसी मुख़बिर की ख़बर पर दो साल बाद वह गिरफ़्तार कर लिए गये थे। आज यह उस काले समय का एक प्रामाणिक दस्तावेज़ है, दुनिया में बाइबल के बाद सबसे ज़्यादा पढ़ी जाने वाली क़िताब!" अब वह किसी टूरिस्ट गाइड की तरह बोल रही थी। हिमालय ने राहत की साँस ली थी। सुज़ाना ने उसे डरा ही दिया था।

सुज़ाना की बातें सुनते हुए उसे निरन्तर अपनी बहन की याद आती रही थी। जाह्नवी की आँखें ऐनी फ्रेंक की आँखों जैसी ही थीं...। किसी डरी हुई चिड़िया की चौंक से भरी। अपने विकल डैनों को तोलते हुए किसी भी क्षण उड़ जाने को तत्पर...। निरन्तर भागने के क्रम में उसने ऐसी आँखें ख़ूब देखी हैं। इन आँखों की भीड़ में उसकी अपनी आँखें भी शामिल हैं! वह करीने से लगी ऐनी फ्रेंक की तस्वीरों को देखता है। एक सुन्दर, किसी भी क्षण खिल पड़ने को उद्धत कली! घृणा के दानवों ने ऐसे कितने उजले, मासूम सपने इस तरह रौंद दिये...। डर के साये में कोई पौधा नहीं हरियाता।

उसने देखा था, जाह्नवी को दिन–दिन कुम्हलाते हुए। कोई सूरज नहीं था जिसकी ओर अपने बन्धन से खुलने के लिए वह मुड़ती। अँधेरों के लम्बे, उदास मौसम में उसका सारा रंग निचुड़ गया था। आख़री दिनों में वह झड़े पत्ते–सी बीमार दिखती थी। हालाँकि वह दिन खिलते बसन्त के थे।

सर, बाँहें पूरी तरह ढँककर वह स्कूल के लिए निकलती तो माँ पीछे से आसमान की ओर देखती आँखें मूँद लेती। उन दिनों वह लगातार प्रार्थना में होती थी। घर की दीवारों के बाहर जगमग धूप होती मगर भीतर काई–सा जमा हर वक्त का डर और चुप्पी। एक घबराहट–सी हर समय उन सब पर तारी रहती। वह बात–बात पर खीजते, झल्लाते। मगर होंठों पर उँगली बनी रहती। बाबूजी ने ऊँचे स्वर में गायत्री मन्त्र उच्चारना छोड़ दिया था। कमज़ोरों का घर–सम्मान ही नहीं, भगवान भी हमेशा ख़तरे में होते हैं...।

दिन के अन्त में वह एक भीड़ भरे वीगन रेस्तराँ में बैठकर टोफू बर्गर कुतरते हैं। सुज़ाना अब भी ऐनी फ्रेंक में गुम है, उसे आसपास की चहल–पहल का अहसास नहीं–किसी की ख़ुशहाल दुनिया का धीरे–धीरे कनसेंट्रेशन कैम्प में बदल जाना कितना त्रासद अनुभव रहा होगा कल्पना कर सकते हो?–यह नहीं खाना है, यह नहीं पहनना है, ऐसे नहीं चलना है, इतने बजे के बाद घर से नहीं निकलना है...।

बाँह में स्टार ऑफ़ डेविड का पीला बैज बाँधे लोग, जैसे दागे हुए ज़ानवर...। अपने होने से हरदम भयभीत...। वह चुपचाप सुनता है, कहता कुछ नहीं। इन अनुभवों से होकर वह बारहा गुज़रा है। समझता है इन भीतर ही भीतर घुलने वाली बेचैनियों को, आशंकाओं में रात–दिन तनी नस और बेतरह तनाव को। यह नींद, भूख–प्यास पर हावी हो जाते हैं, सारी सहज इच्छाएँ ख़त्म कर देते हैं...। इन्सान ज़िन्दा रहता है मगर जीना भूल जाता है!

वह अब सोचना नहीं चाहता, उसकी जवानी किस अँधेरी खोह में गुम हो गयी। उमंगें, हौसले, सपने...। केसर के बैजनी खेतों पर पसरी उदासी, बसन्त की हवा में बारूद की कड़वी गन्ध, शाम होते ही लम्बी, काली परछाइयों से घिरती गाँव की गलियाँ...। कुछ नक़ाबपोश चेहरे हर वक़्त आसपास मँडराते–से महसूस होते। दोस्तों के दीवार बनते चेहरे, आँखों की अजनबियत...। पहचान के सारे पते धीरे–धीरे गुम गये! यह सब कितना अकेला कर गया उनको! 92 के बाद कश्मीर में कभी सही मायने में बहार नहीं आयी। स्ट्राबेरी की सुर्ख़ कालीन बिछती, बादाम के फूलों से रास्ते अँट जाते, पाईन की सुइयाँ बेतरह बिखरी रहतीं मगर धमाकों की गूँज से थर्राती वादियों में मरघट की चुप्पी नहीं टूटती। बुलबुलों ने अर्से से गाना छोड़ दिया था...।

वह मुस्कराकर सुज़ाना के कन्धे का नीला तिल सहलाता है, क्या कुछ ऐसा है जो हमें हमारे अतीत से परे ले जा सकता है? सुज़ाना उसके होंठ चूमती है, ख़ूब गहराई से, "चलो, कमरे में चलते हैं...।' उसकी आँखों की हल्की नीली–मटमैली पुतलियों में कुछ अकहा–सा घुल आया है, टेबिल पर रखे मोका के भाप उठते मग पर मंडराती दिलकश गन्ध–सी! वह अनायास उठ खड़ा होता है–चलें? सुज़ाना मुस्कराकर उठ खड़ी होती है। उसे भी कहीं भाग जाना है, अभी, इसी पल!

इन दिनों अतल मन की गहराइयाँ उसे डराती हैं, डूबने के आतंक में अक्सर देह को किनारा मान कसकर थाम लेता है। यहाँ जो है मासल है, छोटे–छोटे सुख के टापुओं से भरा...।

शून्य भरे इन निसंग दिनों में सुज़ाना भरी नदी–सी आयी, उसे आप्लावित कर गयी! पाकर उसने जाना, उसे कितने अकालों की भूख थी, कितना प्यासा था! अपने अजाने देह का अणु–अणु रेत बन गया है...। वह प्रेम में नहीं है मगर कृतज्ञ है। ख़ुद कहीं से मरती इस उदास लड़की को नहीं मालूम, अपने देह जल से उसने किस मरु को सींचा है! वह न होती तो वह अपने एकान्त के इस अन्तहीन कारावास में एक ज़िन्दा ठूँठ बनकर रह जाता। कुछ लोग बिन मौसम की बहार–से होते हैं, ख़ुद मुरझाते हुए दूसरों के लिए नमी, खाद बन जाते हैं। कभी वह सुज़ाना को बतायेगा, वह अब जो, जितना है, उसका दिया हुआ है, बहुत कमज़ोर सही, वह उसकी जीवन रेखा है...।

रात बीत आयी है, पूरब का रंग फीका होने लगा है। थकान के बावजूद वह सो नहीं पाया सारी रात। वाइन, बिस्तर पर दिसम्बर की इस बर्फ़ीली ठण्ड में सुजाना की गर्म मोम–सी देह का पिघलाव...। सब कुछ सतह से गुज़र जाता है! सब में होकर भी वह उन्हें जी नहीं पाता। अनछुआ, सूखा रह जाता है। भीतर कोई एक परदेसी पंछी है, परायी ज़मीन पर अनमन समय बिताता, हर पल उस मौसम के इन्तज़ार में जो देश का बुलावा ले आता है। कब ठण्ड पड़ेगी, कब पहाड़ों से बादल टकरायेंगे, कब धूप की लतरें खिलेंगी और वह लौटेगा अपनी वादी...

सर भारी हो रहा। वह उठकर खिड़की तक जाना चाहता है, मगर सुज़ाना की बाँह उसकी कमर पर है। कमरे की हल्की रोशनी में वह उसके चेहरे को देखने की कोशिश कर रहा। थोड़े–से खुले होंठ, आँखों के नीचे स्याह घेरे, काँपती हुई पलकें...। उसे भी कहीं सुकून नहीं। मनुष्यों की दुनिया एक बीहड़ है उसके लिए और वह इसमें भागती फिर रही एक हाँके में पड़े हुए पशु की तरह। नाम, मज़हब, भाषा–यहाँ जो कुछ भी उसे उससे पूछे बग़ैर दिया गया वही उसका अपराध हो गया! धीरे–से हाथ बढ़ाकर उसने उसके खुले होंठ बन्द कर दिये थे। इस समय भी शायद वह किसी दुःस्वप्न में है...।

एक अजनबी दुनिया!

ज़मीन से थोड़ा ऊपर आसमान का मौसम कितना अलग है! बिना दाग़–धब्बों का नीला क्षितिज, धूप की मुलायम कौंध से भरी! कोई कहेगा, इसी निरभ्र आकाश के नीचे हमारी यह यातना, भय, पीड़ा के नर्क से लिथड़ा संसार है...! शाम के गिरने से पहले का समय–सब कुछ नर्म–मुलायम चमक से भरा। अँधेरे में एक अरसे से चमगादड़ की तरह लटके हुए हम लोगों को दुनिया का यह रूप कितना लुभाता है! जी करता है, आकाश के नील में हाथ डुबोकर एक मुट्ठी उजाला भर लाऊँ...

इससे पहले कि सपनों के पंख कुछ और पसारे, पीछे से मागोट–मेरी बड़ी बहन–मुझे कन्धे से पकड़कर खींच लेती है–यूँ खिड़की पर दिन के समय खड़ा होना...। उसकी निःशब्द आतंक से भरी आँखों का अकहा मुझ तक साफ़ पहुँचता है। यह अभाव और किफ़ायत का समय है, हर चीज़ की तरह हम 'सीक्रेट एनेक्स' के बाशिन्दे शब्द भी कम–से–कम ख़र्चते हैं इन दिनों। आज के समय में कान सिर्फ़ दीवारों के ही नहीं हैं, छत, ज़मीन पर भी अनगिनत अदृश्य आँख, कान उग आये हैं! यह अबोले को भी सुन लेते हैं! हम ख़ुद से भी कुछ सहज कहना–सुनना भूल–से गये हैं!

साल भर हो गये इस एकान्तवास में। इस बीच हम जीवन की तमाम हँसी–ख़ुशी के साथ भाषा भी भूलने लगे हैं जैसे। रह गयी हैं बस अवाक् चावनियाँ, सहमे इशारे, भीरु, अस्फुट, रुँधी आवाज़ें...। इस भयावह समय ने हमें ज़िन्दा इन्सानों से फुसफुसाती, दबे क़दम

चलती छायाओं में तब्दील कर दिया है। अब जब हम बस अपने होने के हर सबूत को मिटाने की कोशिश में रात–दिन लगे रहते हैं। कभी हम होते थे, अपने मुक़म्मल क़दो–बुत के साथ, यह बात किसी विस्मृत सपने–सा प्रतीत होती है। वह कोई और दुनिया थी जिसमें पाइन की ताज़ा गन्ध से भरी दिसम्बर की हवा होती थी, अप्रैल की धूप में क्यारियों में पाँत की पाँत खिलती डालिया की सुनहली कौंध होती थी, और हम होते थे–साँस लेते, धड़कते, ज़िन्दा...

अपने क्यूबिकल के छोटे–से दीवान पर घुटने मोड़कर पड़ी–पड़ी अक्सर मैं बाहर चलती गोलियों और गिरते बम के तेज़ शोर के बीच भय से अवश अपना ध्यान भटकाने के लिए स्मृतियाँ में आश्रय ढूँढ़ती। टुकड़े–टुकड़े हो बिखरते बीते हुए को जोड़ती–चिपकाती, याद करने की कोशिश करती और इसी में अक्सर सुबह हो जाती–गहरे मटमैले धुएँ से भरी गलियों में ईंटों के स्तूपों के बीच खड़ी जली–अधजली इमारतें, स्लेटी बादल की तहों में धब्बे–सा फैला सूरज और हर तरफ़ बिखरा चट्टान–सा अडोल सन्नाटा...। कोने–कोने तक खींचे हुए पर्दे की फाँक से दिखता यह दृश्य कैसे अवसाद से भर देता है! किसने इस साँस लेती हरी–भरी दुनिया को एक गैस चैम्बर में तब्दील कर दिया!

मैं जानती थी, यह रात–दिन का मृत्यु भय, एकान्त, एकरस जीवन की ऊब हम पर धीरे–धीरे हावी होने लगी है। हज़ार कोशिशों के बावजूद किसी सुनामी की तरह यह ऊपर से शान्त दिखता 'सीक्रेट एनेक्स' का जीवन अन्दर ही अन्दर कम्पन तरंग से भर गया है। शुरू के दिन कुछ बेहतर थे। तब इस तरह छिपकर रहने में एक तरह के रोमांच की अनुभूति थी। अब यह रोमांच एक लम्बी ऊब, रात–दिन गहराते अवसाद में बदल गया है।

हम अधिक से अधिक अनुशासन में रहने की कोशिश करते हैं। एक टाइम टेबल फॉलो करते हैं। समय पर खाना, पढ़ना–लिखना, घर के काम! ऊपर से सब नॉर्मल दिखता है। मगर भीतर ही भीतर हमारी नसों में तनाव चुपचाप घुमड़ता है। अब तो अन्दर की खौल

सतह पर आने लगी है। हम बात करते–करते चीख़ने लगते हैं और फिर अपनी ही आवाज़ों से डरकर पत्थर बन जाते हैं। रोना अब अनायास होता है। पेट में रात–दिन घुलाता डर अक्सर उबकाई में तब्दील हो जाता है। हम में से कोई या तो एकदम खा नहीं पाता या खाता रहता है। नींद अब जैसे कभी नहीं आती। तन्द्रा में गेस्टापों सेना के भारी बूट बजते रहते हैं। आतंक के नील में घुले सपनों में गैस चैम्बर, कन्शेंट्रेसन कैम्प की तरफ़ क़तार बाँधकर चलते अभागे यहूदियों के कंकाल अपने दोनों हाथ फैलाकर हमें बुलाते हैं...।

उनके ना पहचान में आने वाले चेहरों में हम अपने दोस्तों, परिचितों को ढूँढ़ते हैं और किसी के मिलते ही चीख़कर उठ बैठते हैं। कभी ज़िन्दा रहने वाला हर यहूदी जैसे मुर्दे में बदल गया है। उन्हें देखकर बस भय और जुगुप्सा का अहसास होता है। हमें अब तक कोई शिकायत नहीं थी अपने होने से मगर अब लगता है, काश हम हम ना होते! 'यहूदी' शब्द अब जैसे इन्सानों के लिए इस्तेमाल नहीं होता। कुछ ही समय में जाने हम कौन हो गये हैं...

इन सबके बीच पीटर है–पापा के मित्र का बेटा। लगभग मेरा हमउम्र! हमारे साथ 'सीक्रेट एनेक्स' में रहता है। शायद मेरे अवचेतन ने भीतर भरे डर से निजात पाने के लिए पीटर को ढूँढ़ लिया है। एक तरह का पलायन!

जिस उम्र में मुझे ऊँची एड़ी की सैंडिल पहनकर बॉल रूम की चिकनी फ़र्श पर अपने ब्वॉय फ्रेंड के साथ थिरकना था, उस उम्र में मेरी दुनिया लगातार घटते हुए काल कोठरी–सी छोटी, तंग बना दी गयी है। समूचे आकाश के बदले क़तर–ब्योत कर ठूँठ कर दी गयी दो बाँहें और ज़िन्दा आँखें! और तो कुछ नहीं! मगर क्या करें कि हर निषेध के बावजूद मेरे भीतर छाती भर आकाश अब भी शेष रह गया है, चिड़िया–सा मन बिन पंखों के दिग–दिगन्त उड़ता फिरता है...। दीवारें क्या कभी सपनों को क़ैद कर पायी है! आँखें कितना भी मुर्दा हो जायें, सपने देखना नहीं भूलतीं, यह उनका स्वभाव होता है...। दुश्मनों ने एक भारी भूल की है, हमें कुचलते हुए हमारी आँखें

हमारे पास छोड़ गये हैं! बंजर मिट्टी की कोख में भी ज़िन्दा बीज होते हैं, अँखुवाने की असीम सम्भावनाओं और ज़िद के साथ, वह भूल गये हैं शायद...

यह विडम्बना ही है कि हर तरफ़ जली बारूद की गन्ध के बीच भी मुझे अपने कमरे में बन्द पीटर की गश लाने वाली देह गन्ध आती है, धूसर, बदलाये दिनों में जाने कैसे उसके बालों में धूप की तितलियाँ उड़ती दिखती हैं, 'सीक्रेट एनेक्स' के भीड़ भरे कमरों में सबके बीच हमारी आँखों का मौन संवाद निर्बाध चलता है। कुछ कहे बिना हम जाने क्या–क्या सुने–महसूस लेते हैं! उसने मुझे अब तक छुआ नहीं है, मगर मेरी सारी देह गुलाबी धब्बों से भर गयी है, नसों में शहद–सा मीठा कुछ निःशब्द दौड़ता रहता है, मैं हर पल अनाम इच्छाओं से भरी रहती हूँ...। बसन्त की तितलियाँ इस अन्धकार से भरे घर से बहुत दूर जंगलों में उड़ती फिरती हैं मगर मेरी उँगलियों के पोर उनके रंग से अनायास रंग जाते हैं...।

नेह की बस एक बूँद! एक स्पर्श और मैं मोर के नीले पंख–सी खुलकर सारी दिशा में पसर जाऊँगी–मेरा मन अधीर प्रतीक्षा में धड़कता रहता है–तोड़ों यह साँकलें, धवस्त करों काराएँ, हम झाड–बुहार कर साफ़ करें अब अपनी इस इकलौती दुनिया को–मलबे, लाशें, खँडहर...। यह फूलों का मौसम है, पंछी और गीतों का मौसम है! इन झुलसी डालों में इन दिनों दरअसल एक घोंसला होना था, नर्म, नन्ही कोंपलें उगनी थीं, गुलाबी बच्चों में जीवन कुनमुनाना था...।

हमारे 'सीक्रेट एनेक्स' में समय ठहर गया है। बस तारीख़ें बदल रहीं। कुछ नया नहीं, अलग नहीं। वही–वही कर्मकाण्ड, दिनचर्याएँ...। हम रोबोट की तरह उठते हैं, निवृत्त होते हैं, खाते–पीते हैं, सोते हैं, फिर उठ जाते हैं। इन सबके बीच डर हम सबके मन का स्थायी भाव बना रहता है। इसके सिवा और कुछ नहीं। सबसे त्रासद है हमारे सपनों का, उम्मीदों का इस तरह धीरे–धीरे मरते जाना। हर तरफ़ से घिर आयी हार के बीच मेरी लड़ाई हर दिन मुश्किल होती आ रही है।

जो जीवन यथार्थ की ज़मीन पर है वह नर्क बन चुका है। उस पर दरवाज़े बन्द कर हम अपने भीतर आ गये हैं। यही जगह महफूज़ है अब। इसमें उम्मीद और सपनों की जगह बची है अभी, हम थोड़ा–सा यक़ीन अपने आने वाले दिनों के लिए सहेजे हुए हैं...। युद्ध से झुलसे इन अभाव, अवसाद के दिनों में लोग भूख के लिए राशन, ब्लैक में अनाज ही नहीं ढूँढ़ते फिरते, थोड़े–से विश्वास, प्रेम की तलाश में भी रहते हैं। पेट की आग में देह सूखती है तो आत्मा भी स्नेह के अभाव में निर्जीव होती जाती है। उसी स्नेह के मरते हुए सोते को हमें जीवित रखना है। जब भी मौसम आये, फ़सलों के लिए ज़मीन तैयार रहे!

कांक्रीट को तोड़कर अँखुआ आये नन्हे पौधे को देखा है!...। ऐसा ही कुछ जादू घट रहा इन दिनों–जो प्रेम अब तक हुआ भी नहीं उसके तिलस्म का मौसम है यह–घृणा, आतंक, द्वेष की बीमार ज़मीन पर उजले फूलों की तरह अनवरत खिले जा रहा! जब तक यह विश्व युद्ध रुकेगा, जाने हम ज़िन्दा बचेंगे भी या नहीं, मगर एक बात का वादा ख़ुद से किया है, जाते–जाते एक प्रेम की, सपनों और जिजीविषा की कहानी ज़रूर इस दुनिया को दे जाऊँगी, इसकी आने वाली तमाम पीढ़ियों के लिए! वह इस सच को जानेंगे कि अन्धकार की कोई भी भीषण रात उजाले के सूरज को हमेशा के लिए नहीं निगल सकती! वह अन्ततः उगता है और चमकता है! अँधेरे में घुटते हर सूरजमुखी से यह उसका मौन क़रार है...।

'सीक्रेट एनेक्स' में रहने वालों का विषाद, हताशा इन दिनों अपने चरम पर है। सब बने रहने की कोशिश में टूटे जा रहे हैं। आये दिन की कलह, अशान्ति अब यहाँ आम बात है। मन की सारी निराशा, आक्रोश सब एक–दूसरे पर उड़ेल रहे हैं। ऐसे में सच, यह कोई चमत्कार ही है कि हर तरफ़ का अन्धकार मुझे घेर नहीं पा रहा। मेरा सूरज मुझे भीतर से जगमगाये रखता है। धूसर दृश्यों के परे मुझे जीवन के संकेत दिखते हैं, उनमें ईश्वर की करुणा भी! जली हुई ज़मीन पर नर्म, गुलाबी फूंगियाँ निकलती हैं, मरे पेड़ों की डाल

अकस्मात् हरिया उठती हैं, चलती गोलियों और बम के बीच कोई चिड़िया चहक उठती है...। मैं देख सकती हूँ, मृत्यु के भयावह मौन में जीवन का प्रच्छन्न संकेत हर तरफ़ बिखरा पड़ा है। हर अन्त एक नयी शुरुआत है। मृत्यु जीवन का सामयिक कॉमा, बिन्दु हो सकती है, पूर्ण विराम कभी नहीं!...। मेरा ध्यान इनमें लगा रहता है। किसी हाल में इसे भटकने नहीं दे सकती। अन्धकार में चुनूँगी तो जुगनू ही, अन्धकार नहीं!

इन दिनों मेरे जीवन का सबसे सुन्दर समय वह होता है जो पीटर के साथ गुज़रता है। हम अक्सर ऊपरी मंज़िल के 'एटिक' में साथ–साथ शामें बिताते हैं। बहुत क़रीब बैठ मोज़ार्ट को सुनते हुए या खिड़की से गिरती शाम देखते हुए। मेरे बायें कन्धे के नीचे पीटर का दिल होता है, मेरी तरह ही बेतरतीब धड़कते हुए! हम ऐसे में बहुत कम बोलते हैं। बोलने से जैसे कुछ बहुत सुन्दर टूट जाता है। कानों पर भाप बनती साँसों, दृष्टि का वाचाल मौन, सिंकती उँगलियों का हल्का टकोर बताने लगा है, एक भाषा ऐसी भी होती है जो बिन कहे–बोले सम्प्रेषित होती है–समझ में नहीं, संवेदनाओं में! यह देह भाषा है, नेह और स्पर्श की मौन, आदिम भाषा...। प्राणी मात्र यह भाषा बोलता है, हर देश में, हर नस्ल और समाज में।

एक–दूसरे की उँगलियों में गूँथी हमारी उँगलियाँ हल्की ऊष्मा में पिघलती रहती हैं और घण्टों हमें कुछ कहने–बताने की ज़रूरत महसूस नहीं होती। देर शाम छोटे–छोटे, घबराये हुए आख़िरी चुम्बनों के बाद हम अपने–अपने कमरों में दहकते हुए–से लौटते हैं।

उसके बाद शुरू होता है जागते हुए खुली आँखों से सपने देखने का सिलसिला! ठीक जहाँ हमारी मुलाक़ात ख़त्म होती है, वही से शुरू हो जाता है अगली मुलाक़ात का इन्तज़ार। चौबीस घण्टे काम करते, बोलते–बतियाते हम इसी इन्तज़ार से भरे होते हैं। सबके बीच होते हैं मगर नहीं होते। मौन संवाद में, दिवास्वप्न में समय कैसे गुज़र जाता है, पता नहीं चलता। बहुत बार लगता है, प्रेम हर अन्धकार में अपना रास्ता तलाश लेता है। दरअसल प्रेम जीवन का

अकेला बसन्त है और बसन्त को आने से कोई रोक नहीं सकता! जब वह आता है, हर रुकावट ख़ुद रास्ता बन जाती है!

पापा ने मुझे बार-बार मना किया मगर सबकी अनिच्छा के बावजूद मैं इन दिनों रोज़ पीटर से मिलती हूँ। जब सब कुछ इतना अनिश्चित और विषाद भरा हो, मैं ख़ुशी का एक पल गँवाना नहीं चाहती। अब तक के जीवन में इतना तो समझा है, दुनिया वालों को ख़ुशियों से कोई पुराना बैर है। ख़ुद जीते नहीं, किसी और को भी जीने नहीं देते। हर सुख पर, ख़ुशी पर ताला लगाये बैठे रहते हैं। मुझे इस कारावास में नहीं जीना, पंछी हूँ, आकाश मेरा जन्मसिद्ध अधिकार है!

जब मैं किसी तेज़ी से गिरती शाम ऊपरी मंज़िल के 'एटिक' में पीटर के बहुत क़रीब बैठकर उसकी देह की हल्की हरारत अपनी नसों के संजाल में महसूसते हुए बीथोबेन सुनती हूँ, हमारे इर्द-गिर्द का ठहरा हुआ सन्नाटा हल्के बजते वायलिन की धुन-सा प्रतीत होता है। मौन के संगीत को इन्हीं दिनों बेहतर जाना है। बाहर शहर की तंग गलियों में दिसम्बर की धुन्ध धीरे-धीरे भरती जाती है, टूटी हुई इमारतों की परछाइयाँ आसेब की तरह सड़कों पर उतरती हैं, गीली-गीली चमकती गैस बत्तियों की रोशनी में सब कुछ बहुत वीरान, बहुत उदास दिखता है। लेकिन इन्हीं सर्द, उदास सड़कों पर हम जैसे एक-दूसरे का हाथ पकड़े दूर तक टहल आते हैं। सबकी सशंकित आँखें, सड़क से गुज़रती सेना की भारी लारियाँ, गस्त लगाता चौकीदार...। इन सबसे होकर, इनसे परे, तैरते हुए-से...। हम जैसे जादू हो गये हैं!

हमारे किशोर होते सपनों को एक टुकड़ा ज़मीन की तलाश है, ऐसी ज़मीन जिस पर जगह-जगह खड़े कँटीले फेंस, मजबूत दीवारों के बीच कॉन्सेंट्रेशन कैम्प, किलिंग सेंटर, गैस चैम्बर नहीं होते, जहाँ इन्सान को भँभोड़ने के लिए गेस्टापों सेना के साथ शेफर्ड कुत्ते जीभ लपलपाते नहीं फिरते, जहाँ इन्सान को यहूदी, बनजारे, विकलांग, समलैंगी ना समझकर बस इन्सान समझा जाता है!

एक घर के लिए ईंट–पत्थरों के अलावा ढेर–सी उमंग और मन भर साध की ज़रूरत होती है...। बिलों, दरारों में डरे हुए चूहों की तरह छिपे हुए, हाँके में पड़े जानवर–से रात–दिन भागते हुए हम भूलने लगे हैं कि हम सबकी तरह इन्सान हैं। यहूदी औरतों की जिस मुलायम खाल के अलग–अलग इस्तेमाल के तरीक़े नाज़ियों के लैब में ढूँढ़े जा रहे हैं, उस खाल के नीचे बहने वाले ख़ून का रंग उन्हीं के ख़ून की तरह लाल है!

इन दिनों अक्सर सोचती हूँ, कैसी विडम्बना है कि प्रकृति से एक होकर भी हम इन्सान हज़ार खानों में बाँट दिये गये हैं, मगर उस सोच को ख़त्म करने के लिए कोई गैस चैम्बर नहीं है इस दुनिया में, उन किताबों को कोई नहीं जलाता जो मनुष्यता में आग लगाती हैं, वायरस बनकर हवा में फैल दुनिया को बीमार करती है...!

ऊमस, घुटन, एकरसता में उभती–चुभती अपने अन्धकार भरे कमरे से मैं अक़्सर छिपकर उस दुनिया को देखती हूँ जो कभी हमारी भी हुआकरती थी...। पर्दे से घिरी शीशों की खिड़की के पार, सब कुछ सामने–चमक, आवाज़ से भरा हुआ मगर कितनी दूर...। उँगलियों के पोरों में जो स्पर्श जीवित है, स्मृतियों में अभी खिले–सा ताज़ा है, 'वह' कहते हैं अब कहीं नहीं बचा! सब कुछ किस तरह पोंछ–रगड़कर मिटा दिया गया हमारे जीवन से!...। और हमें भी! किसी को याद है, हम भी होते थे यहाँ! शहर की रोशनी, सड़क की चहल–पहल, आवाज़ में घुले–मिले, किसी के दोस्त, किसी के पड़ोसी...। किसी के होने को इस तरह नकार दिया जा सकता है! युगों का साथ, साझे का जीवन...। अपनी स्मृतियों का क्या करते हैं यह निर्मम लोग! ख़ुद से काटते यह जीवन के हिस्से दुखते नहीं क्या! यह कोई बारिश में बढ़ आयी लता–डालियाँ नहीं, जीवित सम्बन्ध थे...

मैं ख़ुद को इन सड़कों पर आज भी देख सकती हूँ–स्कूल जाती, साइकिल चलाती, दोस्तों के साथ टहलती हुई...। एक खुली, बेफ़िक्र दुनिया की बाशिन्दा! इस दुनिया में हमारी हँसी के साथ सिंकते पॉपकॉर्न की सोंधी गन्ध हुआ करती थी, कम उम्र रोमांस का रंग,

बेबात हँसी का जलतरंग...। सपनों, उम्मीदों से भरी एक प्रांजल दुनिया! इस दुनिया के सूरज को किसने निगल लिया! सुना एल्बे नदी के पानी का रंग अब लाल हो गया है, ज़मीन का कोई टुकड़ा नहीं बचा बच्चों के खेलने के लिए, सारा का सारा क़ब्रिस्तान बन गया है...। क्यों कोई अपनी दुनिया के साथ ऐसा करता है! तिल–तिलकर बनाया–जोड़ा सब कुछ इस तरह धूल में मिला देना...। जो सुन्दर था, मन का था, फिर कभी दुबारा बन पायेगा! ईंट–पत्थर तो शायद जुड़ भी जायेंगे, यक़ीन का क्या! आस्था पर पड़ी दरारें सहज पुर नहीं पातीं। सदियाँ लगती हैं भीतर के घाव भरने में! दाग तो कभी नहीं जाते।

यहूदियों के बारे में तरह–तरह की अफ़वाहें, मनगढ़न्त कहानियाँ सुन रही इन दिनों और हैरान हो रही। हमारा निर्दोष अस्तित्व इतना बड़ा ख़तरा है पूरी दुनिया के लिए, सोचकर आश्चर्य हो रहा। गाते, रचते, मेहनत करते हमें पता नहीं चला, दरअसल हम समाज में लगे घुन हैं, एक निःशब्द वायरस जो सबको बीमार कर देता है! अब सब मिलकर इस बीमारी का हल ढूँढ़ने निकले हैं। हमें चुन–चुनकर ख़त्म कर रहे हैं। समस्त पश्चिम से यहूदियों को मिटा देना है–'फ़ाइनल सॉल्यूशन'! एक बीमारी से मिटाने चले हैं यह दूसरी बीमारी! कैसी विडम्बना है! इसके साथ ही जो यह पूरी दुनिया बीमार, बहुत बीमार होती जा रही हमेशा के लिए, उसकी दवाई क्या कभी कोई ईजाद कर पायेगा! घृणा दो धार का हथियार है, दूसरों पर चलते हुए ख़ुद को अधिक लहूलुहान करता है। मुझे अपने अन्त के साथ इस बहुत प्यारी दुनिया के अन्त का भी गहरा शोक है। इसे इस तरह नष्ट नहीं होना था...।

इन दिनों दो अतियों के बीच जी रही मैं–एक तरफ़ मेरा जीवन शुरू ही हुआ है और दूसरी तरफ़ इसके अन्त की तरफ़ हम रोज़ एक–एक क़दम बढ़ रहे हैं। भीतर का यक़ीन कह रहा हम बने रहेंगे, बाहर की परिस्थितियाँ बता रहीं, बहुत मुश्किल है यह। अन्दर कल की योजनाओ का अम्बार लग गया है मगर फ़िलहाल एक छोटे–से

बैग में अपना कुछ सामान समेटे हम हर वक़्त भाग जाने को तत्पर हैं। हमारे छिपने के ठिकाने के बाहर पुलिस के भारी बूट की आवाज़ गूँजती है, चौकीदार के टॉर्च की तेज़ रोशनी कौंधती है और हम आतंक से शून्य पड़ जाते हैं।

दिनों तक हम हवा, रोशनी से वंचित इन कमरों में साँस रोके पड़े रहते हैं, परछायी की तरह अँधेरे कोनों में धँसे हुए। छोटी से छोटी आवाज़ हमें डरा देती है, नसों में गिरे बर्तन–सी देर तक झनझनाती रहती है। रात–दिन हमारे हाड़–मज्जे में घुला रहने वाला यह डर अब हमारे भीतर का स्थायी भाव बन गया है। यह हमें दीमक की तरह भीतर से धीरे–धीरे खोखला करता जा रहा है। विभिन्न रूपों, आकारों में अनायास आकर यह हमें घेरता है, भयभीत करता है। कोई आसेब है जो चौबीसों घण्टे हमारे मन–मस्तिष्क पर छाया रहता है इन दिनों।

कई बार लगता है, बस किसी तरह यह यातना ख़त्म हो, फिर चाहे मृत्यु की क़ीमत पर ही क्यों न हो। एक अदृश्य चट्टान के नीचे हम सब अर्सा हुए, दबे हैं। साँस लेते हैं मगर साँस नहीं आती, दम घुटता है, ख़ून के बहाव में थक्के–से पड़ जाते हैं। हम अब बस जी भर चीख़ना चाहते हैं, रोना चाहते हैं, दौड़ना चाहते हैं पृथ्वी के अन्तिम छोर तक। डरते–सहमते, निरन्तर भागते थक गये हैं। मुक्ति! बस मुक्ति और कुछ नहीं...। दीवारों, सलाखों, साँकलों की इस नाज़ी दुनिया से मुक्ति! नस्ली भेदभाव, पूर्वाग्रह, हिंसा से मुक्ति...।

हम ठहरे हुए हैं मगर एक पलायन में हैं। बाढ़ में टूटकर निरन्तर बहते किनारे का एक हिस्सा! कहीं कोई ठहराव नहीं, ठौर नहीं। कोई इतिहास का पन्ना पलटकर देखे, हमें बार–बार सायास तोड़ा गया, ध्वस्त किया गया मगर ख़ुद को सहेजकर हम फिर–फिर उठ खड़े हुए, समय के हर हिस्से में तिनका–तिनका जोड़कर अपना घर बाँधा मगर दुर्भाग्य और विस्थापन ने कभी कहीं पीछा नहीं छोड़ा। कहाँ–कहाँ से निकाले गए, बेघर किए गये...। कभी–कभी लगता है, यह डर, यह पलायन हमारे डी.एन.ए. में शामिल हो चुका है।

मैं तो नींद में भी अक्सर बेतहाशा भागती रहती हूँ। मेरे पीछे गेस्टापों के लोग होते हैं, उनके भारी बूटों की धमक, अन्धकार में चमकते संगीन, ख़ून के प्यासे अलसेशियन कुत्तों की गुर्राहट... चीख़ते–चीख़ते मेरी नींद खुल जाती है और फिर सुबह तक नहीं आती। बाहर निरन्तर होती बमबारी, गोली की आवाज़ों के बीच अपने कम्पन को रोकने की कोशिश में दोनों बाँहों में ख़ुद को समेटे बैठी रहती हूँ। साथ माँ, पापा, बहन...। इस भय से छुटकारा यहाँ सम्भव नहीं। हमारे इस छिपने के ठिकाने के आठों रहवासी अब चलते–फिरते जोंबिस में तब्दील हो चुके हैं। हम ज़िन्दा हैं मगर जैसे मर गये हैं...। शेर के पिंजरे के सामने बँधे मेमने की तरह हमारा ख़ून नसों में सूखा रहता है। आसन्न मृत्यु का भय हमें कभी सुस्थिर होने नहीं देता। दो विपरीत मनःस्थितियों के बीच इन दिनों मेरी अपनी मनोदशा शब्दों से परे है।

कुछ घटनाओं के बाद आजकल अक्सर हमें साँस रोककर दिन बिताने पड़ रहे हैं। कभी बिल्डिंग के निचले हिस्से में चोर घुस आते हैं, कभी पुलिस दरवाज़े तक आ जाती है तो कभी कोई और दुर्घटना घट जाती है। हमारे चलने–फिरने तक पर पाबन्दी लग जाती है। कभी–कभी डर लगता है, इस तरह बिना हिले–डुले कहीं हम पत्थरों में न तब्दील हो जायें!

जिस बात की सबसे अधिक आशंका होती है, जाने क्यों वही घटती रहती है। उस दिन रात के दस बजे होंगे। पूरा 'सीक्रेट एनेक्स' सोने की कोशिश में थे। मैं भी अपने बिस्तर पर। थोड़ी देर पहले पीटर ने मुझे एटिक पर चूमा है। वही घबराहट भरे किशोर चुम्बन...। हम दोनों धीरे–धीरे चूमना सीख रहे हैं। आज का चुम्बन पहले दिन के चुम्बन से बेहतर था। पीटर की पकड़ मेरी बाँहों पर मज़बूत थी। मुझे अच्छा लगा। मैं चाहती थी, ऐसे हालातों में वह डोमिनेट करे। स्त्री अपने पुरुष को शक्तिशाली और आत्मविश्वास से भरा हुआ महसूस करना चाहती है। उसके समर्पण के लिए यह ज़रूरी है। जिस हाथ से सहज छुड़ा सके, उसमें अपनी कलाई देना ही क्यों!

यह ठीक उल्टा है पुरुष की चाहत से। वह स्त्री को कमज़ोर देखना चाहता है, खुद से कमज़ोर तो निश्चय ही। वह सीने के पास ठीक वहाँ हो जहाँ उसे गर्दन झुकाकर देखना पड़े। यह जगह उसने अपनी स्त्री के लिए सुरक्षित रखी है। कल भी, आज भी। आकाश उसके लिए बुलन्दियों की सीमा, सितारों तक की पहुँच के लिए है। वह बस अपनी महत्त्वाकांक्षा को सर उठाकर देखता है। हृदय उसका ठीक मस्तिष्क के नीचे, दूसरे तल पर आता है, पेट के बहुत क़रीब! मगर औरत छाँह की बेल है, खिलती–बढ़ती है घिरे आकाश के नीचे। अपनी ऊर्जा वह साँवले दिन, नम ज़मीन से भी सोख लेती है। दुख–सुख, अनुकूल–प्रतिकूल–वह कुछ भी जाया नहीं होने देती। पंछियों की तरह हर कूड़ा–करकट से अपना घोंसला बुन लेती है। उसकी देह, मन, मस्तिष्क एक घर के कमरे हैं, सबके दरवाज़े एक–दूसरे पर खुलते हैं। एक से गुज़रे बिना दूसरे तक पहुँचा नहीं जा सकता।

जाने मैं क्या–क्या सोचती रहती हूँ। उठते–बैठते, काम करते सलाइयों की तरह सोच कुछ न कुछ भीतर बुनती रहती है। जब देह बन्धन में हो तब शायद मन और अधिक अराजक हो जाता है, हर ऊँची उठती दीवार के साथ बागी होते हुए! हर निषेध के प्रति निषेध जागता है, चलते हुए एक सीध में सब तोड़ डालने का मन करता है। फिर वह बाहर की पाबन्दियाँ हों या कि फिर घर की। जिस तरह बार–बार मन करता है, दरवाज़े खोलकर खुले में निकल जायें, आकाश में उड़ते फिरें, उसी तरह लगता है किसी की परवाह किये बिना पीटर के सीने से जा लगे! कई जोड़ी आँखों की पहरेदारी अब खीज जगाती है। यह समय हमारा है। इसमें सेंध लगाने का अधिकार किसी को नहीं होना चाहिए।

मुझे बुख़ार–सा आया हुआ है। हर चुम्बन के बाद ऐसा ही होता है। हरारत से भर जाती हूँ, देह पर फफोले पड़ जाते हैं। मैं इस वक़्त इसी दशा में थी, तन्द्रा और नींद के बीच कहीं। तभी नीचे से आती तेज़ आवाज़ से मैं चौंककर उठ बैठी थी। कोई ज़ोर–ज़ोर

से हमारे घर का दरवाज़ा पीट रहा था। ओह! शायद वह आ गये, आज आ ही गये...।

मैंने अँधेरे में आँखें फाड़–फाड़कर इधर–उधर देखा था। पीटर...। नहीं! हिमालय मेरे चेहरे पर झुका हुआ था–सुज़ाना! सुज़ी...। क्या हुआ? सपना देख रही हो?

...सुज़ाना देर तक उसे डरी हुई अपरिचित आँखों से देखती रही थी। जैसे पहचान नहीं पा रही हो। उसका चेहरा पसीने से भीग रहा था। साँस उखड़ी हुई थी। फिर धीरे–धीरे वह शान्त हुई थी। साँसें सम पर आयी थीं। रुक–रुककर किसी बच्ची की–सी रुआँसी आवाज़ में बोली थी, जानते हो हिमालय! कभी मैं अपनी पागल नानी बन जाती हूँ, कभी किशोरी ऐनी फ्रेंक! अभी सपने में मैं वही थी–ऐनी! तेरह साल की ऐनी! कितने लोग हैं मुझमें! सबके दुख, सबके शोक...। आवाज़ों, चीख़ों से भरा कोई भुतैला मकान, कॉन्सेंट्रेशन कैंप! अकेली हूँ मगर भीड़ हूँ! आख़िर मैं कौन हूँ? सिसकती हुई सुज़ाना को सीने से लगाकर हिमालय चुपचाप उसकी दुर्बल बाँहों को सहलाता रहा था।

वह क्या कहता! शब्द अब तसल्ली नहीं देते। इनकी शायद अब कोई प्रासंगिकता भी नहीं। नासूर बन गये दुखों को अब बस अपनी मौत का इन्तज़ार करना है। जब भी आए। जीवन में तो कोई हल नहीं। तब तक रो लेना चाहिए जब तक दर्द एक आदत होकर सह न जाय। जब्त किये शोक कलेजे में बँध जाते हैं, असाध्य बन जाते हैं। उसने भी यही किया है–अपने शोक–सन्ताप से भागने के बजाय उसे अपना लिया है, एकसार हो गया है उनसे। उसी में जीते हुए अब उसकी तासीर भी महसूस नहीं होती। भागना कोई हल नहीं, अर्सा हुए जान लिया है। फिर यह आसेब और बड़ा होकर पीछा करता है।

मृत्यु के कारख़ाने में जीवन

वह हॉलैंड सुबह की ट्रेन से पहुँचे हैं। कई घण्टों के सफ़र में अच्छी नींद भी मिली तो बिना समय गँवाये वह आउस्वीट्स कॉन्सेंट्रेशन कैम्प देखने चले आये। यह नाज़ी जर्मनी के सबसे कुख्यात कैम्पों में से है। कहते हैं यहाँ जो आया वह कभी ज़िन्दा वापस नहीं गया।

दिसम्बर के कुहरे में लिपटे उस विशाल कैम्पस की हवा में जाने क्या था, वह अनायास सहम–से गये थे। सुज़ाना की अँगुलियाँ हिमालय की बाँहों पर सख़्त थीं, वह उससे बेहद क़रीब होकर चल रही थी। हिमालय उसकी उथली, तेज़ साँसों को अपने गले पर महसूस कर पा रहा था। चलते हुए सुज़ाना ने अचानक से ठहरकर जैसे अपनी साँस रोकते हुए कहा था–यहाँ की हवा में मृत्यु गन्ध है हिमालय! ध्यान से सुनो, जैसे सैकड़ों लोग कोरस में चीख़ रहे हैं...। सुज़ाना की बात सुनते हुए हिमालय के रोंगटे खड़े हो गये थे। यह कोई हौंटेड जगह है! जिस्म से अलग कर दी गयी रूहें यहाँ अदेह फिर रही होंगी। उन्हें शायद यहाँ नहीं आना चाहिए था। मगर यह सुज़ाना की ज़िद थी।

यहाँ घूमते हुए वह हैरान थे। यह सब मनुष्यों का बनाया हुआ है–मनुष्य के लिए! इसे देख लेना साक्षात् नर्क को देख लेना है–शैतान का साम्राज्य–ए पर्फेक्ट डैथ फ़ैक्टरी! कल जो था वह सब आज यहाँ नहीं है मगर जो अवशेष सैलानियों के लिए नुमाइश में रखा गया है उसे देखने के लिए भी भीतर साहस का समन करना पड़ता है–गैलरी ऑफ़ इनमेटस, गार्ड पोस्ट्स, सेंट्री पोस्ट्स, टॉर्चर ब्लॉक, बेसमेंट, क्रिमेटोरियम... जूते–चप्पलों, कपड़ों, बक्सों के ढेर!

टूटे चश्मे, नकली दाँत, अपाहिज़ों की कुर्सी, बैसाखियाँ...। देखते हुए भीतर कुछ सुन्न–सा पड़ता जा रहा है। इन अम्बारों में वर्षों पहले नष्ट हो गये शवों की स्मृतियाँ जीवित हो उठती हैं। यह किसी की देह पर थे, असबाब, सम्बल थे... हर अँधेरे कोने से लगता है कोई चीख़ते हुए निकल रहा है, भिंची आवाज़ में कराह रहा है। यहाँ हवा लम्बी उसाँसों की तरह चलती है...!

वह चलते–चलते ठिठक जाते हैं, सुज़ाना हिमालय से चिपट जाती है। कई सैलानी ज़मीन पर बैठ गये हैं। किसी को गश आ रहा है। गाइड की बातों को सुनते हुए जैसे उन्हें मोटी सलाखों से घिरे बेसमेंट्स की बदसूरत खिड़कियों से मदद के लिए फैले अनगिनत हाथ, कोटर में धँसी आँखें, रुलाई–सब कुछ स्पष्ट दिखता है। यहाँ हर पल पागल कुत्ते भौंक रहे हैं, गैस चैम्बरों में ठण्ड से काँपते हुए विवस्त्र बूढ़े, बच्चे, औरत ठूँसे जा रहे, नर कंकाल–से लोग पीछे हाथ बाँधे फायरिंग स्क्वाड की ओर चले जा रहे...। कोई हॉरर फ़िल्म है जो लगातार चल रही है!

"इन्हीं इमारतों की भीड़ में कहीं ऐनी फ्रैंक रही होगी ना..." सुज़ाना की उन्माद भरी आँखें वर्षों पहले भीड़ में खो गयी उस किशोरी को ढूँढ़ती हैं जिसकी डायरी 'किटी' पढ़ने के बाद वह उसकी आन्तरिक दुनिया का हमेशा के लिए हिस्सा हो गयी थी! हिमालय उसे हाथ पकड़कर आगे ले चलना चाहता है मगर सुज़ाना खड़ी रह जाती है, प्रस्तरवत! दूर शून्य में जाने क्या देखती हुई! बाद में उसने कहा था, उसे उस अँधेरे बैरक में ऐनी मिल गयी थी। सुज़ाना ने उसे उसकी साँझ के तारे–सी उजली आँखों से पहचाना था। इनके ट्विंकल को वह हज़ारों में चीन्ह सकती थी! वर्ना चेहरे से तो वह कोई और हो गयी थी–रुग्ण, कृशकाय, मलिन...।

बक़ौल सुज़ाना के, ऐनी ने उसे अपनी आपबीती सुनायी थी। गाइड और ऐनी की बातें आपस में गड्डमड्ड–सी हो गयी थीं, हिमालय ने किसे सुना वह ख़ुद नहीं जानता था। सुज़ाना को यक़ीन था, वह ऐनी ही थी।

...आउस्वीट्स कैम्प के दो महीने कैसे बीते, मुझे याद नहीं। कभी पत्थर–से बँधे अडोल सन्नाटे में कुछ जुगनू–सा टीमक कर बुझ जाता है। स्मृतियों के नाम पर बस घने कोहरे की चादर–सी बिछी है भीतर। मोटी–मोटी तहों में, एक किनारे से दूसरे किनारे तक। इससे परे और कुछ नहीं! ख़ुद में देर तक ठहरा नहीं जाता...। बाहर जितनी मौतें हो रहीं उन सबकी क़ब्रगाह भीतर ही तो बन रही!

कितना अजीब है कि यहाँ सबसे अधिक माँ की याद आयी, जब बहुत डर लगा, भूख लगी, दर्द हुआ...। पीड़ा जब सहने की अन्तिम सीमाएँ पार कर जाती है तब बेतरह डरे बच्चे–सा मन बस माँ की गोद की सुरक्षा चाहता है–बहुत बड़ी और कदर्य दुनिया में माँ की गर्म कोख–सी कोई निरापद जगह–रिग्रेशन! इस अल्टीमेट सुरक्षा को खोकर इन्सान उम्र भर फिर असुरक्षा के अहसास से रिहा नहीं हो पाता।

'सीक्रेट एनेक्स' से पकड़े जाने के बाद एक अन्तहीन यात्रा में हैं हम सब। चल रहे हैं मगर जाने कहाँ के लिए! भूख, डर, पीड़ा के साथ कन्धे पर निरन्तर बना हुआ है अनिश्चित कल का बोझ। एक अदृश्य तलवार हर पल सर पर लटकी हुई है। यातना की एक सुरंग से निकलकर हम दूसरी सुरंग में प्रवेश कर जाते हैं। इनका जैसे अब कोई अन्त नहीं।

पहले वेसटेरबोर्क फिर सितम्बर की कड़कड़ाती ठण्ड में डिब्बे बन्द मछलियों की तरह तंग, अँधेरे रेल के डिब्बों में ठूँसकर अस्सी–अस्सी बूढ़े, बच्चे, जवान लोगों की आउस्वीट्स कैंप के लिए तीन दिन तीन रात की लम्बी, थकान भरी यात्रा...। किस लॉरी में ठूँसे जा रहे हैं, किस कैंप में डाले जा रहे हैं अब समझ भी नहीं आ रहा...। फिज़ूल सामान बन गये हैं, एक अदद नम्बर हैं! कभी हम भी मनुष्य थे, अब सोचकर जैसे ख़ुद ही अजीब लगता है!

अब इतने दिनों बाद मुड़कर देखती हूँ तो कुछ–कुछ साफ़ दिखने लगा है। धुन्ध छँट–सी रही। पहले जैसे किसी चक्रवात में फँसी हुई थी। न कुछ दिखता था न सूझता था! बहरहाल! हमारी ट्रेन सीधे आकर आउस्वीटस कैंप के अन्दर रुकी थी।

...सितंबर का वह एक अवसाद भरा दिन था। आकाश स्लेटी, धूसर मेघों से भरा हुआ। क़तार में खड़े हुए सिपाही ठण्डी, निर्लिप्त आँखों से ट्रेन से उतरते हुए थके, भयभीत यात्रियों को देख रहे थे। एक डॉक्टर वहीं खड़ा आँखों ही आँखों में मुआयना करता जा रहा था। कमज़ोर, बीमार लोगों को वह दाहिनी ओर जाने का इशारा कर रहा था और कम उम्र, स्वस्थ लोगों को बायीं ओर। लोग बिना जाने–समझे लम्बी, त्रासद यात्रा से असक्त, बेहाल चुपचाप चले जा रहे थे। बाद में पता चला था, दायीं ओर का रास्ता सीधे गैस चैम्बर में जाता था। बायीं ओर थे ठण्डे और तंग बैरक जिनमें मरने से पहले अपनी ऊर्जा की आख़िरी बूँद रहने तक काम करते हुए लोगों को जानवरों की तरह जीना था।

इस कैम्प में उतरने के तुरन्त बाद परिवारों को एक–दूसरे से अलग कर दिया गया था। चेन छुड़ाकर भूखे, भयभीत यहूदियों पर टूट पड़ने को आमादा शेफर्ड कुत्तों के ख़ूनी जबड़े और लपलपाती जीभ के बीच कोई पुलिस अफ़सर मेगा फ़ोन पर निरन्तर गुर्राते हुए हिदायतें दे रहा था–यहाँ सभी को उनकी क़ाबिलियत के मुताबिक़ काम दिया जायेगा। यहाँ थायफस की बीमारी फैली हुई है इसलिए सब अपने–अपने बैरकों में जाने से पहले साफ़–सुथरा हो लें। नहाने–धोने की समुचित व्यवस्था है यहाँ। साथ लाये सामान ढोने की ज़रूरत नहीं। वह बाद में सबके पास कमरे में पहुँचा दिये जायेंगे।

दूर खड़ी इमारत के माथे पर लिखे शब्द चमक रहे हैं–कर्म हमें मुक्त करता है! पंक्ति में मुस्तैदी से खड़े नाज़ी अफ़सरों की आँखें बिना किसी भाव के पत्थर के सुलगते टुकड़े बने हुए हैं। उनकी तरफ़ देखना सपाट दीवार से टकराना है।

याद है, तेज़ी से गिरती शाम की रोशनी में बेबस यहूदियों की गीली आँखें और बन्दूक़ के नेज़े चमक रहे थे। सब चुप थे, थके–हारे, असमंजस में! छोटे–छोटे डिब्बों में जानवर की तरह ठूँसकर हुए दिनों की यात्रा ने सभी को बेतरह थका दिया था। ऊपर से अनिश्चितता! अवश होते शरीर अब ढह पड़ना चाहते थे।

लग रहा था, बस किसी तरह थोड़ी नींद, खाना, आराम मिल जाता! कुत्तों की भौंक से डरे हुए बच्चे निरन्तर रोये जा रहे थे। उनकी माँएँ उन्हें चुप कराने की कोशिश में ख़ुद रुआँसी हो रही थीं। मर्दों की आँखों में ग़ुस्सा और लाचारी के आँसू थे...।

तीन दिन तक लगातार चलने के बाद जब अन्ततः ट्रेन रुकी थी, हम एक नये डर और आशंका से घिर गये थे। भीतर अँधेरे, घुटन, भीड़ थी, बाहर जाने क्या था। यात्रा के दौरान बाहर से डिब्बों के दरवाज़े बन्द रखे गये थे। डिब्बे में बस एक छोटी–सी रोशनदान से रोशनी आती थी। बिना किसी समुचित इन्तज़ाम और बहुत सारे लोगों के लगातार इस्तेमाल से बाथरूम से हर तरफ़ दुर्गन्ध फैली हुई थी। जाने कितनी देर बाद जब बाहर से दरवाज़ा खोला गया था, अचानक आयी रोशनी की बाढ़ से सबकी आँखें चौंधिया उठी थीं। इसके बाद ट्रेन से उतारकर हमें सैनिक ट्रकों में डालकर दो दिशाओं में भेज दिया गया था। हम सबको ट्रेन से उतारने, पंक्ति में खड़ा करने और ट्रकों में चढ़ाने का काम वहाँ पहले से मौजूद यहूदी क़ैदी ही कर रहे थे।

उस दिन अधिकतर मुझ जैसे युवा और स्वस्थ लोग लॉरियों में भरकर बायीं तरफ़ के तंग बैरकों में उतार दिये गये थे। हमारे पीछे बीमार, बच्चे और बुजुर्गों का क्या हुआ था बाद में पता चला था।

छँटाई के समय क़तार में खड़े लोगों में से जिसे भी दबोचा जाता, वह यकायक चीख़ पड़ता और मुड़कर अपने परिवार की ओर भागने की कोशिश करता। माँएँ अपने बच्चों से लिपट जातीं। दुर्बल पिता अपनी असक्त बाँहों में उन्हें समेटने की कोशिश करते। भीड़ में बार–बार 'गॉड', 'गॉड हेल्प'! की आवाज़ उभरती। कुछ देर बैटन की मार, चीख़, उड़ती धूल और फिर बस एक संक्षिप्त–सी चुप्पी! औरतों की बाँहें मरोड़कर उनके बच्चे छीन लिए जाते, वह चीख़ते–चीख़ते ज़मीन पर गिर पड़तीं, दूर तक हाथ फैलाकर घिसटते जाते बच्चों का रोना अचानक एक मोड़ पर बन्द हो जाता। इस बीच पूरी भीड़ स्तब्ध खड़ी रहती। कोई साँस लेता तो सुनायी पड़ता...।

सालों पहले एक मीट फ़ैक्टरी में ऐसा ही कुछ देखा था। डैथ रो पर खड़े पशु, उनकी बड़ी–बड़ी निरीह आँखें और दूर मशीन में कटते जानवरों की चीख़... मैंने वह फ़र्श देखा था जिस पर हर तरफ़ ख़ून था, काँप कर धीरे–धीरे शान्त होते पशु, उनकी उबली हुई आँखें....। सुना है, वध से पहले उन्हें मृत्यु का पूर्वानुमान हो जाता है। भय की अधिकता में उनकी देह की कोशिकाओं से विष रिसने लगता है। अभी तक सब कुछ स्पष्ट नहीं था मगर हमें भी अकहे अपनी आसन्न मृत्यु की गन्ध आने लगी थी... स्मृतियों में सब कुछ यकायक जीवित हो उठा था–वही क़तारें, वही भय से फैली आँखें और दूर नैपथ्य में रह–रहकर गूँज उठता किसी का आर्तनाद!

जाने कितनी लम्बी थी वह प्रतीक्षा, जाने कितनी बार मरी थी इस बीच मैं! और अन्ततः मेरी बारी आयी थी और मुड़कर मैं भी अनायास माँ की ओर भागी थी, बिना कुछ सोचे–समझे। मगर मुझसे पहले माँ मुझ तक पहुँची थी। ऐसे चीख़ते हुए जैसे उनके कलेजे में चाकू धँसा हो! एक पल मेरे इर्द–गिर्द उनकी बाँहों का घेरा, कबूतर–से गर्म सीने का स्पर्श और मैं एकदम निश्चिन्त, सुरक्षित हो गयी थी। शायद मुझे गश आ गया था। कानों में अपनी ही पुकार माँ! माँ! जैसे किसी और दुनिया से आ रही थी।

यातनाओं की उस काली सुरंग–सी लम्बी यात्रा में बस वे ही दो पल मेरे सुकून के थे। बेतरह हिलकते हुए वही छोटी ऐनी बनकर उनकी छाती से चिपटी थी जो कैशोर्य के साथ–साथ कहीं अर्सा हुए खो गयी थी! सारा गुस्सा, शिकायतें क्षणांश में जैसे भाप बनकर उड़ी थी। एक लम्हे में सब कुछ पा लेना और दूसरे ही लम्हे एकदम निःशेष हो जाना...। जो घट रहा था वह सच नहीं हो सकता था, एक दुःस्वप्न था!

जाने कितने थप्पड़ों, घूँसों के बीच हम–एक दूसरे की बाँहों से खींच लिए गये थे। किसी अनजान दिशा में घिसटते हुए अन्तिम क्षण तक मुझे बस माँ की वह दो आँखें दिखती रही थीं जो एक उन्माद भरे शोक में उबली पड़ रही थीं। उनसे जैसे लहू रिस रहा था...।

उस क्षण एक अजीब–सा ख़याल आया था–अगली बार जब माँ बड़ी बहन मागोट का पक्ष लेकर मुझे डाँटेगी, मुझे बुरा नहीं लगेगा। अब मुझे पता है, वह मुझसे भी उतना ही प्यार करती है!

मेरे पीछे छूट गयी भीड़ का हश्र बाद में पता चला था। उसके बाद अक्सर कल्पना करने से ख़ुद को रोक नहीं पाती थी, जो उन पर बीती होगी उस दिन।

नहाकर एक–दूसरे के पीछे छिपने की कोशिश करते हुए निकलती पूरी तरह विवस्त्र औरतें, उनके सीने से चिपके बच्चे, उन्हें गैस चैम्बर की ओर धकेलते, खदेड़ते सिपाही...। दूसरी तरफ़ असक्त, बीमार, बूढ़े पुरुषों की टोली–नग्न, अपमान, भय से भरे हुए! निगरानी में खड़े नाज़ी अफ़सरों के होंठ भिंचे हुए हैं, आँखें चमक रही हैं! चेन से बँधे ख़ूँखार कुत्ते आक्रोश से फटे पड़ रहे हैं...।

भागते हुए स्त्री, पुरुष, बच्चे एक बड़े हाल में घुसते हैं, बाहर से दरवाज़ा बन्द कर दिया जाता है। उसके बाद बाहर एक जीप आकर रुकती है और उससे कुछ सिपाही तेज़ी से उतरकर इमारत के भीतर आते हैं। उनके हाथ में डिब्बे हैं 'ज़्यक्लोन बी' का! इन्हीं से विषाक्त गैस बनता है! इन डिब्बों को वह दीवार पर बने भीतर की ओर खुलने वाले छेदों में उड़ेलकर फिर उसी तेज़ी से बाहर निकल जाते हैं। इसके बाद भीतर से आने वाली चीख़ें तेज़, और तेज़ होती जाती हैं...। ऐंठते हुए लोग दीवारें खुरच रहें हैं, एक–दूसरे को खींच–रौंद रहे हैं, ज़मीन पर गिरकर पैरों के नीचे कुचल रहे हैं–साथ एक ही पुकार–"मैं साँस नहीं ले पा रहा...!" "भगवान! भगवान...!!!"

बाहर कॉन्सेंट्रेशन कैम्प के बगीचे में माली मौसमी फूलों को पानी दे रहा है, उनमें धूप के छोटे–छोटे अनगिनत इन्द्रधनुष खिले हैं, सफ़ेद राजहंस के कुछ जोड़े पास के तालाब में निश्चिन्त तैरते फिर रहे हैं। आज का दिन बहुत ख़ूबसूरत है! उधर ज़मीन से बहुत ऊपर, दूर आसमान में भगवान स्तब्ध, असहाय बैठा है...! उसकी दुनिया पर अब शैतान का क़ब्ज़ा है।

ना लिखी गयी डायरी के पन्नों से...।

उस तालाब के किनारे, जिसमें हॉलोकॉस्ट के दौरान इलैक्ट्रिक चिमनियों में जलायी गयी लाशों की राख़ फेंकी जाती थी, खड़ी होकर सुज़ाना ने कहा था, जानते हो हिमालय, मैं स्पष्ट कल्पना कर सकती हूँ, यदि ऐनी को इन कॉन्सेंट्रेशन कैम्पो में अपनी डायरी 'किटी' मिल जाती तो उसमें वह क्या लिखती! हिमालय भी अब इसकी कल्पना कर सकता था!...। शायद कोई भी, जिसके पास एक संवेदनशील मन हो। वह कैम्प में घूमते हुए जैसे ऐनी की डायरी के पन्नों से गुज़रते रहे थे–

"...कँटीले तारों, वाच टावर और ऊँची–ऊँची दीवारों से घिरे इस कैम्प में दैत्याकार, बेडौल इमारतों की अनगिनत क़तारें हैं। भूरी, लाल ईंटों और टाइल्सों की छत वाली। जिस कमरे में हम कई सौ लोग रहते हैं उसमें बस दो आतिशदान हैं। इनमें से कुछ अस्तबल थे, घोड़ों के लिए कभी बनाये गये थे। जिनमें पचास घोड़े रखे जाते थे उनमें अब एक–एक हज़ार लोग रहते हैं। अँटते नहीं हैं, बस ठूँस दिये गये हैं। डिब्बे बन्द मछलियों की तरह। एक के ऊपर एक बने बंकरों में बिना गरम कपड़ों और कम्बलों के हम आठ–दस लोग रात भर ठिठुरते रहते हैं। किसी के पैर किसी के चेहरे पर, किसी की देह किसी के नीचे। यही हमारी तकलीफ़ भी है और थोड़ा–सा सुख भी–कभी–कभी रात के अकड़ते हुए शव का आतंक से भर देने वाला बर्फ़ीला स्पर्श, तो कभी एक–दूसरे की देह से मिलती थोड़ी ऊष्मा! ऊपर से पीछे की ओर रात–दिन जलाये जाने वाले शवों की दुर्गन्ध

से साँस नहीं ली जाती। भूनते मांस की–सी गन्ध से हवा में चारों ओर चिरायंद फैली होती है। कभी अगर भोजन के नाम पर कुछ खाने को मिल भी जाता है तो खाते ही उल्टी हो जाती है। सुना इन दिनों गैस चैम्बर में रोज़ कई हज़ार यहूदी मारे जाते हैं। पाँच गैस चैम्बर और इलैक्ट्रिक चिमनियाँ रात–दिन चल रही हैं! कैम्पस में अक्सर इधर–उधर शवों के ढेर पड़े नज़र आते हैं जिन्हें मशीन की मदद से उठाकर बाद में गड्ढों में फेंककर आग लगा दी जाती है।

इनमें से कई चेहरे मेरे पहचाने हुए हैं–कोटर में धँसी हुई आँखों की तरफ़ ध्यान से देखने पर स्मृतियों में कौंध उठता है–यह मेरी सहेली, परिचित, बहुत क़रीबी...। वह अच्छे दिन जो किसी और दुनिया की बात लगती है अब, इन्हीं मलिन खाँकों में हँसी, स्वप्न, उम्मीद के रंग किस कदर भरे हुए होते थे! मगर अभी बस पथराया हुआ आतंक और दर्द के सिवाय कुछ नहीं होता उनमें। यह कभी जीवित भी थे, यक़ीन करना मुश्किल था।

आज इतना ही 'किटी', चार बज गये हैं, विसल बज रहा है, हमें उठकर बाहर हाज़िरी देनी है! अब कब कुछ लिख सकूँगी, कह नहीं सकती, आगे का कुछ पता नहीं!"

सुज़ाना ऐनी की डायरी का वह हिस्सा पढ़ते हुए लगातार रो रही है जो कभी लिखा नहीं गया। 1 अगस्त, 1944 को डायरी 'किटी' का आख़िरी पन्ना लिखा गया, उसके बाद के पन्ने कोरे हैं। अपनी शब्द, स्वप्न, अदम्य आशा की तरुण दुनिया को छोड़ इसके तीन दिन बाद 15 साल की ऐनी एक यातना भरी लम्बी यात्रा पर निकड़ पड़ी थी, फिर कभी न लौटने के लिए...। किसी मुख़बिर ने उनके 'सीक्रेट एनेक्स' में छिपकर रहने की ख़बर गेस्टापों पुलिस को दे दी थी।

आउस्वीट्स कैम्प में घूमते हुए सुज़ाना बार–बार, जहाँ भी मौक़ा मिलता है, ऐनी की ना लिखी डायरी के पन्ने पलटने लगती है। इन दिनों जैसे वह कोई और हो गयी है, इस कॉन्सेंट्रेशन कैम्प की कोई बाशिन्दा! साथ हिमालय होता है क्योंकि इस होने के लिए वह अभिशप्त है। दुनिया के एक छोर में जन्मे उन जैसे जलावतन

लोगों की नियति जाने दुनिया के किस छोर के अजाने लोगों से बँधी होती है! हॉलोकॉस्ट दुनिया के इस हिस्से में घटी एक अकेली घटना नहीं! वह बार–बार घटती रही है, अलग चेहरा, समय, नाम से ! फ़र्क़ इतना है, बेवतन यहूदी परायों के हाथों प्रताड़ित हुए और हिमालय जैसे लोग अपनी ज़मीन पर अपनों के हाथों! देश उनका था, सरकार उनकी थी, लोग भी उनके थे। एक नस्ल, एक ज़ुबान, एक विरासत के वारिस! फिर भी...!

डायरी पढ़ते हुए ऐनी के दुख उसके भीतर काले मेघ–से घिर आते हैं, वाष्पित दृष्टि के आगे शब्द जाने कब धुँधले पड़ जाते हैं–"तेज़ बजती सीटी से अधजगे, सोये लोगों में खलबली मच गयी है। सब हड़बड़ाकर दरवाज़े की ओर भाग रहे हैं। चारों तरफ़ एक ही आवाज़–'राउस'! 'राउस'!–भागो! चलो! अधिकतर नंगे पाँव हैं, ठण्ड से अधखायी उँगलियों, घावों के साथ! बाहर हर तरफ़ कीचड़ ही कीचड़। लोग उनमें फिसलते हुए, धँसते हुए सीधे खड़े रहने की कोशिश कर रहे हैं। डगमगाये, गिरे तो मार! ऊँची, तगड़ी, गुलाबी औरतें हाथ में छड़ी लिए उन्हें फटकारती हुई लगातार चीख़े जा रही–बेयाक्टुंग!–एटेंशन!! सबको दिन भर के काम बाँटे जा रहे हैं। कोई बनते हुए रेल लाइन में काम करेगी, कोई साफ़–सफ़ाई तो कोई रसोई में। दस–बारह घण्टे के अथक काम, मार और अर्थहीन अनुशासन! यहाँ आते ही हमारे सर मुड़ा दिये गये हैं, हाथ में एक नम्बर गोद दिया गया है, क़ैदियों के–से कपड़े पहना दिये गये हैं।

अपने नाम, रूप, परिचय से अलग होकर हम हम नहीं रह गये हैं। एक बेचेहरा, बेनाम, अदद नम्बर होकर रह गये हैं। मनोबल तोड़ देने का यह एक मनोवैज्ञानिक तरीक़ा है। समझ आ रहा, वह सब कुछ जिससे हमारा होना था, हमारी अस्मिता, हमारा परिचय था, छिन कर हमें अपने वजूद से बेदखल कर देने की एक हिंसक साज़िश रची गयी है। किसी को ख़ुद से इस तरह अलग कर देना कि वह अपनी सोच, दिमाग़, इन्सान होने की हर ख़ासियत से महरूम होकर सिर्फ़ एक देह भर रह जाय, एक दो पाया पशु जो बस पेट के स्तर

पर जीता है, भूख, भय, पीड़ा की आदिम, नैसर्गिक भाषा समझता है और हर हाल में जीने की इच्छा से संचालित होता है! वह सोचता कुछ नहीं! हर तरह से कुन्द हो जाता है।

इस कैम्प में हर तरफ़ सिर्फ़ मृत्यु है और रोज़ एक दिन और जी लेने के लिए हम हर पल प्राणान्तक जूझते हैं। शौच के लिए, खाने के लिए लगी लम्बी लाइनों में, ठण्डे, गन्दे बैरकों में सोने की जगह के लिए, मर गये लोगों के कपड़े, खाने का कटोरा छीनने, हथियाने के लिए हम भूखे पशुओं की तरह अनवरत लड़ते रहते हैं। जैसे ही कोई मरता है, उसके गन्दे, फटे कपड़े छीनने के लिए लोग टूट पड़ते हैं। जिस कटोरी में खाना खाते हैं उसी से अपना मल भी साफ़ करते हैं! हमारी हर सोच पर हमारा पेट, हमारी भूख हावी है। गंदगी, भय, पीड़ा से हम रूह तक लिथड़े हुए हैं। फिर भी, हम हर हाल में जीना चाहते हैं! जाने क्यों! जितना हाथ से फिसलता जाता है, इस जीवन का मोह उतना बढ़ता जाता है!

हमारे शरीर में अभी ताक़त बची है तो हमें हर तरह से निचोड़ा जा रहा है। हमें हर तरह के काम करने पड़ते हैं। यहाँ एक इमारत है 'कनाडा' नाम से जहाँ यहूदियों के सामानों, कपड़ों की तलाशी लेकर उसमें छिपाकर रखे गये क़ीमती सामान, रुपये, गहने निकाले जाते हैं। यह काम करने वाली कुछ दोस्तों ने बताया है, वहाँ के तालाबों में इलेक्ट्रिक चिमनी से निकाली गयी राख़ फेंकी जाती है, कुछ गड्ढों में लाशें जलायी जाती हैं। उन्होंने अक्सर वहाँ क़तार बाँधकर फायर स्क्वाड की तरफ़ जाते लोगों को देखा है। हवा में गोली की आवाज़ गूँजती रहती है। साथ मौत की सज़ा पाये लोगों की अनवरत पुकार। उन्हें गैस चैम्बर में डालने से पहले दिनों तक बन्द रखा जाता है। मृत्यु दण्ड पाये लोग पर्याप्त होने पर ही गैस चैम्बर में एक साथ डाले जाते हैं। थोड़े लोगों पर महँगा ज़हर जाया नहीं किया जा सकता! प्यास, भूख, दर्द से बिलबिलाते हुए वह खिड़की की सलाखों से हाथ पसारकर मदद के लिए सबको पुकारते रहते। वहाँ की फ़िज़ाओं में बस गोली की आवाज़, चिरायंद और चीख़ें भरी होती हैं...।

"अब रुकना पड़ेगा 'किटी', काम पर जाने का समय हो गया। लौट सकी तो फिर बात होगी।"

ऐनी तो न जाने कितने दिनों में यह डायरी पूरा करती मगर सुज़ाना इसे एक साँस में पढ़ जाना चाहती है। अब हिमालय भी ख़ुद को रोक नहीं पा रहा। दोनों एक साथ पन्ने पलटते हैं, इस कैम्प की यात्रा ने उनकी कल्पना को पंख लगा दिये हैं, वह देख सकते हैं उस बीत गये को जिसके दाग़ बाहर से अधिक भीतर कही हैं! पीढ़ी दर पीढ़ी एक खुले घाव की टीस को सेंतते, जीते चले जाना, हॉलोकॉस्ट ख़त्म नहीं हुआ अभी।

"हेलो 'किटी'! शायद आख़िरी बार तुमसे मुख़ातिब हो रही हूँ। बेलसेन कैम्प में जनवरी का महीना! पोलैंड में महीना भर रहने के बाद हमें यहाँ भेज दिया गया है। आते हुए रास्ते में माँ की एक झलक देखी थी, फिर वह भीड़ में गुम गयीं! मागोट की भी कोई ख़बर नहीं...। वह कहीं होंगे, इसकी उम्मीद अब भी करती हूँ। रोज़ प्रार्थना करती हूँ, पापा को एक बार देख सकूँ अपना सोलहवाँ जन्मदिन सारे परिवार के साथ मना सकूँ...। कुछ नहीं बचा, सिवाय इन इच्छाओं के! मगर अब कभी–कभी महसूस होता है, अब इन्हें ढोने की ताक़त भी नहीं रही! भीतर कुछ बेआवाज़ दरक रहा...।

इस बार की ठण्ड सह नहीं रही। हड्डियों में जैसे सूराख़ हो गया है। ख़ून जम–सा रहा। हर तरफ़ टायफस फैला है। मैं भी बच न सकी इस बार! मुझे टायफस हो गया है! खटमल, जूँ, दीमक, मक्खियाँ हर तरफ़। रात भर जाने क्या–क्या काटता रहता है। पूरा शरीर खुजलाता है। पीठ से शुरू होते हुए लाल चकत्ते हाथ–पैर, हर जगह फैल गये हैं। अब तो बुख़ार भी आने लगा है। बहुत तेज़! सर दर्द, बदन दर्द, आँखों के आगे अँधेरा...। तेज़ रोशनी सही नहीं जाती...। 'किटी'! अब मेरी उँगलियाँ नहीं चलतीं, हाथ अवश हो आये हैं, ठीक से सोच भी नहीं पा रही, भीतर कोहरा–सा जमा है...। बस एक सोच गहराते अन्धकार में बार–बार चिलक उठती है–मैं जीना चाहती हूँ! मैं हर हाल में जीना चाहती हूँ...। मगर... अब कुछ नहीं

दिख रहा, अन्धी हो गयी जैसे...। भूख! दर्द...। और दर्द! अब लिख नहीं पाऊँगी किटी! मेरी उँगलियाँ टूटकर गिर रही हैं..."

...लोगों से घिरा एक गाइड बता रहा—जनवरी 1945 में बेलसेन कैम्प में टायफस फैला। ऐनी फ्रेंक की माँ, बहन पहले ही मर चुकी थी जिसकी जानकारी उसे नहीं थी। उसे उसके आख़िरी दिनों में देखने वाले उसके एक मित्र ने बाद में बताया था, ऐनी बेहद दयनीय अवस्था में थी वहाँ—फटे, गन्दे कपड़े, बेहद कमज़ोर और स्याह गड्ढों में धँसी बड़ी—बड़ी आँखें...। भूख, तकलीफ़ और बीमारी उसे दीमक की तरह भीतर से खोखला कर चुकी थीं! और एक दिन इसी तरह वह चुपचाप मर गयी, मार्च, 1945 को, अपने सोलहवें जन्मदिन से पहले...। कहते हैं, उसे भी दूसरे शवों के साथ किसी गड्ढे में फेंक दिया गया....।

गाइड की बातें सुनते हुए पूरी तरह स्तब्ध हो गयी भीड़ से अचानक एक तेज़ सिसकी गूँजी थी, एक जापानी लड़की दोनों हाथों से अपना मुँह दबाये अपनी रुलाई रोकने की नाकाम कोशिश करती हुई ज़मीन पर बैठ गयी थी। सुज़ाना का हाथ हिमालय की पकड़ में एक क्षण के लिए सख़्त हुआ था और फिर उसका हाथ छुड़ाकर वह झुकते हुए उस लड़की से लिपट गयी थी। इसके बाद और भी जाने कितनी बाँहें अनायास उनके इर्द—गिर्द घिर आयी थीं। इन सैलानियों में दुनिया की अलग—अलग नस्ल और देश के लोग थे, मगर अभी सबके चेहरे एक—से लग रहे थे, एक ही दर्द में साथ रोते हुए...! पूरी दुनिया आज ऐनी के लिए रो रही थी! हिमालय को लगा था, आख़िर दुनिया इतनी भी बुरी नहीं! बस आदमियों में कई बार इन्सान अल्पसंख्यक हो जाते हैं...।

सुज़ाना इन दिनों भीतर और बाहर की दो समानान्तर चलती यात्राओं में एक साथ है। इसलिए उसका सन्तुलन बिगड़ रहा है। जहाँ होती है वहाँ नहीं होती, दूसरी तरफ़ जहाँ कभी नहीं थी वही की होकर रह गयी है। अक्सर हिमालय को उसे झकझोरकर जगाना पड़ता है।

जैसे एक बार वह इलैक्ट्रिक चिमनी के खुले हुए मुँह के सामने से गुज़रते हुए निर्वाक् खड़ी रह गयी थी। यहाँ उसने अपने कई पूर्वजों को देखा था, वह कोयले की तरह जल रहे थे।

"क्या हुआ! यू ओके? पसीना आ रहा, चेहरा नीला पड़ता जा रहा! तब से चुप बैठी हो..." इस लड़की के लिए हिमालय को अब वाकई चिन्ता होने लगी थी। इस टूर के दौरान जैसे इसे दौरे–से पड़ने लगे हैं। ख़ासकर ऐनी फ्रेंक का 'सीक्रेट एनेक्स' देखने के बाद। बैठी–बैठी गुम हो जाती है, नींद में रोते हुए उठ बैठती है...। हमेशा अवाक्, अनमन। आउस्वीट्स कैम्प में आकर तो कोई और ही बन गयी है। यहाँ हर कोने में उसका कोई अपना लहूलुहान पड़ा है।

"मेरा यहाँ दम घुटता है हिमालय, मुझसे साँस नहीं ली जाती...। जाने कितनी कोशिश करके आख़िर सुज़ाना ने कहा था। वह बेहद थकी–सी लग रही थी।

"तो फिर हम लौट चलते हैं न, कई दिन हो गये! पैसे भी ख़त्म हो रहे हैं।" इन दिनों वह बचत के लिए सिर्फ़ एक शाम खाना खा रहे हैं।

"नहीं! अब लौट नहीं सकते! जितना भागी हूँ उतना इस आसेब से घिरती गयी हूँ। इस नर्क से निकलने के लिए इससे होकर मुझे एक बार गुज़रना ही पड़ेगा। बस तुम साथ रहो, अकेले नहीं हो पायेगा मुझसे।"

सुनकर वह कुछ नहीं कहता। कहता भी तो क्या! उसे चुना भी तो किस सफर के लिए! अपनी यात्रा वह जहाँ स्थगित कर आया है वहाँ जाने कितनी दुश्चिन्ताएँ अधजली चिताओं की तरह अब भी धुँधुआ रही होंगी, उसी की प्रतीक्षा में! आगे एक थमका हुआ शून्य है और पीछे अब तक चलकर आये हुए रास्ते की धुआँती लकीर। बीच में यह छोटा–सा पड़ाव–ख़ुशगवार मौसम, गुज़रे समय की यात्रा और सुज़ाना की देह और दुख का बेमेल सान्निध्य!

जीवन हमेशा दो अतियों के बीच ही अटका रहा, एक घूँट वाइन, एक घूँट आँसू...।

दोपहर हो चुकी। सुबह से वह घूम रहे हैं। इस वक़्त दोनों आउटस्वीट्स कैम्प के बीचोबीच हैं। कहा जाता है, इस कैम्प में एक बार घुसने के बाद कोई वापस लौट नहीं सकता था। असम्भव! आउस्वीट्स यानी मृत्यु–निश्चित मृत्यु! यहाँ हुई मौतों का सही आकलन आज भी हो नहीं पाया है। देर तक घूमने के बाद कुछ देर सुस्ताने के लिए वह एक बेंच पर आ बैठे हैं।

सामने बुलन्द, डरावनी शक्लों वाली इमारतें हैं, बिजली के बार्ब्ड वायर, ऊँची दीवारों से घिरी। पीछे वाच टावर, एक तरफ़ से लगा गैस चैम्बर, बदसूरत, क्रमबद्ध लकड़ी के बैरक्स...। सब कुछ कितना सुनियोजित, व्यवस्थित! एक सभ्य, उन्नत समाज का क़त्लगाह! वह ऊँची नस्ल के लोग थे, हर काम में निपुण, निष्णात! जो हुआ क़ायदे से हुआ, पूरी प्लानिंग के साथ! कहीं कोई झोल नहीं, फाँक नहीं! ए पर्फेक्ट डैथ फ़ैक्टरी!

मनुष्य के भीतर का आदिम पशु जब अपने दाँत–नख छिपाकर सुन्दर लिबास में सामने आता है तब ऐसे ही शानदार क़त्लगाह खड़े करता है! मृत्यु कितनी भी निर्मम हो, उसे आना सलीक़े से है। सभ्य मनुष्य निरीह पशु का मांस भी कच्चा नहीं, पकाकर, काँटे–छुरी से खाते हैं! आज पूरी दुनिया अवाक् होकर ऐसे ही सभ्य नस्ल के लोगों के दिमाग़ और हुनर के नज़ीर देख रही हैं। कितनी शक्ति, ऊर्जा, समय ख़र्च हुआ इन कसाईबाड़ों को बनाने के लिए! इससे आधी मेहनत में इस जर्जर, बेहाल दुनिया की मरम्मत की जा सकती थी, इसे एक बेहतर जगह बनायी जा सकती थी। मगर नहीं, ज़िन्दा लोगों को बस मुर्दों की बस्ती बसानी थी, धरती को क़ब्रगाह बनानी थी...। कोई शक नहीं कि अब यहाँ जो इतने फूल खिलते हैं उनकी खाद बनकर वही लाशें इस ज़मीन के भीतर आज भी सड़ रही होंगी! गुलाबों का बेइन्तिहाँ लाल रंग बेक़सों के लहू के सिवा और कुछ नहीं...

वह देखते हुए थक आये, हर तरफ़ कपड़ों, जूतों, टोपी, सूटकेसों के अम्बार—उन लोगों के दुनियावी वजूद के चिह्न जो कभी उन सब की तरह इस ज़मीन पर हुआकरते थे, उनकी ही तरह मनुष्य परिवार के सदस्य जिन्हें रगड़—पोंछकर दुनिया के नक़्शे से मिटा दिया गया! सिर्फ़ इसलिए कि एक दिन कुछ लोगों ने तय किया कि उन्हें अब बर्दाश्त नहीं किया जा सकता।

हिमालय को अपने प्रोफ़ेसर श्री राम काटजू की बात अक्सर याद आती है, इन दिनों तो कुछ अधिक ही—पूर्वाग्रह इस दुनिया की लगभग हर समस्या की जड़ है। जो हमसे अलग है वह ग़लत है। उन पर यक़ीन नहीं किया जा सकता। मनुष्य को किसी के पहनावे से, किसी के खान—पान से तो किसी के इबादत के तरीक़े से परेशानी है। सबको ऐसे नहीं, ऐसे उठना—बैठना चाहिए, यह खाना चाहिए, इस तरह प्रार्थना में हाथ जोड़ने, बाँधने, फैलाने चाहिए! क़तार में खड़े पहले से लेकर आख़िरी आदमी को अविकल एक—दूसरे की तरह होना चाहिए।

जाने वह कौन अनाड़ी है जिसे सबको एक साँचे में ढालना नहीं आया! ब्रश उठाकर सबको एक रंग में रँग देना था। किसी को गोरा बनाया, किसी को काला, किसी को भूरा! क़िस्म—क़िस्म के फूल, रंग, दृश्यों से इस जहान को भर दिया!

कैसी विडम्बना है कि हर क़दम पर दुनिया बदल जाती है। साथ भगवान भी! गोरों का सबल भगवान, कालों का आदिम, अनगढ़ भगवान! पूरब के भगवान का एक अदद चेहरा है, मध्य पूर्व तक आते—आते वह बेचेहरा हो जाता है। झगड़ा इस बात का भी! जो सबको रूप देता है उसे अरूप रहना होगा। मिट्टी के पुतलों को मिट्टी से नफ़रत! बुत से नफ़रत। सिर्फ़ मनुष्य ही नहीं पिटता, उसके साथ उसका दुर्बल भगवान भी जाने कब से पिटता आ रहा है।

उनके शब्दों के साथ हिमालय को कश्मीर के सैकड़ों टूटे हुए मन्दिर याद आते हैं। जो बार—बार खण्डित हुए उन देव मूर्तियों को तो अब सालों से कोई दीया—बाती भी नसीब नहीं होती होगी!

इतने सालों के लगातार पलायन में एक बात उसने समझी है, घृणा कहीं भी हो, किसी के भी प्रति, उसकी प्रकृति एक–सी होती है। उसका आधार लगभग हमेशा पूर्वाग्रह होता है।

सुज़ाना ने पहली मुलाक़ात के दिन कहा था, उसे याद है–कभी सोचकर देखा है, अगर यह पूरी दुनिया एक–सी दिखती, एक भाषा बोलती, एक ही तरह का खाना खाती तो सब कुछ कितना उबाऊ, एकरस होता! आईने के सामने तो देर तक ठहरा नहीं जाता, हमशक्ल दुनिया को कब तक झेल सकते! मगर फिर भी हमेशा का झगड़ा तो यही है–वह हमारी तरह क्यों नहीं! किसी को ख़ुद की तरह होने न देना, उसे बदलने की बलात् कोशिश–यह दुनिया की सबसे बड़ी हिंसा है। और यह हिंसा दुनिया हमेशा से करती आयी है। नाज़ी महज़ कुछ लोग नहीं, एक सोच, एक प्रवृत्ति विशेष है जिसकी ऑक्टोपस जैसी भुजाएँ हर मनुष्य समाज में फैली हुई हैं, उसके मानस में गहरे तक धँसी हुई हैं।

एक जगह हॉलोकॉस्ट पीड़ितों की स्मृति में ढेर–से कैन्डल जल रहे हैं। फूल रखे हुए हैं। लोग खड़े हैं चुपचाप। यहाँ आने वाला हर सैलानी अनायास गुमसुम हो जाता है। न चाहते हुए भी वह जैसे किसी न किये गुनाह का हिस्सा हो गया हो। सबके मन में ग्लानि है, एक प्रच्छन्न अपराध बोध! यह सब इसी दुनिया में हुआ, सबके रहते, सबके बीच...। अपराधी सिर्फ़ अपराध करने वाले ही नहीं थे। जो देखते रहे तमाशबीन बनकर उनका भी गुनाह कम नहीं। यह अपराध रहती दुनिया तक इन्सान को अपनी गिरफ़्त से मुक्त करने वाला नहीं। बना रहेगा सबके अवचेतन में ग्लानि का दुःसह्य बोझ बनकर। इससे मुक्त हुए बिना अब कोई कभी स्वस्थ, सुस्थिर होने वाला नहीं।

यह मात्र दृश्य नहीं, सुज़ाना की स्मृतियों का जीवित रूपान्तरण है। उसके भीतर के गभीर में अर्से से निर्वाक् पड़ा समूह मन विह्वल हो उठा है। कभी वह देर तक के लिए चुप हो जाती है, कभी लगातार बोलने लगती है। हिमालय सुन रहा, अपने अतीत की यातना

में सम्पृक्त, उसे इन पीड़ाओं का स्वाद पता है–उन्होंने इल्ज़ाम तय किये, उन्होंने सज़ा मुक़र्रर की, उस पर तामील हुई और इस तरह इंसाफ़ पूरा हुआ। कोई सुनवाई, अपील, बहस की गुंजाइश नहीं, बस सज़ा। वह सज़ा जो इल्ज़ाम लगने से पहले तय हो गयी थी। ऐसे मुक़द्दमे में रिहाई किसी सूरत में नहीं होनी थी।

सुज़ाना कैंडल जला रही थी। मोम की गरम बूँदों के साथ जाने किसके–किसके आँसू टपके थे वहाँ। कुछ सन्देश भी, लिसरी स्याही में...। यहाँ हर शब्द ज़िन्दा और भीगे हुए हैं। सुज़ाना की बात ख़त्म नहीं हुई थी–उन्हें लगा, ज़िन्दा रहने का हक़ सिर्फ़ उनकी नस्ल को है। क्योंकि वह आर्य हैं, नीली आँखों वाले, सुनहरे बालों वाले श्रेष्ठ मानव! विधाता ने उन्हें इस धरती का अकेला वारिस बनाया है। धरती के वह ज़िन्दा ईश्वर हैं!

कुछ तानाशाह मिलकर बैठे और इस पूरी दुनिया को कुछ हिस्सों में काटकर ख़ुद में बाँट लेने का निर्णय ले लिया। वह नक़्शे पर दाग़ लगा रहे थे और उन दाग़ के लाल घेरों में करोड़ों इन्सान चिंथ, रुँद कर मारे जा रहे थे। जिन्हें कीड़ा–मकोड़ा भी नहीं समझा गया वह उन्हीं की तरह ज़िन्दा इन्सान थे, उन्हें कभी इस बात का ख़याल नहीं आया! सही है, जानवर केवल चार पायों का नाम नहीं, यह एक प्रवृत्ति है!

यहाँ कैम्प में घूमते हुए आज हिमालय को घूम–फिर कर प्रोफ़ेसर श्री राम काटजू की बातें बार–बार याद आ रही हैं–

...उस दौर में जब आतंकवाद ने अपने पैर वादी में पसारने शुरू ही किये थे, एक अज्ञात भय से सब भरे हुए थे। हवा में बारूद की गन्ध थी। दोस्तों के चेहरे अचानक से बदलने लगे थे, भाषा भी!

कॉलेज के बाद वह कई बार अपने गाँव न लौटकर प्रोफ़ेसर साहब के घर श्रीनगर में रात के लिए रुक जाया करता था। उन्हीं के आग्रह पर। उसके पिता के बचपन कें मित्र होने के नाते उन्हें उसकी बहुत फ़िक्र थी।

देर शाम बसों की यात्रा उन दिनों सुरक्षित नहीं रह गयी थी। तब गयी रात तक उनसे कश्मीर की हालत पर बात होती थी।

साथ ही दुनिया भर की राजनीति पर भी। वह अक्सर कहते थे– आहत अहम् के ही तो क़िस्से हैं यह दूर तक बिखरी बर्बादियाँ...। उजड़े हुए शहर, खँडहर में बदल गयीं सभ्यताएँ...। माज़ी की धू–धू जलती गलियों से आज भी एक हत्यारी आवाज़ निकलकर समय–असमय चीख़ती है–'फुरर आस्किंग, इज़ पेरिस बर्निंग?' पेरिस की इन ख़ूबसूरत, रौशन गलियों की तरह जहाँ जो सुन्दर है उसे नष्ट कर देने के लिए हमेशा एक नफ़रत से बजबजाता गिरोह टोह लगाये बैठा रहता है। उन्हें सब कुछ ख़त्म कर देना है। यहाँ कोई घर न बसे, बस्तियाँ आबाद न हों!

ऐसा है, निरन्तर असुरक्षा की भावना ने एक तरह से भाग्यवादी, भीरु बना दिया है हम में से अधिकतर को! जब भी किसी बच्चे को मैं मुस्कराते देखता हूँ, रुककर उसकी हिफाज़त के लिए प्रार्थना करता हूँ। यहाँ की संगीनें इन्हीं फूलों के लिए बनी हैं...।

बात कौरवों की मूर्खता पर द्रौपदी की हँसी से शुरू हो या पहले विश्व युद्ध में हुए जर्मनों के तथाकथित जातीय अपमान से, चोटिल अहंकार का दंश सारा मनुष्य समाज झेलता है। जानते हो, दो महायुद्धों के बीच की सबसे बड़ी कैसुअलिटी हुई हमारी आस्था, विश्वास! इन्सान हर यक़ीन से मरहूम हो गया। ज़मीन पर इन्सान ही नहीं मरा, आसमान में भगवान भी मर गये। सन्त, पैग़म्बर मिट्टी के ढेले साबित हुए। कोई देवालय आश्रय न दे सका। जब एक दूध मुँहा बच्चा नेज़े पर उछाल दिया जाता है न, कोई धर्म, कोई भगवान, कोई इन्सान नहीं बचता। एक कटे मुंड की तरह वह भी रहती दुनिया तक हवा में कलाबाज़ियाँ खाते रहते हैं। युद्ध ने अपने पीछे आर्तनाद, पीड़ा, शोक से स्याह पड़े हॉलो मानव की अनगिनत आकृतियाँ ही नहीं छोड़े, नपुंसक क्रोध और घृणा के भयावह दानव भी छोड़े। यह दानव आज भी अपने दाँत–नाख़ून हर इन्सानी रिश्ते में गहरे गढ़ाये बैठे हैं। जो लहू की लत उन्हें पड़ गयी वह आसानी से जाने की नहीं। इतिहास का गलियारा इन्हीं के दाग़ से स्याह पड़ा हुआ है।

तो द्रौपदियों के खुले केश से डरो, किसी को इतना आहत मत करो कि वह मनुष्य से दानव में बदल जाये। हिटलर जैसे नरपशु इसी चोटिल आत्मसम्मान और पराजित दम्भ के रक्त बीज से उत्पन्न होते हैं। वह तो बस इसी ताक में बैठे रहते हैं कि अपने कदर्य लोभ और आर्थिक महत्त्वाकांक्षाओं को इन ज़ख्मी अहम् के छद्म में छिपाकर अपना साध्य पा सके। आह! अबोध इन्सान उसके हत्थे कितना सहज चढ़ जाता है! एक बार नहीं, बार–बार मनुष्य समाज इस अन्धी, पाशविक लिप्सा की भेंट चढ़ा है, कभी जानकर, कभी अनजान! इतिहास इनके नामों से अन्टा पड़ा है। पन्ने पलटो और देखो!

बाद में कैम्प से लौटते हुए भी जैसे ऐनी उनके साथ हो ली थी! पूरी यात्रा के दौरान वह उसके अकहे शब्दों में डूबे रहे थे। आँसुओं की नमी ने उसकी आवाज़ को भीगे अक्षरों की तरह और गहरी, और स्पष्ट कर दिया था–ईश्वर की बनायी दुनिया में हर तरफ़ फूल थे, नदियाँ थीं, मुस्कराते बच्चे और उम्मीद भरी ज़िन्दगी थी! मगर इन्सानों ने अपने–अपने दायरे में अपना–अपना नर्क रचा है। यहाँ इस कॉन्सेंट्रेशन कैम्प की हवा में मृत्यु गन्ध है, रात–दिन जलती चिताएँ हैं, जगह–जगह पड़ी लाश की ढेरियाँ, जूते–चप्पल के अम्बार, मारे गये विकलांगों की बैशाखियाँ, नकली पैर, व्हील चेयर्स...। इन्हीं के बीच नरकंकाल–से लोग पत्थर तोड़ते, अपनी ही क़ब्र खोदते हुए दिखते। उनके चेहरे पर अब कोई भाव नहीं होते। रात–दिन के निरन्तर भय, भूख, उत्पीड़न ने उन्हें हर संवेदना, अनुभूति से परे कर दिया है शायद। एक शून्य, अवश हो जाने की–सी स्थिति!

रात भर बिना बिस्तर, गर्म कपड़ों के मुझे नींद नहीं आती। सर पर, कपड़ों में जुँएँ पड़ गयी हैं, पूरा शरीर हमेशा खुजलाता रहता है। ऊपर से कभी न ख़त्म होने वाली भूख का अहसास...। पेट में जैसे कोई सुलगता अलाव है, अन्तड़ियाँ ऐंठती रहती हैं। सोता यहाँ कोई नहीं। क्लान्त देह में बस एक ऊँघ, नीम बेहोशी जैसी स्थिति–आने वाली सुबह के आतंक में! सुबह का अर्थ यहाँ दिन की शुरुआत नहीं,

थोड़ी देर के लिए स्थगित हुई यातनाओं की शुरुआत है। पौ फटने के साथ यहाँ आरम्भ होता है काम का, मार, भूख और आसन्न मृत्यु की अनवरत प्रतीक्षा का! यहाँ बहुत कठिन है अपनी उम्मीदों को ज़िन्दा रखना।

दिन–दिन गिरते स्वास्थ्य के साथ भीतर भी कुछ तेज़ी से मरता जा रहा है। ऊँची दीवारों के भीतर पूरी दुनिया से अलग–थलग यह कोई और ही दुनिया है–एक जीवित नर्क! यहाँ हवा नहीं, आकाश नहीं, जीवन की कोई उम्मीद नहीं। जाने बाहर शेष दुनिया में क्या कुछ घट रहा! अक्सर कँटीले तारों से घिरे धूसर, मेघिल आकाश की ओर देखकर प्रार्थना करती हूँ, मित्र वाहिनी के लोग आयें और हमें यहाँ से मुक्त करें। त्रासदी यह है कि हर तरफ़ पत्थर–से बँधे निराश के अन्धकार में अब अपनी प्रार्थनाओं में भी जैसे यक़ीन खोता जा रहा है। यह एक बहुत बड़ा नुक़सान है–यक़ीन का खो जाना! घुप्प अन्धकार में एक लौ, एक कौंध! बस यही तो थी जो हमें अब तक जिलाए रखती थी। आशाओं, सपनों के एक–एक कर मरते जाने के इस भयानक दौर में मुझे अपने परिवार के साथ अपनी डायरी 'किटी' की भी बहुत याद आती है। जो उसमें दर्ज़ नहीं कर पाती वह अब मन में बोझ बनकर जमता जा रहा। कभी–कभी कितनी घुटन होती है, साँस तक नहीं ली जाती, असह्य लगता है!

...डायरी के इन बीच के पन्नों में वर्णित कैंप का जीवन मुश्किल था मगर उन दिनों कुछ उम्मीदें बाक़ी थी शायद। उम्मीद कि शायद जल्द युद्ध रुक जाय, मित्र वाहिनी के लोग आकर उन्हें इस नरक से छुड़ा लें! मगर ऐनी के सफ़र का अन्त उसकी दर्दनाक मृत्यु में हुआ। कुछ यात्राएँ बस यात्रा के लिए होती हैं। वह कहीं पहुँचाती नहीं...

सफ़र में जुड़ते लोग

लौटते हुए वर्लिन में एक रात! सुज़ाना की दोस्त दूर्वा आयी हुई है। अपने किसी फ़ोटो जर्नलिस्ट दोस्त की फ़ोटो प्रदर्शनी में। प्रदर्शनी सी/ओ गैलरी–रॉयल पोस्ट ऑफ़िस में लगी है, पिछले दो दिनों से। कल आख़िरी दिन। वह प्रदर्शनी में गये थे, संक्षिप्त–से समय के लिए। शाम बन्द होने से ठीक पहले।

दूर्वा एक बेहद लम्बी, गोरी औरत है, चालीस के आसपास की। इस ठण्ड में भी रॉ सिल्क की साड़ी में! उसकी पशमीने की शाल ने हिमालय का ध्यान खींचा था। "आप कश्मीर से?" दूर्वा की काजल भरी आँखें मुस्कराती हैं–आपका माथा हिमालय–सा...। सुज़ाना उसे और विस्मित करती है जैसे–इनका नाम ही हिमालय! "नो वंडर!" दूर्वा की आँखों में मुस्कराहट एकदम से गहरा जाती है। भीड़ में ढूँढ़कर वह अपने मित्र से उनका परिचय करवाती है–मजाज़! द फ़ोटोग्राफ़र!

मजाज़ एक लम्बा और मज़बूत क़दकाठी का आदमी है। सुनहरी रेत–सा रंग, कन्धे तक झूलते काले, चमकीले बाल...। उसकी आँखों ने ध्यान खींचा था। जुड़ी भौंहों के नीचे दपदपाती लौ–सी! उनसे जैसे सीधे उसकी रूह में झाँका जा सकता था। बाद में सुज़ाना ने गैलरी के कैफेटेरिया में बैठकर उनका इन्तज़ार करते हुए कहा था, कुछ लोग साफ़ पानी–से होते हैं, ऊपरी सतह से नीचे गम्भीर तल तक एकदम पारदर्शी...। इसकी आँखों को देखकर मुझे लेह की पंगोंग झील की याद हो आई। देखा होगा तुमने, पल–पल रंग

बदलते हुए—अबरक़—से चमकीले, पारदर्शी पानी में आकाश का बँधा हुआ असीम नील...

गैलरी बन्द होने के बाद वह उनके साथ उनके होटल पर गये थे। दूर्वा मजाज़ के साथ ठहरी हुई थी। सुज़ाना ने चुपके से पूछा था, एनीथिंग सीरियस? दूर्वा की आँखों की चमक एक पल के लिए ठहर गयी थी—मैंने सीरियस होना छोड़ दिया है यार...। बस हर दिन को जीना है, जैसा भी हो!

मजाज़ एक सावर के बाद कमरे में आया तो कमरा सी साल्ट की नमकीन महक से भर गया। उससे पहले वह हवाना सिगार—सा गमक रहा था। हिमालय को महसूस हुआ था, मजाज़ जहाँ होता है वहाँ बस वही होता है। उसके रहते किसी और के होने की गुंजाइश नहीं होती। अपनी सख़्सियत के ख़ुमार में डूबा हुआ इन्सान! अपने होने में मुकम्मल! उसे कोई पूरा या अधूरा नहीं कर सकता। यह कितनी बड़ी बात है। लोग अक्सर गैरों के मोहताज़ रहते हैं अपनी खुशियों के लिए! ख़ैरात में मिला सुकून हर दूसरे दिन ख़त्म हो जाता है। यह अभाव जीवन भर साथ चलता है। इसी से तो वह भी ग्रसित रहा।

दूर्वा ने कुछ खाने का ऑर्डर दिया था। मजाज़ ने बेज़ कबाब का प्लेट उठा लिया था—इन देवियों की सोहबत में तो बस घास—फूँस ही खाने को मिलेंगे...। फिर हिमालय की ओर मुड़ा था—आपका भी व्रत चल रहा होगा? हिमालय मुस्कराकर रह गया था—येस, काइंड ऑफ़! सुज़ाना ने दूर्वा की तरफ़ देख आँख दबायी थी—इनके भी कंवर्जन की प्रक्रिया चल रही, जल्द बपतिस्मा हो पायेगा उम्मीद है! सुनकर मजाज़ ने सर हिलाया था, होली शीट! यह दुनिया कब एक—दूसरे को एज़ इट इज़ अपनाना सीखेगी! सब कुछ बदल देना है! कुदरत की इज़्ज़त करो यार! इसने हम सब को युनिक बनाया है...। कहते हुए उसकी आँखों की पुतलियों में चमकता कौतुक सिगार के गाढ़े धुएँ में सिमट आया था।

देखते हुए हिमालय के भीतर एक अजीब क़सक—सी हुई थी, यह आदमी कितना आकर्षक है! जाने क्यों मजाज़ के सामने वह

एक अनाम कॉम्प्लेक्स से घिर जाता है। वक़्त ने उसे बेतरह रौंदकर कुन्द बना दिया है। उसमें कोई धार नहीं रही। उसे उस क्षण अपनी शख़्सियत के जाने कितने अर्से से गुम गये कई पहलू याद आये! शतरूपा से मिलने के वह शुरू के दिन, तब वादी में चेरी के फूलों के खिलने का मौसम था...

दूर्वा मजाज़ की पीठ से टेक लगाते हुए अधलेटी–सी हो आयी थी–कुछ कन्वर्जन इस दुनिया की बेहतरी के लिए ज़रूरी है! मजाज़ ने उसे हल्के से ठेला था–यही सब सोचते हैं–इसी में सबकी भलाई! भई! यह तुम तय मत करो न, अपना भला–बुरा कुछ दूसरों को भी तय करने दो!

सुज़ाना अनमन–सी नमकीन मूँगफलियाँ टूँगती रही थी–सही है!

"क्या सही है!" दूर्वा ने अपना वाइन गिलास नीचे रखा था–यू आर नॉट हेयर सुज़ाना! कहाँ हो? सुज़ाना ने कोई जवाब नहीं दिया था। शायद उसने दूर्वा की बात सुनी ही नहीं थी। दूर्वा ने परेशान नज़रों से हिमालय की ओर देखा था। हिमालय ने दबी आवाज़ में कहा था, सुज़ाना की नानी का कुछ दिनों पहले इन्तकाल हो गया। उसके बाद उन्होंने आउस्वीट्स कैम्प की यात्रा की, ऐनी फ्रेंक का 'सीक्रेट एनेक्स' देखा...।

"ओह!" दूर्वा ने झुककर सुज़ाना की दुबली बाँहें सहलायी थी–मुझे इस लड़की की चिन्ता लगी रहती है! इसकी नानी की कहानियाँ सुनती रही हूँ...। हॉलोकॉस्ट सरवाइवर थी। सुनकर मजाज़ अन्यमनस्क–सा बुदबुदाया था–हर देश में एक नानी रहती है दूर्वा! उस नानी के पास सुनाने के लिए एक–सी कहानियाँ होती हैं...। मैंने भी वह कहानियाँ सुनी हैं...। मेरे पिता की माँ फ़िलिस्तीनी थी ...उसकी बात सुनते हुए सुज़ाना के चेहरे का रंग एकदम से उतर गया था। दूर्वा ने सतर्क होते हुए मजाज़ के कन्धे पर हाथ रखा था। मजाज़ ने आहिस्ता से उसका हाथ थपथपाकर अपने गिलास का बचा हुआ वाइन एक घूँट में ख़त्म कर दिया था–वह अपने आख़िरी

दिनों तक एक टूटी हुई गुड़िया को अपनी बेटी समझती रही थी। उनकी पाँच साल की बेटी इज़रायल की बमबारी में मारी गयी थी...।

हिमालय इस बीच चुप रहा था। सुज़ाना के स्तब्ध चेहरे की त्वचा पर जाने क्या-क्या रिस आया था। समझ आ रहा था, वह बेतरह भरी हुई है इसलिए इस तरह चुप है। दूर्वा ने जैसे बात सम्हाली थी-ग़लत शायद कोई नहीं होता, हम बस एक-दूसरे के रास्ते पर आ जाते हैं...। विडम्बना तो यह है कि कोई समझता नहीं कि किसी को इज़राइल, पाकिस्तान नहीं मारता है बल्कि युद्ध मारता है...! "सही है!" मजाज़ हँसा था-मगर मज़े की बात यह है कि इस युद्ध का फ़ैसला बाक़ायदा सोच-समझकर लिया जाता है! गोलियाँ हवा में नहीं चलतीं, बन्दूक़ थामे दो हाथ होते हैं और उन हाथों के पीछे एक पॉपुलर सरकार का हुक्म...।

सबके चेहरों पर बारी-बारी से नज़र डालते हुए वह बोलता रहा था-घोड़ों को रम पिला कर युद्ध के लिए तैयार किया जाता है और इन्सानों को...। देश प्रेम की कविताएँ सुनाकर! रण की भेरी जब बजती है, माँ के तरुण बच्चे ताज़ा ख़ून के लिए पागल हो उठते हैं, बाँसुरी बजाने वाले प्रेमी बाँसुरी फेंककर हथियार उठा लेते हैं और देखते ही देखते मनुष्य से अनायास किलिंग मशीन में तब्दील हो जाते हैं...!

उसकी बात सुनते हुए वहाँ सन्नाटा पसर गया था। एक समय के बाद सुज़ाना ने आतंक भरे स्वर में कहा था, युद्ध कभी, कभी नहीं! मजाज़ ने अपने कन्धे उचकाये थे-यह कहना होगा, ऊँची आवाज़ में! चुप रहना हमेशा शान्ति नहीं, हिंसा को बढ़ावा देना भी है!

"विडम्बना है कि शान्ति के लिए भी युद्ध ज़रूरी हो जाता है!" हिमालय इस बहस में पड़ना नहीं चाहता था मगर अनायास बोल गया और बोलते ही उसे पछतावा हुआ। क्या रखा है इन बातों में! दुनिया के भगवान अपनी मर्ज़ी से इसे चलाते रहेंगे और उनकी जैसी कठपुतलियाँ सबके इशारों पर नाचती रहेंगी, टूटकर गिरती रहेंगी! उनके हिस्से बस यही आया है-सर हिलाते खिलौनों का किरदार!

उसकी बात पर वहाँ देर तक एक असहज–सी चुप्पी पसरी रही थी। जब मजाज़ बोला था, उसकी आवाज़ शान्त थी–सच! तुम बुद्ध के देश के लोगों पर यह बड़ा जुल्म है–कई–कई जंग तुम पर लाद दिये गये! गाँधी ने कहा था, मेरे धर्म का आधार सत्य और अहिंसा है! कितनी ख़ूबसूरत बात है न! इसी धर्म में सबको दीक्षित होना चाहिए, गाँधी के धर्म में! युद्ध हैवानियत है, इसमें कुछ भी सुन्दर नहीं मगर लोग पेड़ लगाना छोड़ इसकी ओर भागते हैं क्योंकि इसमें उसके भीतर का शैतान साया होता है। जब तक इन्सान है, उसके भीतर का शैतान है, युद्ध होता रहेगा, हम इसके लिए अभिशप्त हैं...

उसकी बातों का कोई जवाब नहीं हो सकता था। बस एक नंगे सच ने कुछ देर के लिए सब धूसर कर दिया था। खिड़की पर झड़ती शहर की रोशनी, कमरे का माहौल–सब पर एक परछायी–सी तैर आयी थी। दूर्वा ने बात बदलने के लिए ही शायद अचानक से पूछा था, बताया नहीं, तुम लोग कब, कहाँ मिले। मेरे ख़याल से कुछ दिन पहले ही तुमने फ़ोन पर बात करते हुए हिमालय का ज़िक्र किया था सुज़ाना!

देर रात सबने खाना खाया था। खाते हुए बातें होती रही थीं। मजाज़ की फ़ोटोग्राफ़ी प्रदर्शनी का कल आख़िरी दिन था। उसके बाद वह दो दिन के लिए ऑस्ट्रिया जाना चाहता था एक असाइनमेंट के सिलसिले में। दूर्वा साथ जायेगी। उन्हें भी दोपहर तक निकलना था।

रात के लिए विदा होने से पहले सुज़ाना ने संक्षेप में दूर्वा को हिमालय से मिलने की कहानी सुनायी थी। हाँ, कहानी ही थी वह...। कैसे एक दिन अनायास वह मिले थे, यूँ कहें कि टकरा गये थे, अपनी–अपनी राह चलते! शायद साल भर पहले की बात है...।

थोड़ी-सी ज़मीन, थोड़ा आसमान!

वीलो के एक अधझड़े पेड़ की छाँव के परे धूप का वह मीठा टुकड़ा बिछा था—गर्म और चमकीला! उसी के घेरे में लकड़ी की वह आत्मीय निमन्त्रण से भरी छोटी—सी बेंच! हिमालय उस पर जाकर बैठ गया था—भूख लगी है, सैंडविच खा ले! आज इतबार है और उसका डे ऑफ़। एक दुर्लभ दिन, पल—पल क़ीमती! उसे जीना है इसे धीरे—धीरे—पूरे वजूद से।

सामने ऐल्बे नदी की बर्फ़ीली लहरों में दोपहर का सूरज पिघलकर बह रहा है। सतह पर चाँदी दमक रही है। हाम्बोर्गा हाफ़ेन! जर्मनी का विश्व प्रसिद्ध बन्दरगाह। प्राचीन और विशाल। जब भी फ़ुर्सत मिलती है, हिमालय यहाँ चला आता है। यहाँ का माहौल उसे बहुत पसन्द है। कहीं से आश्वस्त करता हुआ कि वह अकेला नहीं है, विस्थापित नहीं है, आश्रित नहीं है। हैमबर्ग एक कॉस्मोपॉलिटन शहर है। यहाँ पूरी दुनिया है। हर देश, मज़हब, नस्ल के लोग। हिमालय सिल्वर फॉयल हटाकर धीरे—धीरे अपना सैंडविच कुतरता है। पीछे दायीं तरफ़ सीढ़ियों से भीड़ रंगीन पानी की तरह उतर रही है। कितने रंग, कितने चेहरे—नदी के किनारे—किनारे क्यारियों में खिले मिले—जुले मौसमी फूलों की तरह। छुट्टी का दिन हो और धूप हो तो यहाँ का शायद ही कोई व्यक्ति घर में बैठता है। सब निकल पड़ते हैं अपनी—अपनी सहूलियत के हिसाब से। आज ऑटोभान में गाड़ियाँ ही गाड़ियाँ। कैराभान भी। किसी की गाड़ी के पीछे साइकिल लगी है तो किसी के कैराभान की छत पर बोट। साथ में घोड़े भी अपनी विशेष गाड़ियों में चल रहे हैं। सब कुछ सुन्दर और अद्‌भुत!

दस साल पहले जब वह यहाँ आया था, उसकी आँखें चौंधिया गयी थीं। वह जवाहर टनल की लम्बी, अँधेरी सुरंग पार करके कश्मीर से दुनिया के इस छोर में आया था, पॉलिटिकल असायलम की उम्मीद में। अपनी गतिविधियों की वजह से वह लम्बे समय से जेहादियों के निशाने पर था। उस पर कई बार जानलेवा हमले हो चुके थे। आखिरी बार जम्मू के जगती इलाक़े में आतंकवादी हमले के बाद वह किसी तरह हिन्दुस्तान से बाहर निकल आया था। वह समझ चुका था, जम्मू में तो क्या, वह देश के किसी भी हिस्से में इन लोगों से बच नहीं सकता। जो देश ख़ुद सुरक्षित नहीं वह अपने नागरिकों की क्या रक्षा करेगा! तो वह जेब में अपने वतन की मुट्ठी भर मिट्टी और चनार के पत्ते लेकर यहाँ चला आया था उजाले की तलाश में। पीछे मैले–साँवले दिनों की अनगिन क़तारें थीं और था एक डर–हार–मज्जे में धँसा हुआ। रूह में गहरे तक जज़्ब। ये डर उसे–उसकी जाति को विरासत में मिला है–किसी आनुवंशिक रोग की तरह। जिस डर में वह रात–दिन थरथराता है, उसी डर में उसके पूर्वज पीढ़ियों से जीते–मरते रहे हैं। इस डर से मुक्ति नहीं। ये डर उनके डीएनए में है। ये डर है अल्पसंख्यक होने का, अपने आततायियों से संख्या में कम होने का, कमज़ोर और असहाय होने का। इस डर से बड़ा कोई डर नहीं जिसमें हर क्षण अस्तित्व का संकट बना रहता है।

वर्षों रात–दिन भय और अवसाद में रहकर हिमालय और उसके जैसे लोग भयभीत पशु से चौकन्ने और डिफेंसिव हो गये हैं। उन्हें हर जगह ख़तरा नज़र आता है, साज़िश की बू आती है। वे अक्सर अपनी परछायी से डर जाते हैं। कल रात एक अँधेरी गली से गुज़रते हुए हिमालय को भ्रम हुआ था अपना पीछा किये जाने का। अचानक उसने मुड़कर गुलाबों की झाड़ियों पर अन्धाधुन्ध पत्थर चलाया था। पेड़ों पर सोये पंछी जाग गये थे। इमारतों के पीछे से कहीं–कहीं से झाँकती सफ़ेद चाँदनी में चमकते हुए पेड़ उसे नक़ाबपोश–से लगे थे। ये डरावने साये सदियों से उनका पीछा कर रहे हैं।

ये स्मृतियाँ, विभ्रम जीवन के पार से है—कई जन्मों के! वह भागते हुए सात समन्दर पार चला आया, मगर इनसे पीछा नहीं छूटा। ये डर कब तक, ये दौड़ कहाँ तक, हिमालय, हिमालय जैसे लोग थक गये हैं। उन्हें अपनी ज़मीन चाहिए, अपने हिस्से का आकाश चाहिए जो होकर भी नहीं है। एक उम्मीद का किसी तरह ना मरना, हर हाल में बने रहना उन जैसों की त्रासदी है।

अपनी अधखायी सैंडविच बगल में बेंच पर रखकर हिमालय ऐल्बे नदी की पारे—सी कौंधती धार को तकता रहा था। एल्बे उसे अपनी वितस्ता की याद दिलाती है। वही चमक, वही रवानगी, गर्मी में रेशमी दुपट्टे—सी सरसराती, ठण्ड में बर्फ़ बनती बोझिल और फ़िरोज़ा से शनैः—शनैः सफ़ेद होती हुई...। पाइन की गन्ध में, सुलगते चिनार में, स्टाबेरी की सुर्ख़ लतरों में कश्मीर की याद है, याद जो एक ही साथ उसे सुख और दुख से भर देती है। अपनी ज़मीन अपने भीतर लेकर वह वर्षों से जी रहा है, मगर बेघर, बेवतन है! हर बार, जब भी वह यहाँ, ऐल्बे के किनारे घूमने आता है, इसके पानी को छूकर अपनी वितस्ता से वादा करता है—वह—वे—जल्द लौटेंगे उसके पास, उसकी पवित्र लहरों में दीये फिराने के लिए, उसे अंजुरी में भरकर सूरज को अर्घ्य चढ़ाने के लिए। ठीक अपने पूर्वजों की तरह जो आज भी उनके तर्पणों के लिए प्यासे कण्ठ भटकते हुए उनकी राह देख रहे हैं...

अपने ख़यालों में डूबा हिमालय न जाने कब तक उसी तरह एकटक नदी की तरफ़ देखता हुआ बैठा रहा था। तन्द्रा तब टूटी थी जब एक युवती उसके बगल में बेंच पर आकर बैठी थी—गुडेन टाक! आज मौसम कितना ख़ूबसूरत है! हिमालय ने उसे उचटती निगाह से देखा था—दुबली—पतली, बादामी आँखों और सुनहरे बालों वाली बीस—बाईस साल की युवती। 'गुडेन टाक' कहकर हिमालय फिर से पानी की तरफ़ देखने लगा था। उसे अपने में होने की, निरन्तर बने रहने की आदत पड़ गयी है। वह—उस जैसे लोग अपने भीतर की दुनिया के बाशिन्दे हैं। जिस मिट्टी से बेदख़ल किये गये उसी मिट्टी में हर साँस बसे रहने की पागल ज़िद...। उन्हें अपनी दीवानगी से रिहा नहीं होना।

ये दीवानगी उन्हें रास आ गयी है। स्मृतियों में बसे घरों की नींवें दिल में गहरी पैठी होती हैं। पाताल में उतरी हुई जड़ें...। थोड़ी देर चुप रहने के बाद उस युवती ने शायद संवाद शुरू करने के इरादे से फिर कहा था—इस नदी में ऐसा क्या है जो इस तरह देख रहे हो? जवाब में न चाहते हुए भी हिमालय ने कहा था—इस नदी में मेरी नदी की स्मृति है...

सुनकर वह युवती अचानक से थोड़ी देर के लिए चुप हो गयी थी और फिर जाने कैसी आवाज़ में कहा था—सबके भीतर कोई न कोई नदी होती है, पहाड़, मरुभूमि और समन्दर भी...। मेरे भीतर भी है मेरा मृत सागर—ब्लैक सी!

उसकी बातों ने हिमालय में उसके प्रति उत्सुकता जगायी थी। उसने अब उसे कुछ ध्यान से देखा था—मृत सागर! आप कहाँ की हैं? जवाब में उस युवती की आँखें बुझ गयी थीं—कहीं की नहीं! मैं यहूदी हूँ! हिमालय को उसकी बातें, ज़ुबान, आँखों की उदासी—सब पहचानी हुई लगी थी। वह उन जैसी है—अपनी ज़मीन की तलाश में सदियों से भटकती हुई रूहें! उसने इस बार आत्मीय लहज़े में उसका नाम पूछा था। उसने अपना नाम सुज़ाना बताया था। बात करते हुए दोनों जहाज़ पर चढ़े थे। यह जहाज़ सैलानियों को दो घण्टे तक घुमायेगा। जहाज़ के डेक पर खड़े होकर दोनों नदी के किनारे खड़ी ऊँची, विशाल इमारतों को देखते रहे थे। कितनी पुरानी और गम्भीर! पानी में लंगर डाले हुए जहाज़, दूर मछलियों पर झपटते सीगल और आसपास से गुज़रते हुए जहाज़, याच और नावें...। आकाश खुला था इसलिए ठण्ड भी तेज़ थी। हवा चाकू की तरह धारदार! अपने हाथ एक—दूसरे से रगड़ते हुए हिमालय ने सुज़ाना की दुबली बाहों में उभरते सुर्ख़ दानों को देखा था। उसने इस समय टी—शर्ट के ऊपर एक बाँह कटा हल्का स्वेटर पहना हुआ था। वह अन्दर जाकर रेस्तराँ से दो ग्लु वाइन ले आया था जिसका एक गिलास उसने आभार के साथ स्वीकारा था। गर्म लाल वाइन से धुआँ उठ रहा था। काँच के गिलास को घुमा—घुमाकर हाथ सेंकते हुए दोनों ने

साथ–साथ वाईन पिया था। वाइन की गर्मी थोड़ी ही देर में नसों में सुखद ताप की तरह फैल गयी थी। हिमालय को काँगड़ी की याद हो आयी थी। चिलेकलाँ के बेरहम चालीस दिनों के दौरान यही उनका सम्बल हुआकरती थी। फिरन के भीतर हीरे–मोती की तरह लोग उन्हें छिपाये फिरते थे। सर्दी से पहले ही काँगड़ी के लिए चिनार के पत्ते इकट्ठा करने की धूम पड़ जाती थी। यहाँ के मटमैले, ठिठुरे हुए सर्द दिन बार–बार उसे उस ज़मीन की याद दिलाते हैं जहाँ नाल के साथ–साथ उनकी जान भी गड़ी है...। एक गहरी साँस के साथ उसने सोचा था, उन स्मृतियों से रिहाई नहीं! चाहे वह दुनिया के किसी कोने में चला जाय।

सुज़ाना के सूखे, सुनहरे बाल हवा में बेतरतीब उड़ रहे थे। आँखों में आकाश का नील नीलम की तरह चमक रहा था। इतने उजले दिन में भी उसकी त्वचा और पूरी शख़्सियत में उदासी कोहरे की तरह जमी हुई थी। वह मुस्कराती थी, बोलती थी मगर जाने क्या था जो उसमें नहीं था। उस कुछ न होने ने ही शायद उसे भीड़ से अलग कर दिया था। एक परछाईं की तरह सबके साथ होकर भी वह कहीं नहीं होती थी। दूर पानी की सतह पर चिल्लाते और गोल–गोल चक्कर लगाते हुए जल पंछियों की ओर देखते हुए उसने अन्यमनस्क भाव से बताया था, रूस में उसका जन्म हुआ और वहीं पली–बढ़ी। कुछ साल इंडिया में भी रही तंजोर पेंटिंग सीखते हुए। फिलहाल एक प्राइमरी स्कूल में बच्चों को चित्रकला सिखाती है। दोस्त के नाम पर एक चित्रकार महिला है, बहुत दूर, इंडिया में। शादी हुई थी मगर तीन महीने में ही टूट गयी...। बस यही, इतनी ही उसकी दुनिया!

हिमालय ने पूछा था, वह घूमने के लिए जर्मनी ही क्यों आयी? जवाब में सुज़ाना ने गहरी साँस ली थी–पहले सालों नहीं आयी। हिम्मत नहीं होती थी। बस कभी तिब्बत, नेपाल, इंडिया! मगर अब और यह यात्रा स्थगित नहीं कर सकती थी। तो अब अपने पुरखों से मिलने आयी हूँ...। फिर थोड़ी देर बाद रुक–रुककर बोली थी–उनके क़ब्र तो नहीं मिले मगर इस देश की ज़मीन पर जहाँ भी पैर रखती हूँ,

उनकी धड़कनों को महसूस करती हूँ। मेरे अपनों के ख़ून और आँसू से यहाँ की मिट्टी सात पर्तों तक गीली है। एक छोटी चुप्पी के बाद फिर वह कुछ हैरत से बोली थी—जाने इस देश को नींद कैसे आती है!

सुज़ाना की बातें हिमालय के भीतर आग की तरह कौंधी थीं। जिस मद में डूबकर एक मनुष्य दूसरे मनुष्य से घृणा करता है, उसे सताता, प्रताड़ित करता है, उसी मद में चूर होकर वह सोता है। जैसे उनके हमवतन सो रहे हैं, ये जागे हुए लोगों की नींद है इसलिए शायद कभी न टूटे! वर्ना अट्ठाईस साल बहुत होते हैं जागने के लिये!

जहाज़ से उतरकर स्टेशन की तरफ़ बढ़ते हुए सुज़ाना ने कहा था—अच्छा हिमालय! सोचो तो, अगर ये चींटियों की क़तार की तरह उतरते इन्सानों के चेहरे, कपड़े, भाषा, क़द—काठी एक जैसे होते तो कैसा लगता? दुनिया कितनी बदसूरत और उबाऊ होती न? फिर क्यों लोग दूसरों को बदलने की कोशिश करते हैं, उन्हें अपनी तरह बनाना चाहते हैं! आई टेल यू, इट्स वर्स्ट काइंड ऑफ़ वायलेंस! सुज़ाना की बातों ने हिमालय को जाने क्या—क्या याद दिला दिया था...। अपनी ही मिट्टी के लोग आँखों में अंगार भरकर चिल्लाते हुए—अल जेहाद! अल जेहाद! अल जेहाद!!!

उन नफ़रत के ज़हर उगलते फेनिल होंठों ने उन्हें कितना त्रस्त, कितना अकेला कर दिया था कि कुछ ही दिनों के भीतर लाखों पण्डितों ने अपनी जन्नत, अपना कश्मीर छोड़ दिया था। हिमालय ने थकी हुई आवाज़ में कहा था—ये बातें रहने दो...। जाने कब से भाग रहे हैं हम इस नफ़रत से। इतिहास के पन्ने पलटकर देख लो, यह सातवाँ विस्थापन है हमारा! अपनी रूह, अपनी पहचान, आस्था, पवित्र किताबों की हिफाज़त के लिए बस भाग रहे हैं—आज भी! पीछे—पीछे वही फ़तवा—या रलिव, या गलिव, या चलिव...। या तो हममें विलीन हो जाओ, या ख़त्म हो जाओ या इस ज़मीन से दफा हो जाओ...। इन्हीं तीन विकल्पों के बीच हम भट्ट लोग वर्षों से जी या मर रहे हैं!

सुज़ाना को शायद उसकी बात समझ नहीं आयी थी। उसने असमंजस से कहा था—यही सोचती रही इंडिया में रहते हुए भी, तुम क्यों भागोगे? तुम्हारा वतन है, तुम्हारे लोग हैं, तुम हिन्दुस्तानी हो! उसके सवाल पर हिमालय चुपचाप उठ खड़ा हुआ था। वह सुज़ाना को क्या बताता या समझाता। यही तो उनका क़सूर था—हिन्दुस्तानी होना—हर अर्थ में! निर्दोष होना शायद सबसे बड़ा गुनाह है इस दुनिया में। इसकी सज़ा कभी माफ़ नहीं होती! जो ए के 47 वह कभी उठा नहीं सके वही उन पर चलती रही...। सियासत ने उन्हें कायर, भगोड़ा—न जाने क्या—क्या बना दिया! उनकी बेगुनाही को उनके माथे पर गुनाह की तरह दाग़ दिया गया!

उनकी ट्रेन आ रही थी। अब तक वे स्टेशन की एक बेंच पर बैठकर बात कर रहे थे। उन्हें हैम्बर्ग से वेन्टॉर्फ जाना था। वही हिमालय एक जर्मन बुढ़िया के यहाँ पेइंग गेस्ट की हैसियात से रहता है एक कमरा लेकर। सुज़ाना राईन्बेक में अपनी एक आंटी के यहाँ ठहरी है। उसकी आंटी एक यहूदी स्कूल चलाती है यहाँ के यहूदी बच्चों के लिए। हैम्बर्ग से ट्रेन वेन्टॉर्फ तक सीधी नहीं जाती। इसके लिये हिमालय को राईन्बेक या बैरगेडर्फ से बस पकड़नी होती है। वेन्टॉर्फ के एक पिज्ज़ारिया में वह काम करता है। अस्थायी काम। विगत दस सालों में उसने शायद यहाँ पचास नौकरियाँ की हैं, हर तरह की—अधिकतर ब्लैक में। एशिया के और प्रवासी हिन्दुस्तानियों के यहाँ। शोषित तो हुआ मगर किसी तरह जीने की जुगाड़ भी होती रही। एसाइलम की लम्बी क़ानूनी लड़ाई के बाद अब कहीं जाकर उसे काम करने का परमिट मिला है। सिर्फ़ अस्थायी नौकरी के लिए। मगर यह भी कम नहीं उसके लिये। वह खुश है। ज़िन्दा रह पाना उन जैसों के लिए सबसे बड़ी लक्ज़री है, एक तरह से अय्याशी ही।

उसके निमन्त्रण पर सुज़ाना उसके साथ उसके कमरे में चली आयी थी। हिमालय ने उससे कहा था 'अगर यक़ीन कर सको तो...' उसकी बात पर सुज़ाना ख़ूब खुलकर हँसी थी—यक़ीन नहीं तभी डर भी नहीं! हम लोग दुख—दर्द, डर से इम्युन हो गये हैं। खोने के लिए

हमारे पास कुछ भी नहीं! उसकी बात पर हिमालय भी हँसा था--तब ठीक। देने के लिए मेरे पास भी कुछ नही।

हिमालय बुढ़िया के घर के तहखाने यानी 'केलर' में रहता है। यहाँ धूप नहीं आती, हवा नहीं आती। कमरे के बाहर की गैलरी के ऊपर लगी जाली पर से या तो रात–दिन गुज़रते हुए लोगों के पाँव दिखते हैं या मटमैला, धूसर आकाश। इसी कमरे में मुफ़्त रहने के लिए हिमालय को बुढ़िया के हज़ार काम करने पड़ते हैं–उसके लॉन की घास छीलना, कचरा फेंकना, बाज़ार करना, हर तरह के बिल भरना। फिर भी बुढ़िया खुश नहीं रहती उससे। हर समय बड़बड़ाती है। वह उसके लिए 'आउस लैंडर' यानी विदेशी है जिन्हें यहाँ सब शक और अवज्ञा की नज़र से देखते हैं। हिमालय को अब इन बातों से कोई फ़र्क़ नहीं पड़ता। शुरू–शुरू में अपने आप में दुबक जाता था। वह वर्षों से बेघर है, शरणार्थी है। इन अजनबी, नफ़रत भरी आँखों की उसे आदत हो गयी है। देश में भी, यहाँ भी। वह यहाँ की दीवारों पर लिखे नारे–'आउस लैंडर, राउस' यानी विदेशी यहाँ से निकलो–पढ़कर चुपचाप आगे बढ़ जाता है, बदतमीज़ पंक और उद्दण्ड किशोरों के बीच की अँगुली के अश्लील इशारों को अदेखा कर देता है। उसकी अपनी ज़मीन पर भी उनके लिए ऐसी ही तहरीरे लिखी होती थीं–पण्डितो! कश्मीर छोड़ो!

उसके कमरे में आकर सुज़ाना गम्भीर हो गयी थी–तुम्हारा यह कमरा मुझे कॉन्सेंट्रेशन कैम्पों की याद दिला रहा है–तंग, अँधेरी कोठरियाँ...। एक–दूसरे से चिपकी माचिस की डिबियों की तरह, हवा, उजाले, धूप से वंचित...। मेरी नानी कहती थी हमारे 'घेटो' खुले हुए कचरा पेटी की तरह गन्दे और तंग हुआ करते थे। कँटीली तारों से घिरी ऊँची दीवारों के पीछे की ख़ूबसूरत दुनिया को यहूदी एक तरह से भूल ही चुके थे। कभी किसी ने इन्हें पार करने का दुस्साहस किया तो उन पर सेफर्ड डॉग्स छोड़ दिये गये! कहते हैं वे यहूदियों की बोटियाँ नोच–नोचकर भेड़ियों की तरह आदमखोर बन चुके थे।

ओह! वे कॉन्सेंट्रेशन कैम्पस, घेटो, किलिंग सेंटर, लेबर कैम्पस...। पूरे यूरोप में फैले हुए। पोलैंड में जर्मनी ने पहला घेटो 1939 को बनाया था। जानते हो हिमालय, दूसरे विश्व युद्ध के दौरान जर्मनी ने एक हज़ार घेटोस का निर्माण जर्मनी अधिकृत पोलैंड और सोवियत यूनियन में किया था। घेटोस के नरक में लाखों यहूदियों को क़ैद कर नाज़ी उन्हें पूरे यूरोप से मिटा देने का कुचक्र रच रहे थे जिसे वे 'फाईनल सॉल्युशन' कहते थे।

कहते हुए सुज़ाना सिगरेट के कश जल्दी–जल्दी लेती है। बिना रूम हीटर के इस ठण्डे कमरे में भी हिमालय उसके माथे पर पसीने की बूँदें देखता है। उसे जम्मू के शरणार्थी कैम्प याद आते हैं–घेटोस! किसी नाज़ी जर्मनी में नहीं, अपने देश भारत में! विश्व के सबसे बड़े लोकतान्त्रिक देश में! मुट्ठी कैम्प के वे अवसाद भरे दिन...। उसे भी सिगरेट की तलब होती है। बिना पूछे वह सुज़ाना के हाथ से सिगरेट लेकर पीने लगता है। सुज़ाना कुछ नहीं कहती। वह समझती है जलावतन हुए लोगों का डर, ये उनके साझे का है। जिनके पास उनकी तरह का अतीत होता है, वह अपने वर्तमान में बहुत सहज, सुस्थिर रह नहीं पातें। अक्सर यूँ ही खो जाते हैं!

हिमालय फ्रिज से रेड वाइन की एक बोतल और पिज्ज़ा के चार टुकड़े निकाल लाया था। बोतल आधा ख़ाली थी। सुज़ाना टुना फिश के टुकड़े चुन पिज्ज़ा अवेन में गरम कर लायी थी–मछली तो मैं खाऊँगी नहीं, यह टुकड़े तुम चुन लो। कमरे में एक ही पुराना सोफ़ा था जिसका एक पैर टूटा होने की वजह से वह एक तरफ़ झुका हुआ था। उसी पर बैठकर दोनों ने वाइन के साथ पिज्ज़ा खाया था। हिमालय ने ग़ौर किया था, सुज़ाना स्वभाव से बहुत सीधी–सादी लड़की थीं। उसकी अंग्रेज़ी टूटी–फूटी थी और बोलने का लहजा रशियन। हिमालय को उसका यूँ मिलना और सहज घुल–मिल जाना बहुत अच्छा लगा था। एक तरह से वह एकदम अकेला था यहाँ। जिस पिज्ज़ारियाँ में वह काम करता था, वहां उसके कुछ दोस्त ज़रूर थे जिनमें पाकिस्तान का जमील ख़ास था। वह सिया मुसलमान था

और कहता था कि सिया मुसलमानों के लिए पाकिस्तान वैसा ही है जैसे यहूदियों के लिए नाज़ी जर्मनी। मुहर्रम के दौरान हुए एक मज़हबी दंगे में अपना सब कुछ गंवाकर वह यहाँ भाग आया था। दूसरा था यशपाल। वह अफ़ग़ानिस्तान में युद्ध के दौरान राजनीतिक एसाइलम लेकर यहाँ आ गया था। अक्सर मज़ाक़ में कहा करता था, भला हो इन जेहादियों का, मुझे इस जन्नत में आस्ताना मिल गया! वर्ना जो लोग बुद्ध की मुंडी मरोड़ देने से बाज नहीं आते वे हमारी गर्दनों का क्या हश्र करते! सुनकर हिमालय को कश्मीर के टूटे हुए शिवालय याद आते। इस दुनिया ने भगवान को भी बेघर कर दिया है। करोड़ों लोगों के साक्षात् भगवान दलाई लामा भी शरणार्थी होकर धर्मशाला में बैठे हुए हैं। फिर उसकी–उसके जैसे लोगों की औकात क्या!

यशपाल जर्मनी में एक दिन अपना रेस्तराँ खोलने का सपना देख रहा था। इसके लिए एक जर्मन लड़की से पेपर मैरिज करने के लिए वह पैसे जमा कर रहा था। पेपर मैरिज यानी इस देश में रहने के सारे क़ानूनी अधिकार पाने के लिए यहाँ की किसी लड़की को पैसे देकर उससे नाम मात्र का कागज़ी विवाह! शादी के तीन साल गुज़रने पर ही कोई क़ानूनी अधिकार मिल पाता है। ऐसा शादी के नाम पर होने वाली धांधलियों को रोकने के लिए किया गया है। अब तो यहाँ की कुछ औरतें भी इस हालात का ख़ूब फ़ायदा उठाती हैं। तलाक़ देने या न देने की धमकी देकर पैसे ऐंठती रहती हैं। ख़ैर! इन्हीं दोनों के साथ उसका विशेष सम्पर्क था, वर्ना वह अकेला ही था.

उसे हर पल अपनी पैंसठ साल की बूढ़ी माँ की याद आती है जो आज भी जम्मू की जगती में बनी नयी कॉलोनी की एक छोटी–सी कोठरी में बैठकर अपनी बेटी की लूटी हुई अस्मत और लूटे हुए डेजिहोर के जोड़े के लिए रोती रहती है। उसे नालायक मानती है और भगोड़ा भी। उसके एकलौते बेटे ने इस बुढ़ापे में उसका साथ न दिया। पति भी ऐसा ही था–भगोड़ा! गान्धरबल इलाक़े के वन्दहामा गाँव में आतंकवादियों ने कत्ले आम किया तो 25 पण्डितों के साथ

वे भी मरकर उससे जान छुड़ायी! एक बार भी नहीं सोचा, ज़ालिमों के निज़ाम में जवान होती लड़कियों को चील–कौए नोच खाते हैं...

सुज़ाना खा–पी रही है, उससे बोल भी रही है मगर अपने में है–अपने भीतर की किसी दुनिया में। इस एक दुनिया में सबकी जाने कितनी–कितनी दुनिया है! नक़्शे पर दुनिया के जिस्म पर खींची बदसूरत लकीरों को देखकर वह सोचता है, सारा खेल इन लकीरों का है। लकीरें खींचते–खींचते इन्सान ख़ुद में भी कई–कई टुकड़ों में बँट गया है। फिर भी इन लकीरों को विराम नहीं! चल रहे हैं दिलों पर, ज़िन्दगी पर, मुहब्बत और यक़ीन पर...। सोचते हुए हिमालय बोझिल हो उठता है। पिज़्ज़ा के टुकड़े समेत प्लेट उठाकर सिंक में रख आता है। सुज़ाना उसके सी डी कलेक्शन से ढूँढ़कर एल्विस प्रेसली का गीत लगाती है–सम वन बिल्डिंग कैंडी हाउस फॉर मे स्वीट सिक्सटीन...। हिमालय की तरफ़ हाथ बढ़ा कर कहती है–डांस? हिमालय सी डी का वॉल्यूम कम करके उसके साथ नाचता है–रोमियो–जूलियट आज भी तेज़ संगीत की धुन पर नाच नहीं सकते...। ये वही जर्मनी है सुज़ाना! 'हूँ' सुज़ाना अपनी बुझी आँखों में चमक भरने की कोशिश करती है–अल्वेयर कामू ने हम जैसों की ही कहानी लिखी है न...

सुज़ाना हल्के थिरकते हुए बोली थी, जानते हो, मेरी भारतीय दोस्त दूर्वा जीवन में क्या माँगती है? ऐश नहीं, दौलत–शोहरत नहीं, सिर्फ़ आज़ादी! इस आज़ादी के लिए अपना महल छोड़ विदेश की गलियों की खाक छान रही। कई साल हो गये! कभी उसकी कहानी सुनाऊँगी, पूरी पागल है!

सुज़ाना की देह से बासी परफ्यूम, वाइन और पिज़्ज़ा की गन्ध आ रही है। उसकी त्वचा की रंगत उबले हुए अण्डे की तरह धूसर सफ़ेद है मगर छूने में बेहद नर्म और रेशमी। शायद इसीलिए हिटलर यहूदी स्त्रियों की खाल से जूते बनवाने के लिए वैज्ञानिकों से प्रयोगशाला में प्रयोग करवा रहा था!

हिमालय ख़ुश होना चाहता है, इस पल को, एक स्त्री देह के सानिध्य को महसूसना चाहता है मगर...। मगर स्त्री देह के नाम पर उसे अपनी बहन जाह्नवी का उघड़ा हुआ शरीर याद आता है—असंख्य नील—लाल दागों से भरा बीच बाज़ार पड़ा हुआ। सूजकर एकदम ढोल! बैंगन की तरह जली देह की खाल यहाँ—वहाँ से उधड़ी हुई...। हिमालय के हाथ अनायास सुज़ाना की कमर के इर्द—गिर्द शिथिल पड़ जाते हैं। वह वापस सोफे पर जाकर बैठ जाता है। बेहद थका, शर्मिन्दा—सा। सुज़ाना कुछ नहीं कहती और वह भी आकर उसके क़रीब बैठकर अपने गिलास में बचा हुआ वाइन पीने लगती है।

थोड़ी देर बाद हिमालय ने सफ़ाई देने के—से अन्दाज़ में कहा था—जब एक मनःस्थिति प्रखर रहती है तब दूसरी इच्छाएँ शिथिल पड़ जाती हैं। वर्षों अवसाद में रहकर हमारी सहज—स्वाभाविक इच्छाएँ नष्ट—सी हो गयी हैं। जीवन का उत्स सूख चला है। आँकड़े बताते हैं, हम ख़त्म हो रहे हैं ...। घटते हुए विश्व के मानचित्र में एक बिन्दु बराबर भी नहीं रह गये हैं!

सुज़ाना अपनी आवाज़ में चहक भरने की कोशिश में नाकाम होती हुई कहती है—मैं इन ज़र्द मौसमों में रंगीन तितलियाँ ढूँढ़ती फिरती हूँ। हमें अपनी कोशिश ज़ारी रखनी है हिमालय, खुशियों पर से, ज़िन्दगी पर से अपना दावा कभी नहीं छोड़ना है। हिमालय उसकी आँखों में वाइन की फैलती लाली देखता हुआ चुप बैठा रहता है। अचानक उसे लग रहा है वह बहुत थक गया है। कल से फिर वही दस घण्टे की कमरतोड़ ड्यूटी! रात—दिन इस रफ़्तार से गुज़र रहे हैं मगर वक़्त उसके लिए वही ठहरा रह गया है—कश्मीर की वादियों में! वह आगे बढ़ना चहता है मगर हर क़दम पीछे की ओर लौटता है, वहीं, उसी ज़मीन पर जहाँ वे अपना आप वर्षों पहले छोड़ आये थे।

सुज़ाना उससे कहती है, बड़ा अनोखा है तुम्हारा देश! वहाँ दुनिया के हर कोने से लोग आते हैं और शरण पाते हैं। पारसियों की पवित्र आग जो वे इस्लामी जेहाद के दौरान ईरान से बचा ले आये थे,

आज भी तुम्हारे देश में अक्षुण्ण जल रही है...। अल्पसंख्यक समुदाय जैसे सिक्ख, जैन, पारसी सबसे समृद्ध और सुरक्षित हैं, दलाई लामा के दर्शन किये थे, अपनी ज़मीन से अधिक बेफ़िक्र जीते हैं वहाँ! अद्‌भुत! सुज़ाना हिन्दुस्तान के विषय में अच्छी जानकारी रखती है यह उसकी बातों से समझ आता है। हिमालय उसकी बात चुप रहकर सुनता है, कुछ कहता नहीं। कहता भी तो क्या? यही कि जिस देश में पूरी दुनिया के लिए जगह है, जहाँ करोड़ों की संख्या में पड़ोसी देशों से आये शरणार्थी हैं, उसी देश में उसकी अपनी सन्तानों के लिए जगह नहीं है! कैसा विरोधाभास है!

हिमालय बातों का रुख़ बदलना चाहता है क्योंकि यह प्रसंग बहुत अप्रिय है उसके लिए–जहाँ इस समय हम बैठे हुए हैं, उस देश ने तुहारी जाति के साथ बहुत अन्याय किया है, नहीं? सुज़ाना उसकी बात अनसुनी करके देर तक बैठी रहती है फिर उठकर सिंक पर पड़े बर्तन धोने लगती है। उसने देख लिया था, इस छोटे–से कमरे में कोई डिश वासर नहीं है।

थोड़ी देर प्रतीक्षा करके हिमालय ने फिर अपना प्रश्न दोहराया था और इस बार एप्रोन में अपने हाथ पोंछती हुई सुज़ाना एक बार फिर उसके क़रीब आ बैठी थी–सच है नाज़ी जर्मनी ने हमारी कौम के साथ बहुत बुरा किया मगर यह भी सच है कि सिर्फ़ इन्होंने ही हमारे साथ बुरा सलूक नहीं किया। बहुतों ने किया। यहूदी जाति के साथ बर्बरता और घृणा का व्यवहार बहुत पहले शुरू हो चुका था, दुनिया के अलग–अलग हिस्सों में। जानते हो हिमालय, सारे यहूदियों को चरित्र से हमेशा एक माना गया और इसीलिये सबको बराबर सज़ा का हक़दार माना गया–एक दूधमुँहे बच्चे लेकर एक सौ साल के बूढ़े तक को! पूर्वाग्रह की हद समझ सकते हो। और यह सब ख़ुद को सभ्य और सुसंस्कृत समझने वाली पश्चिमी दुनिया करती रही है हमारे साथ!

कहते हुए सुज़ाना की आवाज़ और साँसें तेज़ हो गयी थीं मगर बिना रुके वह कहती रही थी–एंटी सेमिटिस्म यानी यहूदियों के प्रति घृणा इस दुनिया की एक बहुत पुरानी और ख़तरनाक बीमारी है।

मगर इस बीमारी का नामकरण पहली बार 19वीं सदी में जर्मनी ने किया। यहूदियों के विरुद्ध पहला तथाकथित जेहाद 1096 में हुआ। फिर 1290 को उन्हें इंगलैंड से निकाला जाना, स्पेन के यहूदियों की सामूहिक हत्या 1391 को, फिर वहाँ से भी उनका निष्कासन 1492 को...। यातना, उत्पीड़न का एक लम्बा इतिहास है हिमालय! कहाँ तक गिनाऊँ! युक्रैन में भी कोसाक नरसंहार, दी हॉलोकॉस्ट, रशिया में यहूदी विरोधी तरह–तरह के सरकारी फरमान...। इन सबके साथ यहूदियों का इस्लामी तथा अरब देशों से निकाला जाना तो है ही!

"हूँ"! कहते हुए हिमालय उसे सुनता रहता है। बीच में कुछ कहकर वह उसकी सोच के प्रवाह, तारतम्य को तोड़ना नहीं चाहता। वह चाहता है कि सुज़ाना आज बोले...। ख़ुद को हल्का करे। ये बोझ इन्सान को भीतर ही भीतर दफ्न कर देता है। वह स्वयं इस घुटन का वर्षों से शिकार है। सुज़ाना के भीतर की उत्तेजना उसके चेहरे पर है। वह अपनी मुट्ठियाँ बाँधे कमरे में टहल रही है–किस तरह एक सभ्य, सुसंस्कृत दुनिया एकदम सुनियोजित तरीक़े से एक अल्पसंख्यक जाति को बदनाम, प्रताड़ित और निर्दोष करने की साज़िश रचती है! यहूदियों से नफ़रत करने के सौ कारण वे ईजाद करते हैं–यहूदियों की नस्ल आर्य नस्ल से कमतर है, उसके ख़ून में नीचता है, वह पूरी दुनिया के लिए दुर्भाग्य का कारण है, वह किसी का वफ़ादार नहीं होता, जिसकी शरण लेता है, उसी की बुराई करता है, नमकहराम, देशद्रोही, येसू का हत्यारा...।

हिमालय को ये शब्द जाने–पहचाने लगते हैं। वह–कश्मीरी पण्डित–भी तो हिन्दुस्तान के जासूस हैं, काँइयाँ, गद्दार और ना जाने क्या–क्या हैं...। वह सुज़ाना के भीतर की खौल को महसूस करता है। उसकी आँच उसके जिस्म तक पहुँच रही है। अपने भीतर इतनी आग समोये वह ज़िन्दा कैसे है! अब तक राख कैसे नहीं हो गये! ये चलते–फिरते जिस्म, मुस्कराते चेहरे वास्तव में क़ब्रिस्तान हैं। इनके भीतर ज़िन्दगी नहीं, बस मौत है, लाशें हैं सड़ती–बसाती हुईं!

सुज़ाना जैसे एकालाप किये जा रही है, ख़ुद में बड़बड़ाती हुई–बुद्धिजीवियों की बुद्धि का भी सदुपयोग देखो–साहित्यकार, इतिहासकार, चित्रकार, संगीतकार–सभी अपनी कला के माध्यम से यहूदियों के ख़िलाफ़ जन साधारण के मन में नफ़रत पैदा कर रहे थे। कोई अख़बार निकाल रहा था, कोई पैमप्लेट छाप रहा था तो कोई पर्ची बाँट रहा था। यहूदियों की वजह से सबके धर्म, संस्कृति, अस्मिता ख़तरे में पड़ गये थे। जाने कितनी किताबें यहूदियों की कारस्तानियों पर लिखी गयीं। उस समय हमारे समुदाय को लेकर हर जगह तरह–तरह के चुटकुले प्रचलित थे। फ़िल्मों में दिखाये जाने वाले अधिकतर खल पात्र भी यहूदी ही होते थे। हमारी जाति शैतान की जाति है। हम एक दिन पूरे विश्व का धर्मान्तरण कर सबको यहूदी बना देना चाहते हैं...। संक्षेप में सारी बुराई, तकलीफ़, फसाद की जड़ में हम यहूदी ही थे। इसलिए हमें इस दुनिया के नक़्शे से मिटा देना सबका परम कर्तव्य बन पड़ा था। इन बातों के माध्यम से तुम समझ ही सकते हो, यहूदी जाति के प्रति घृणा लोगों के डी एन ए में है। इसे मिटाना इतना सहज नहीं!

उसकी बातें सुनते हुए हिमालय एक नयी सिगरेट सुलगाता है। बाहर मकान मालकिन का कुत्ता ऊपर की बाल्कनी में रह–रहकर भौंक रहा है। मकान मालकिन मिसेज़ वॉल्टर्स उसे डाँट रही है। उसने शायद बाल्कनी की लाइट भी जला ली है। हिमालय जानता है, वह ख़ब्ती क़िस्म की महिला है। उसे चिन्ता हो रही है। यहाँ बहुत सावधानी से रहना पड़ता है। युवा लड़के, ख़ासकर एशियन और अफ्रिकन लड़के हमेशा शक़ की नज़र से देखे जाते हैं। कभी रात को काम से लौटते हुए देर हो जाय तो ख़ाली पड़े स्टेशनों में कभी हुड़दंगी लड़के परेशान करते हैं तो कभी सुनसान सड़कों पर पेट्रोलिंग पर निकली पुलिस रोककर पूछ्ताछ करती है.

बाहर के शोरगुल से सुज़ाना का ध्यान हटाने के लिए हिमालय सुज़ाना से दूसरा प्रश्न पूछता है–और पूर्वी देशों में? जहाँ तुम लोगों की उत्पत्ति हुई...

सुज़ाना भी बाहर से आती आवाज़ों को सुन रही थी। फिर भी ख़ुद को सहज दिखाते हुए वह बात करती रही थी—हर जगह वही दुर्व्यवहार, उत्पीड़न...। धार्मिक अल्पसंख्यक होने की वजह से हर जगह हमें बहुसंख्यक समुदाय से शोषित और अपमानित होना पड़ा। यीशू मसीह की हत्या का कलंक और सज़ा हमारी हर पीढ़ी को सहनी पड़ी, हालाँकि यीशु हमारी ही तरह ख़ुद भी एक यहूदी थे।

सुज़ाना की बातें हिमालय का अनायास अपने देश की ओर धकेल ले चलती हैं। कश्मीर में वे यानी पण्डित समुदाय भी अल्पसंख्यक थे। उन्हें भी हर पल आतंक में गुज़ारना पड़ता था, चुप रहकर सब कुछ सहना पड़ता था। उसे याद आता है 1992—आतंकवाद के शुरुआती दौर में माँ का धीमे स्वर में गायत्री मन्त्र पाठ करना, शाम ढलते ही पूरे परिवार का दरवाज़ा बन्द कर घर के भीतर बैठ जाना, छोटी बहन जाह्नवी का सर से पैर तक ख़ुद को ढक कर स्कूल के लिए घर से निकलना। कोई धार्मिक अनुष्ठान, सांसकृतिक कार्यक्रम। राजनीतिक गतिविधि वे खुलकर नहीं करते। बहुत लो प्रोफाइल रखते ताकि किसी की नज़र में ना आये, ना खटके। पड़ोसी देश के साथ कारगिल का युद्ध हो, सीमा पर तनाव हो या क्रिकेट मैच हो, उनकी स्थिति शोचनीय हो जाती। हिन्दुस्तान के किसी भी तथाकथित अपराध या ग़लती का दण्ड उन्हें ही भरना पड़ता। देश के किसी हिस्से में दंगे भड़कते, साम्प्रदायिक तनाव होता, वे सूख कर काठ हो जाते। कोई उन्हें हिन्दुस्तान का जासूस समझता तो कोई सरकारी पिट्ठू! बिना किसी जुर्म को अंजाम दिये जाने वे किस जुर्म के गुनहगार थे। छोटी—मोटी झड़प में भी युवकों, बच्चों का उसकी माँ—बहन को चिढ़ाना—भट्टिनी—भट्टिनी दोदयय मस...। यह सब कुछ बहुत अपमानजनक था।

सोचते हुए उसकी आँखें एक गीली चमक से भर गयी थीं शायद जिसे देखकर सुज़ाना ने उसके कन्धे पर हाथ रखा था—हम सब के अवचेतन मन में एक समूह मन भी होता है जो अपनी जाति और पूर्वजों के सुख—दुख, करुणा, सन्त्रास की स्मृतियों में सुप्त भाव

से जीता है। तभी तो कभी–कभी सुख में हम दुखी हो जाते हैं और दुख में भी सुख के अबुझ भाव से भरे रहते हैं। वास्तव में हर इन्सान के भीतर कई–कई इन्सान होते हैं...। युगों पहले प्रताड़ित मेरे पूर्वज मेरे भीतर भी रोते हैं, उच्छ्वास भरते हैं और रातों को मैं सो नहीं पाती। मैं जानती हूँ कॉन्सेंट्रेशन कैम्पों में, घेटोस में, किलिंग सेंटर में, लेबर कैम्पों में भूख से, अत्याचार से, बीमारी से मरने वाले लाखों यहूदियों की मैं आत्मा हूँ। हर यहूदी के साथ हर बार, बार–बार मैं ही मरती हूँ। मेरे जिस्म में अनगिनत अदृश्य दाग़ हैं जिन्हें मैं ही देख सकती हूँ, कोई और नहीं। जानते हो, कोई रात–रात भर मेरे सरहाने बैठकर रोता है, मुझे बच्चों की चीख़ें सुनायी देती हैं। सपनों में मास ग्रेव्स दिखते हैं। लाश ही लाश...। ज़मीन ख़ून से लाल, हवा में सड़ते इन्सानी जिस्म की बदबू...। ओह! बहुत भयावह है यह सब! असह्य! वर्षों से अवसाद में हूँ, नींद की अनगिन गोलियाँ भी अब काम नहीं करतीं...

"इन सब से बाहर आओ सुज़ाना! बहुत ज़रूरी है यह..." उसकी बातें सुनते हुए हिमालय ने उसका हाथ अपने हाथ में ले लिया था। तो यह नर्क उसके अकेले का नहीं है! इस नर्क के बाशिन्दे पूरी दुनिया में फैले हैं।

"कोशिश करती हूँ हिमालय! मगर ख़ुद से छूटकर भी कहाँ जाऊँ! बाहर भी तो वही सब है। नये मुखौटे के नीचे दुनिया वही पुरानी है। जानते हो, कितनी बार हमारे स्कूलों पर हमले होते हैं? सीनागॉग–हमारे मन्दिर तोड़े जाते हैं? एक छिपा हुआ, प्रच्छन्न पूर्वाग्रह, घृणा तो है ही दिलों में। ये रक्तबीज की सन्तानें हैं, कभी मरेंगी नहीं। यूरोप में अरब देशों के लोग हमारे विरुद्ध हेट क्राइम करते हैं। फ़िलहाल सबसे बड़ा ख़तरा उन्हीं से है हमें।"

इसके बाद एक लम्बी चुप्पी में समय गुज़रता रहता है। उस छोटे–से ठण्डे, सिले कमरे में दो शरणार्थी एक–दूसरे के हाथ पकड़कर मोम के पुतलों की तरह स्तब्ध बैठे रहते हैं। उनके चेहरों पर जाने कितनी लकीरें हैं, कुछ काँपती हुई, कुछ बेजान...।

शब्दों के परे उनकी यन्त्रणा अभिव्यक्ति के नये मार्ग ढूँढ़ रही हैं। आँसू, उच्छ्वास भी अब पुराने हो चुके, अभिव्यक्ति में असमर्थ हो चुके...

सुज़ाना अचानक बेचैन हो उठती है—थोड़ी ताज़ा हवा चाहिए थी, दम घुट—सा रहा है! हिमालय खिड़की खोलता है। खिड़की के बाहर गैलरी की जाली पर पत्ते ही पत्ते बिखरे हैं। उनमें से झाँक रहा है एक टुकड़ा आकाश, नीला, मटमैला...। हल्की बहती हवा में सूखे पत्ते खड़खड़ा रहे हैं। दीवारों पर झूलती लतरों पर दूध के छींटे जैसे नन्हें सफ़ेद फूल खिले हैं। उनकी धीमी, मादक गन्ध हवा में है। हिमालय सुज़ाना को खिड़की के पास आने का संकेत करता है—इस समय रास्ते पर टहलना ठीक नहीं होगा। इतने—से आकाश से काम चला लो...। सुज़ाना कुछ नहीं कहती। बस सूखी, चमकती आँखों से आकाश की ओर देखती रहती है। जाने क्यों वह यकायक बहुत बेचैन हो गयी है!

उसे याद आ रही है अपनी नानी से हज़ार बार सुनी हुई एक कहानी—उनके पूरे परिवार का नाज़ी जर्मनी से भागकर हँगरी में आश्रय लेने की कहानी। उसकी 99 साल की नानी सालों से पागल है और रात—दिन बस एक यही कहानी सुनाती रहती है। हर बार जब भी सुज़ाना पागलख़ाने में जाती है उनसे मिलने, उनसे यह कहानी सुनती है और रोती है। साथ में नानी भी रोती है। नानी अपने बेतरह काँपते सर और हाथों को हिला—हिलाकर विस्फारित आँखों से कहती हैं—वो एक बहुत सर्द रात थी। चारों तरफ़ खेत—खलिहानों में पाला पड़ा हुआ था। जिधर देखो, पेड़, जंगल, ज़मीन सफ़ेद। जैसे कफ़न में लिपटी हो। नाज़ियों के अत्याचार से बचने के लिए हम तीस यहूदियों का एक दल हंगरी की ओर रात के अँधेरे में भाग रहे थे। तब तेरा बाबा पाँच साल का रहा होगा और हमारी जुड़वाँ बेटियाँ तीन साल की। हमारे कपड़े गीले थे, बर्फ़ की तरह ठण्डे। तेरे दादा के पैरों की सभी उँगलियाँ ठण्ड से मरकर काली पड़ चुकी थीं। बच्चों के फटे होंठों से ख़ून रिस रहे थे। भूख, प्यास और नींद से बेहाल जाने कैसे और कितने दिनों में नाज़ियों से छिपते—छिपाते

हम हँगरी पहुँचे थे। मगर वहाँ भी अन्ततः हम कुछ ही दिनों में पकड़ लिये गये थे और एक भीड़ भरे घेटो में बन्द कर दिये गये थे। वहाँ से तेरे दादा को किसी लेबर कैम्प में ले जाया गया था, जहाँ से वे कभी नहीं लौटे...। कहते हुए नानी पहले ख़ूब ज़ोर से हँसती फिर हिलक–हिलककर रोती।

अपने आँसू पोंछती हुई सुज़ाना उनके शान्त होने का इन्तज़ार करती रहती और अचानक नानी शान्त हो भी जाती और निर्लिप्त ढंग से कहानी सुनाने लगती–उस कैम्प में हमारी हालत जानवरों से भी बद्तर थी। किसी बात की सुविधा नहीं थी। छोटी–छोटी कोठरियों में लोग ढोर–डंगरों की तरह ठूँस–ठूँसकर रखे जाते। यहूदी पुलिस के द्वारा ही यहूदियों पर कड़ी निगरानी रखवाई जाती। हर दूसरे–तीसरे दिन बूढ़े और बीमारों को मारने के लिए चुन कर किलिंग सेंटर भेजा जाता। कभी किसी काम को करने से मना करने पर इन यहूदी पुलिस वालों को भी खुले आम गोलियों से उड़ा दिया जाता...

नानी कहती जाती और सुज़ाना साँस रोककर सुनती जाती। उसे यक़ीन नहीं होता...। ऐसा भी हो सकता है! नानी बीच में तालियाँ बजाकर झूम–झूमकर गाने लगती–ओ जर्मनी! नाज़ी जर्मनी...। सबका प्यारा–दुलारा जर्मनी...। और फिर थू–थू कर थूकने लगती।

उस कहानी को सुनने सुज़ाना बार–बार नानी के पास जाती, उनका मान–मनुहार करती। कभी नानी महीनों नहीं बोलती और कभी अचानक से बोलना शुरू कर देती–उस कैम्प में लाशें नालियों में दिनों तक पड़ी रहतीं, बच्चे सड़कों में पड़े धीरे–धीरे मरते, आकाश में चीलों, गिद्धों का जमघट लगा रहता...। हर तरफ़ भूख, बीमारी, अमानवीय अत्याचार...। नरक था वह! जीवित नरक!

सुज़ाना बिल्कुल चुप रहती। कुछ कहकर वह नानी का ध्यान भंग नहीं करना चाहती थी। एक बार वे बिदक गयी तो फिर महीनों मुँह नहीं खोलेगी। कभी–कभी नानी के चेहरे की रेखाएँ नर्म पड़तीं, एक उजली हँसी से उनकी काया भर उठती–उन शैतानों में एक भला आदमी भी था–डॉक्टर मिल्कमान! बच्चों से ख़ास लगाव था उन्हें।

जब भी कैम्प आते, बच्चों के लिए मिठाई, खिलौने ले आते। मेरे बच्चे उन्हें 'आर्ज़्ट ऑकेल' कहकर पुकारते थे।

सुज़ाना को नानी की कहानी सुनकर तसल्ली मिलती–चलो! इस दुनिया में कुछ अच्छे इन्सान भी होते हैं। नानी अबाध बोलती जाती–एक दिन वह डॉक्टर, जब मैं कहीं गयी हुई थी, मेरी दोनों बच्चियों को उठाकर ले गया और ऑपरेशन के द्वारा उन्हें एक–दूसरे की पीठ से जोड़ दिया! सुनकर पहली बार सुज़ाना सन्न रह गयी थी–जोड़ दिया! 'हाँ, जोड़ दिया...' कहते हुए अब नानी के चेहरे पर उन्माद के भाव दिखने लगते–कुछ ही दिनों में उनके घाव पक गये थे। उनकी पीठ से ख़ून, मवाद बहता रहता और वे बच्चियाँ हलाल किये हुए जानवरों की तरह रोती–चिल्लाती रहतीं। मैं उन्हें तड़पते हुए देखती मगर कुछ नहीं कर पाती। उनके जख़्मों में कीड़े पड़ गये थे...। वे कीड़े मेरी बच्चियों को खोद–खोदकर खा रहे थे...। मैं यह सब बर्दाश्त नहीं कर पा रही थी। उन दिनों मैं मुट्ठियाँ भींच–भींचकर अपने ईश्वर जेहोबा को कोसती रहती थी। कमज़ोर भगवान की सन्तानों को सब सताते हैं। 'फिर? नानी फिर?' 'पूछते हुए सुज़ाना को प्रतीत होता उसकी साँस रुक रही है। नानी अनमनी–सी कहती–फिर मुझे एक दयालु नर्स मिल गयी। उसने मुझे थोड़ा मॉरफिन दिया। मैंने वह मॉरफिन खिलाकर दोनों बच्चियों को ज़िन्दगी से निजात दिलायी...। अपनी कहानी ख़त्म करके नानी फिर झूम–झूमकर गाने लगती–ओ हिटलर...। हेर हिटलर...। मायने हिटलर! लिवलिंग हिटलर!

खिड़की पर खड़ी सुज़ाना अचानक ज़मीन पर ढहने–सी लगती है। हिमालय उसे लपककर सम्हालता है। सुज़ाना निरन्तर बड़बड़ा रही है, जाने क्या...। हिमालय अपनी बाँहों में सुज़ाना के काँपते हुए शरीर को समेटे खड़ा रहता है। सामने की दीवार घड़ी में रात के बारह बजे हैं। पूरे मोहल्ले में सन्नाटा छाया हुआ है। शनिवार को लोग पार्टियाँ करते हैं, देर रात तक जागते हैं, मगर रविवार को जल्दी बिस्तर में चले जाते हैं। दूसरा दिन सोमवार होता है–भाग–दौड़, व्यस्तता का दिन। पहले हिमालय रातों को टहलने

निकल जाता था मगर कई बार पेट्रोलिंग पुलिस से सामना होने के कारण अब नहीं निकलता। हज़ार तरह के सवाल करते हैं, कागज़ात देखना चाहते हैं। यह सब परेशान तो करता ही है, साथ ही अपमानजनक भी है। बहुत देर बाद थोड़ी शान्त होकर सुज़ाना कहती है, सारा झगड़ा किस बात का है, पता है? पूर्वाग्रह का! जो हमारी तरह नहीं दिखता, हमारी भाषा नहीं बोलता, हमारे ईश्वर को नहीं पूजता वह ग़लत है, अपराधी है, पापी है। पूरी दुनिया एक–दूसरे को 'कन्वर्ट' करने में लगी हुई है। किसी को वह जो है, उसी रूप में ना स्वीकारना एक बहुत बड़ी हिंसा है। दुनिया का एक बहुत बड़ा हिस्सा हमें किन–किन बातों के लिए सताता रहा, सज़ा देता रहा। किसी को हमारे बाल, मूँछ और जुल्फ़ों से आपत्ति थी तो किसी को हमारे पहनावे से। किसी को हमारी भाषा पसन्द नहीं तो किसी को हमारी टोपी। पूजास्थल तो हमेशा निशाने पर रहे। हमें अपमानित करने के कितने तरीक़े ईजाद किये गये। अछूतों की तरह हमारी बस्तियाँ शहर से बाहर होतीं, हमें शहर के भीतर आने की इजाज़त नहीं होती। पहचान के लिए हमें बाँहों पर पट्टा या बैज बाँधना होता, हमारे घर भी चिह्नित किये जाते 'स्टार ऑफ़ डेविड' से। हंगरी के बुदापेस्ट में हमारे लोग जाने कितने अर्से तक ऐसे घरों में रहे। हर जगह हम दाग़ी लोग थे। ऐसे लोग जिन पर यक़ीन नहीं किया जा सकता, जिन्हें वे कॉसमिक इवल पुकारते थे।

हिमालय उसकी बातें सुनता है और अपने दर्द में डूबता है। ये बातें जानी–पहचानी हैं, एक हद तक उसका जिया–भोगा भी है। साम्प्रदायिकता, जातीय हिंसा, पूर्वाग्रह का शिकार होकर ही आज उनका समाज अपने ही देश में शरणार्थियों का अपमान जनक जीवन अट्ठाईस सालों से जीने पर बाध्य है। वह दुनिया को समझा नहीं पाता कि जिस देश में लोग अपने धर्म की रक्षा के लिए शरण लेने आते हैं उसी देश के मूल निवासी साम्प्रदायिकता का शिकार होकर कैसे दर–ब–दर भटकने के लिए विवश हो सकते हैं। वोट और तुष्टिकरण की राजनीति शायद उनकी समझ से परे है। लोकतन्त्र का यह एक काला पक्ष है। सोचते हुए वह अपनी हथेली पर पिघले मोम की गर्म

बूँदों की तरह टपकते सुज़ाना के आँसुओं को महसूस करता है। उसके भीतर भी एक पिघलाव है, सुज़ाना की कहानी सुनकर वह अपने दुख में नम हो रहा है। सबके सुख का स्वाद अलग–अलग होता है, मगर दुख की अनुभूति एक–सी। नसों में धीमे–धीमे घुलते ज़हर की तरह, कच्चे क़ब्र की तरह उदास, गीला बहता हुआ...

सुज़ाना बाथरूम से अपना चेहरा धो आती है। उसकी आँखें और गाल, नाक की नोक लाल है। बाल भी भीगकर माथे से चिपक गये हैं। उसके साफ़, धुले चेहरे की तरफ़ देखते हुए हिमालय को अहसास होता है, सुज़ाना आकर्षक है। किसी और परिस्थिति में वह दोनों मिलते तो न जाने कैसी कहानी बनती। मगर आज तो उसे सुख–दुख बाँटने वाला कोई दोस्त चाहिए था। आज उसके पिता की बरसी थी। उन्हें गये हुए इक्कीस साल हो गये...। और जाह्नवी को? वह सोचना नहीं चाहता। जाह्नवी के साथ शतरूपा भी आ खड़ी होती है। जाने उसके पीछे इस लड़की का क्या हुआ! कभी–कभी जानने की इच्छा होती है मगर सम्पर्क करने की हिम्मत नहीं होती। एक दिन उसे छोड़कर चुपचाप भाग आया था। क्या बताता उसे! उस समय यही लगा था कि अपने साथ उसकी ज़िन्दगी बर्वाद करके क्या होगा। उसे भूल जाय, इसी में उसकी भलाई है।

सुज़ाना को घूँट–घूँटकर पानी पीते हुए हिमालय कुछ देर देखता है और फिर अचानक पूछता है–हम इतना बर्दाश्त क्यों करते हैं सुज़ाना ? हमारे पास खोने के लिए अब कुछ नहीं है, फिर किस बात का डर!

"शायद इसलिए कि हमारा प्रतिरोध सिर्फ़ आत्महत्या साबित होगा...। पहले भी तो यही हुआ था! ऐसा नहीं कि हमने प्रतिरोध नहीं किया। प्रतिरोध किया था हमने, अपने तरीक़े से ज़बर्दस्त किया था। सशस्त्र संघर्ष! तुमने पढ़ा होगा 1943 में वार शॉ के सशस्त्र विद्रोह के बारे में। और भी कई घेटो में। बूढ़े, बच्चे, जवान, औरतें...। सब! मगर क्या हुआ? नाज़ियों ने हमें कुचलकर रख दिया। दूसरों के देश में, ज़मीन पर सम्मान के साथ जिया नहीं जा सकता हिमालय।

अपने देश का महत्त्व, घर का महत्व क्या होता है, हम यहूदियों से पूछो! इसलिए तो हम इज़रायल के लिए अपनी जान देते हैं।"

कहते हुए सुज़ाना ने उठकर फिर से गाने का सी.डी. लगा दिया था–ख़ूब मना लिया शोक हमने जीवन का, चलो अब थोड़ा जीते हैं! लैम्प की पीली रोशनी में सुज़ाना का मुस्कराता चेहरा सुनहरा दिख रहा है, त्वचा मसृण और मोतिया आब से भरा। हिमालय उठकर उसकी कमर के इर्द–गिर्द अपनी बाँहें लपेटता है और दोनों संगीत की मादक धुन पर थिरक उठते हैं। हल्के उजाले में सुज़ाना की बोलती हुई–सी नीली आँखें सितारे–सी चमक रही हैं। उनकी तरफ़ देखते हुए हिमालय के भीतर जाने क्या घटता है और वह धीरे से सुज़ाना के चेहरे पर झुक आता है और ठीक तभी कमरे के बाहर कुछ आहट होती है और कोई दरवाज़े पर ज़ोर से दस्तक देता है। दोनों बेतरह चौंककर एक–दूसरे से अलग होते हैं और हिमालय सशंकित होकर दरवाज़ा खोलता है। बाहर पुलिस खड़ी थी। साथ ही मकान मालकिन कुछ पड़ोसियों के साथ। ऊपर बैल्कनी में उनका कुत्ता लगातार भौंक रहा था। बूढ़ी मकान मालकिन पुलिस से कह रही थी–मैंने इसे कई बार चेतावनी दी, मगर इसी तरह रातों को अपने आवारा दोस्तों के साथ मिलकर यहाँ हुड़दंग मचाता है, तेज़ संगीत बजाकर पड़ोसियों की नींद ख़राब करता है। दूसरे पड़ोसी भी उसकी हाँ में हाँ मिला रहे थे। सबकी बातें सुनते हुए पुलिस अफ़सर ने सुज़ाना को घूरकर देखते हुए उसका नाम पूछा था और पूरा नाम सुनकर कुछ कौतुक से भरकर बोला था–यहूदी! सुज़ाना का चेहरा सफ़ेद पड़ गया था। मकान मालकिन लगातार चिल्ला रही थी–इसे कह दीजिए मेरा कमरा ख़ाली कर देने के लिए, कल ही! पुलिस अफ़सर ने उसे चुप कराके बहुत तीखे लहजे में हिमालय से कहा था कि उसका ऐसा असमाजिक व्यवहार बर्दाश्त नहीं किया जायेगा, यह बात वह अच्छी तरह समझ ले और अपने दोस्तों को भी समझा दे। फिर कॉमप्लेन मिलने पर उस पर क़ानूनी कार्रवाई की जायेगी। इसके बाद सब चले गये थे। जाते हुए कोई हँस रहा था,

कोई सीटी बजा रहा था–'आउस लैंडर', 'इंडिस', 'युडे' (यहूदी) जैसे शब्द हवा में उछल रहे थे।

सबके जाने के बाद दोनों देर तक स्तब्ध–से खड़े रह गये थे फिर हिमालय ने सुज़ाना से कहा था–चलो, तुम्हें तुम्हारी आँटी के घर पहुँचा दूँ। सुज़ाना बिना कुछ कहे उसके साथ चल पड़ी थी।

रात एकदम स्याह और ठण्डी थी। ओस में भीगे स्ट्रीट लैम्पस की रोशनी सफ़ेद धब्बे की तरह दिख रही थीं। रास्ते के किनारे खिले गुलाबों की ख़ुशबू से हवा तर। बस स्टॉप पर बस का इन्तज़ार करते हुए भी दोनों बिल्कुल चुप रहे थे। जैसे उनके बीच की सारी बातें एकदम से ख़त्म हो गयी हों। अपनी–अपनी साँसों के भाप में घिरे दोनों ठण्ड में ठिठुरते खड़े रहे थे। एक लगभग ख़ाली बस में बैठकर दोनों बैरगेडर्फ रेलवे स्टेशन पर पहुँचे थे। स्टेशन भी लगभग ख़ाली था। एक कोने में कुछ पंक क़िस्म के लड़के कैन से बियर पीते हुए हुड़दंग मचा रहे थे। दो अफ़्रीकन लड़के बियर के ख़ाली कैन को ही फुटबॉल बनाकर खेल रहे थे। उन्हें देखकर सुज़ाना अपने आप में और सिमट गयी थी। उसका यूँ सहमना देख हिमालय जाने क्यों भीतर ही भीतर ग्लानि से भर उठा था। इस समय सुज़ाना की डरी हुई आँखें उसकी बहन जाह्नवी की तरह दिख रही हैं। वह हमेशा इतना मजबूर क्यों है!

ट्रेन हमेशा की तरह एकदम समय पर आयी थी। सुज़ाना ने डिब्बे में खड़ी होकर जाने उसे किस नज़र से देखा था–फ़ोन करना...। घोषणा के साथ ट्रेन के दरवाज़े झटके से बन्द हुए थे और थोड़ी दूर तक धीरे–धीरे सरककर अचानक तेज़ गति से चल पड़ी थी। काँच की चमकीली खिड़की पर सुज़ाना के हिलते हुए हाथ की तरफ़ देखते हुए हिमालय धीरे–धीरे गेट की ओर बढ़ गया था, एक बहुत बड़े सन्नाटे से घिरा। संक्षिप्त–से चहल–पहल के बाद का सन्नाटा जो और गहरा प्रतीत होता है। सुज़ाना ने थोड़ी देर के लिए सही, उसे उसके एकान्त से उबार लिया था। उम्र भर अकेले रहकर भी जाने क्यों, अकेले रहने की आदत नहीं हो पाती! मन दरवाज़े की ओर देखता रहता है!

वह घर जो कहीं था नहीं!

मजाज़ की पीठ दूर्वा की तरफ़ है। वह खिड़की से बाहर देख रहा है। वह अक्सर यूँ ही खोया रहता है। पूछने पर मुस्करा भर देता है—कैमरे की लेंस हैं मेरी आँखें, देखने की आदत हो गयी है! यही पैशन भी, प्रोफ़ेशन भी!

देश लौटने के हफ़्ते भर बाद ही वह फिर निकल आयी थी। कुछ जगहों में लौटना नहीं होता, समझ आया था, ख़ासकर औरतों के लिए! घर वन–वे होता है, बस अन्दर जाना या...। निकल आना! वहाँ लौटी थी वह ख़ुद को लेकर, बहुत गुमान से मगर भूल गयी थी, ख़ुद को दहलीज़ पर छोड़कर अन्दर जाना होता है। बिल्कुल विवस्त्र होकर—नाम, परिचय, स्व से अलग होकर...। मगर वह ख़ुद से मुक्त नहीं हो पायी, उसे अपना होना याद रहा; छूटा, बिछड़ा ढूँढ़ भी लायी...। उसका अपराध बहुत बड़ा था!

घर का दरवाज़ा एक नयी–नवेली दुल्हन ने खोला था। सिन्दूर–चूड़े में दपदपाती। उसके पीछे उसकी सास थी, फिर कबीर भी आ गया। सास का पहला वाक्य था—आ गयी मुँह काला करके? कबीर ने कहा था—घर क्यों लौटी हो, तुम्हें तो बाज़ार चाहिए था न! उसके बाद के शब्द उसे अब याद नहीं आते ठीक से। जब कुछ सहता नहीं, भूल जाता है, कुछ इसी तरह! कुदरत का तरीक़ा, ख़ुद को बचाने का! बस इतना याद है कि लौटते हुए वह शब्द उसकी पीठ पर पत्थर--से बरसे थे और वह लहूलुहान हो गयी थी। उसने गेट से निकलकर एक नज़र देखा था, ऊपर की मंज़िल की खिड़की पर वह नयी दुल्हन

खड़ी थी, नक्षत्र–सी उज्ज्वल! उसके हाथ जुड़े हुए थे, बन्द होंठों में जाने कितनी बात...। उसे उसके लिए दुख हुआ था। उसे बधाई देना चाहकर भी नहीं दे पायी थी। क्या देती! उसे तो घर के नाम पर उसका छोड़ा हुआ पिंजरा मिल गया था। मन ही मन उसने प्रार्थना की थी, जो वह बदल न सके उसे बर्दाश्त कर पाये।

उसे हश्र का पता था मगर फिर भी जाने वह क्यों लौटी थी! शायद ख़ुद को एक मौक़ा देने! उसने कुछ छोड़ा नहीं था। हाँ थोड़ा–सा और ज़्यादा पाना चाहा था–अपने आँगन के साथ आकाश भी! मगर दोनों कभी एक ज़मीन पर नहीं अँटते...। जो उसकी नियति थी उसे वह विकल्प समझने की ग़लती कर बैठी थी। मर्दों को मिलता है घर भी, बाहर भी, औरत को यह सहूलियत नहीं। उसके हिस्से कोई आकाश नहीं आता, बस अन्दर की ओर खुलने वाले दरवाज़े, दीवारें और दहलीज़ें...

इसके बाद कुछ दिन के लिए वह वृन्दावन चली गयी थी मगर वहाँ घुंटे सर विधवाओं को देख उसका दम और घुट आया था। बाज़ारों, गलियों में आवारा गायों के साथ मारी–मारी फिरती विधवाएँ! मर्दों के बिना इनकी ज़िन्दगी का कोई अर्थ नहीं। जो जिस तरफ़ चाहता है, हाँक देता है। उसने अपनी तकलीफ़ों में एक तकलीफ़ और सायास जोड़ लिया था, अपना सर मुड़ा लिया था। वह औरत के इस दर्द से भी वाक़िफ़ होना चाहती थी। साझे का कोई दर्द छूटे ना...। हाथ में कटोरा लेकर थोड़ी–सी खिचड़ी के लिए घण्टों क़तार में खड़ी हुई थी, भण्डारे के बर्तन धोये थे, जिस–तिस से झिड़की गयी थी। इस तरह उसने कुछ और नये दुख इकट्ठा किये थे। यह दुख उस पर उधार थे।

इन सब के बीच थे उसके अकेले कृष्ण! बस वही, उतना ही सम्बल। शाम आरती के घण्टे–घड़ियाल के बीच घण्टों बैठी रहती और दिन भर घूम–घूम कर अकेली–असहाय विधवाओं की कहानियाँ इकट्ठा करती। कुछ ही दिन में उसने अपने सारे गहने बेचकर एक एन.जी.ओ. खड़ी कर ली थी। यह ढेर सारे गहने उसे सालों से बेहद चुभते थे।

कुछ साँकल थे कुछ ज़ंजीर थीं। पाँव में बँधे थे, गले में पड़े थे। उससे साँस नहीं ली जाती थी। अब इनसे पीछा छूटा तो लगा कोई गिरह खुली, बन्धन ढीले हुए। इसी तरह हर गाँठ अलगाना है। उसके और उसके आकाश के बीच अब एक भी सलाख नहीं रहने नहीं देना।

आते हुए कबीर ने कहा था, तुम्हें कभी तलाक नहीं दूँगा। रहो छोड़ी हुई औरत बनकर। छोड़ी हुई औरत की क्या हालत होती है जानती हो! न घर की न घाट की...। मेरा पट्टा गले में डालकर घूमती रहो। अपना परिचय ढूँढ़ने निकली है! औरत का परिचय उसका मर्द होता है, बस! उसके बिना वह एक आवारा गाय होती है जिस पर कोई भी चढ़ सकता है! पूरी दुनिया जब सवारी कर लेगी तब समझ आयेगी अपनी औकात! सुलभ शौचालय, पब्लिक ट्रांसपोर्ट बनकर रह जाओगी...।

उसकी सास जो एक माँ, एक औरत थी, उसने कहा था, बाहर दस मर्दों की चाकरी करने से भला घर में एक मर्द के संरक्षण में रहना! जो खाना–कपड़ा देगा उसकी दो बात भी न सुनेगी! लड़की! औरत का अहंकार का बस कीचड़ बनता है! अकड़ दिखा रही है! अब तो तू माफ़ी माँगने के भी क़ाबिल नहीं रही!

वह परवाह नहीं करना चाहती मगर रातों को यह शब्द दुःस्वप्न बनकर उसे डराते हैं। यह पत्थर की तरह भीतर आत्मा तक पहुँच उसे चोटिल कर देते हैं, वह लहूलुहान हो जाती है। ऐसी ही एक रात उसने सुज़ाना को फ़ोन किया था। तब वह जर्मनी में थी। जाने कितनी देर तक बात हुई थी। एक बेघर की बात दूसरे बेघर तक पहुँची थी। उसने कहा था, मेरे पास आ जाओ। हम दोनों मिलकर अपने शून्य को आकार देंगे, घर बनायेंगे...। इसके कुछ दिन बाद ही मजाज़ का मेल आया था–दो क़दम तुम बढ़ सको तो हम मिल सकते हैं। मेरा फ़ोटो एग्जीबिशन दिसम्बर में वर्लिन में है। उसके बाद हम एक छोटा–सा ट्रिप ऑस्ट्रिया का ले सकते हैं...।

मेल पाकर एक अजीब–सी सनसनाहट में डूबी वह देर तक बैठी रह गयी थी। इन थोड़े–से निर्दोष शब्दों का अकहा उस तक

सीधे पहुँचा था। मजाज़...! इस नाम के ज़िक्र से वह एक अनाम तकलीफ़ में हो आती थी। और इस तकलीफ़ को उसने ख़ुद से भी अकनॉलेज नहीं किया था कभी। कोलम्बिया हवाई अड्डे की वह आख़िरी मुलाक़ात–चलते हुए मजाज़ का पल भर ठिठकना, एकदम से सख़्त हो आया उसका कन्धा और मुड़कर औचक पलट गयी एक नज़र...। कुछ नहीं था उनमें, न शब्द न संकेत मगर अनायास एक जुगनू जाने कहाँ से उसकी मुट्ठी में आ गया था जिसे अपनी हथेली में सेंत कर वह लौट आयी थी। मगर वह लौटना कभी सही मायनों में लौटना नहीं हो पाया था। हर क़दम पर मुड़कर लगा था, वह तो वहीं पीछे, छूट गयी!

यात्रा में लोग जितना बटोरते हैं उससे कहीं अधिक ख़ुद को छोड़ आते हैं, जाने कहाँ–कहाँ, कितना–कितना...। किसी बाँक पर मुड़ गयी नदी की देह की तरह किसी पत्थर में उलझा रह गया मन का बहाव, जाकर कभी न लौटी एक नज़र, नासान्ध्र में भरी समन्दर की नमकीन देह गन्ध...। साथ लौटती हैं अनाम नदियाँ, पहाड़, रेत की लहरें, दृश्यों का ख़ुशरंग कोलाज और पीछे छूट जाती है एक नज़र, एक हँसी, एक ठिठक गयी धड़कन...। उनकी कमी फिर कभी किसी को मुकम्मल होने नहीं देती! कई बार उसे लगा था, वह अपने मन का पाने के लिए निकली थी मगर रहा–सहा भी खोकर लौटी है। दिन भर की व्यस्तताओं में, रात के निबिड़ एकान्त में भीतर जाने क्या रह–रहकर ख़ाली बर्तन–सा बज उठता है! ऐसे में वह अपनी मुट्ठी खोल उस जुगनू की टीमक को ढूँढ़ती है जिनमें बहुत पीछे छूट गयी दो लौ देती आँखों की स्मृति है...।

मेल मिलते ही वह चल पड़ी थी। बिना कुछ सोचे–समझे। एक क्षण भी अब व्यर्थ नहीं जाने देना। जो अब तक रुकी थी वह बस इसी पुकार के लिए शायद। अब तक की जो यात्राएँ थीं वह यहीं के लिए थीं, भले उसे तब मालूम न रहा हो। लोग चलते हैं हाथ में एक पता लेकर मगर उनको पहुँचना कहीं और होता है। वहाँ, उस डेस्टिनेशन में जो हमेशा से तय होता है उनके लिए।

वर्लिन में मजाज़ ने उसे देखते ही अपनी बाँहों में समेट लिया था। वह भी उसके सीने में धँस–सी गयी थी। यह सब बहुत स्वाभाविक था। जैसे इसके सिवा और कुछ हो नहीं सकता था। कहीं पढ़ा था, प्रेम में कभी कुछ पूछना नहीं पड़ता ख़ुद से। सब सहज ज्ञात होता है। देह का रगो–रेश, आती–जाती साँस, उँगली का हर पोर जानता है, वह प्रेम में है! सन्देह की कहीं कोई गुंजाइश नहीं!

मजाज़ ने कहा था, मेरी सारी यात्राएँ पूरी हुईं इस नयी यात्रा की शुरुआत में। तुम अब चलो कि रुको, हमेशा मेरे साथ होगी! वह मुस्करायी, तुम्हारा सामान बढ़ गया न? "तुम सामान होती तो कभी साथ न लेता। तुम मक़सद हो! कब से तो ख़ुद को हल्का कर रहा, हर मोड़ पर कुछ ना कुछ पीछे छोड़ता रहा हूँ...। देखो कोई टैग नहीं मुझ पर, बिल्कुल अकेला, नया–कोरा मिला हूँ तुमको!" "तुम जब भी, जैसे भी मिलते..." उसने अपनी मुट्ठी में बन्द जुगनू को आज़ाद कर दिया था–"मुझे ऐसे ही लगते!"

बाद में मजाज़ ने कहा था, जानती हो, कोलोम्बिया के घने जंगलों के बीच 'लिक्विड रेनबो' नदी के इन्द्रधनुष से घिरी तुम्हें देखते ही लगा था, मुझे ठिकाना मिल गया है। तुम घर हो मेरा...। सुनकर वह बारिश के मेघ–सी भीतर तक डबडबा आयी थी। ख़ुद एक अदद घर की तलाश में फिरते हुए उसने कभी सोचा नहीं था, वह भी किसी का आश्रय बन सकती है।

उस रात बिस्तर पर मजाज़ ने कहा था, मुझे तुमसे–अपनी स्त्री से खुले आकाश के नीचे मिलना था, जंगल, नदी, पहाड़ों के बीच...। इनमें से एक होकर, इन्हीं की तरह...। तुम अलस नदी बनकर घुलतीं मुझमें और मैं बारिश बनकर भिगोता इस देह लता के सारे अधखिले फूल...।

दूसरे दिन सुबह उसने आईने में अपना चेहरा देखा था, वह सचमुच रंगकर लिक्विड रेनबो बन गयी थी, वही नदी जिसके किनारे वह पहली बार मजाज़ से मिली थी...

नदी कि पिघला हुआ इन्द्रधनुष...

जुलाई के सूखे काँच–से चमकते आकाश के नीचे पिघले इन्द्रधनुष की वह जीर्ण, तरल लकीर मुहाने के पास एकदम से चौड़ी हो गयी थी और फिर बिफर कर ऊँची चट्टानों से तेज़ शोर मचाती हुई नीचे गिरी थी–रंगों के एक विशाल कुण्ड में! धुन्ध और धुएँ के ऊपर सूरज की रोशनी और उस पर नाचते उसके सात रंग–'द लिक्विड रेन्बो'! दूर्वा ने थरथरा कर एक पल के लिए अपनी आँखें मूँदी थी और फिर धीरे–से खोली थीं–नहीं! यह कोई सपना नहीं, एक जीवित, ऊष्मा भरा क्षण था, उसकी शिराओं में मीठी आग की तरह उतरकर ताप का अमित सुख रचते हुए... वह आश्वस्ति से भरकर पत्थर के एक चौकोर टुकड़े पर बैठ गयी थी–आखिर वह आ ही गयी यहाँ! पाँच रंगों की इस तरल, मायावी दुनिया में...

दो साल पहले कबीर के घर से एक छोटा सूटकेस लेकर निकलते हुए उसे पता नहीं था, उसका अगला क़दम किस दिशा में होगा, मगर इस नदी के सपने को उसने अपने अनजाने ही कपड़ों के बीच कहीं तहा कर रख लिया था–जब एक छत का बन्दोबस्त हो जायेगा, इसे खोलकर फैलायेगी खुली हवा में, धूप दिखायेगी, जीवित करेगी! अपने ऊपर बन्द किये गये दरवाज़े को उसने एक बार छूकर देखा था–इन बेजान लकड़ी के टुकड़ों को उसने अपना ठौर मान लिया था कभी! उसके सारे इन्तज़ार और उम्मीदों को अपने में समेटकर अब किस तरह एकदम से निर्लिप्त हो गये थे वे... अपने सपनों के साथ जीने की सज़ा मिल गयी थी उसे।

उसे उसके यथार्थ से बेदख़ल कर दिया गया था! हर चीज़ की एक क़ीमत होती है, आज़ादी की तो कुछ ज़्यादा ही! चुकाई थी उसने, जाने क्या–क्या से! कभी नसों में रात–दिन चहकती ज़िन्दगी अब किसी बूढ़े पंछी की तरह देह के पिंजरे में शिथिल हो आयी थी। बार–बार उसे ख़ुद को झिंझोरकर जगाना पड़ रहा था, कहना पड़ रहा था–तुम अब भी हो! महसूस करो ख़ुद को!

वह अपने में डूबी पानी में हाथ डालती है। हथेली में पानी के साथ लाल रेशे भर आते हैं। साफ़–झक तल में पीले, हरे, नीले, काले और लाल रंगों के बड़े–बड़े चकत्ते! वह उन्हें हैरत से देखती है–नदी है या जादू!

"मैकेरेनिआ क्लाविगेरा! इन्हीं से रंगों की यह तिलस्मी दुनिया बनी है..." कहते हुए जो शख़्स उसके बगल में अचानक बेतकल्लुफ़ी से आ बैठा था, उसे देखकर दूर्वा ज़रा–सी सहम गयी थी–बेहद लम्बा क़द, पकी हुई मिट्टी–सा गहरा बादामी रंग और कच्चे–पक्के बालों का पॉनी टेल। कुल मिला कर एक बेहद बलिष्ठ और अराजक व्यक्तित्व! आगन्तुक ने शायद उसका सहमना और बिदककर ज़रा दूर सरक जाना ग़ौर किया था। हँसकर थोड़ा और फैलकर बैठ गया था–रिलैक्स! आई एम हार्मलेस! उसकी बात से दूर्वा सहज होने की कोशिश करती हुई फिर से पानी की ओर देखने लगी थी–कितनी अद्भुत है यह नदी! इतने रंग... वाकई दुनिया की सबसे सुन्दर नदी है यह–द लिक्विड रैनबो!

"हूँ!" वह अजनबी धीरे–से सर हिलाया था–"यह जवान दिखती नदी वास्तव में कितनी पुरानी है–समय की तरह ही–कोई सबा अरब साल पुराने हैं इसके तल पर बिछे पत्थर!" सुनकर दूर्वा हैरत से अपनी आँखें फैलाती है–"फैसिनेटिंग! मगर इसमें एक भी मछली, कोई गन्दगी नहीं! बस शैम्पेन–सा चमचमाता पानी और रंग भरे पौधे..."

"यह नदी तक़रीबन 420 तरह के पंछियों की प्रजातियों, 10 तरह के एम्फिबियन्स और 43 तरह के रेप्टाइल्स के जीने का आधार है! नदी हो और वह जीवन को न सींचे... सम्भव है क्या!"

कहते हुए उस आदमी ने एक सिगार सुलगाया था–हबाना सिगार! तेज़ ख़ुशबू और गहरा मटमैला धुआँ–"मैं मजाज़!" उसके बढ़े हुए हाथ को नज़रअन्दाज़ करते हुए दूर्वा ने मुड़कर पश्चिम की ओर देखा था–"दूर्वा! दूर्वा सक्सेना!"

यह डोना कहाँ रह गयी! डोना उसके साथ है। यही–कोलम्बो की रहने वाली। पिछले साल ब्राजिल के कार्निवाल में मिली थी। सुनहरे मुखौटे के पीछे से झाँकती उसकी नीली, मटमैली आँखों में जाने क्या सम्मोहन था, दूर्वा उसकी ओर खिंची चली गयी थी। भाषा, रंग, नस्ल उनके बीच नहीं आ पायी थी। डोना स्पैनिश, नेटिव और टूटी–फूटी अंग्रेज़ी बोलती थी। बेहद संवेदनशील और उदार! दो आँखों में सारा दिल लिये। हर क्षण धड़कती हुई–सी। छोटी–छोटी बातों में हँसती, रोती, उदास होती हुई... एक्ज़ोटिक व्यक्तित्व–यहाँ के इन सघन जंगल, पहाड़ और नदियों की तरह ही। एक गझिन, हरा रहस्य! मीलों पसरा हुआ... वह जी कैसे गयी इस ड्रग, गोरिल्ला युद्ध, गृह युद्ध की हिंसक, बर्बर दुनिया में! उसकी बात सुनकर डोना के गालों के डिम्पल्स गहरे हो जाते हैं–मेरी तबियत की नर्माहट शायद काम आ गयी। गेंद को नहीं देखती–जितनी ज़ोर से फ़र्श पर दे मारी जाती है उतनी ही ताक़त से बाउंस बैक करती है! कठोर होती तो टूट जाती! वह ज़ाम्बोस जाति की है, काले गुलामों और यहाँ के आदिवासियों की सन्तान! उसके चेहरे और त्वचा में उसके दोनों पूर्वजों की झलक है। अद्भुत है उसका रूप! समन्वय, सौहार्द्र और प्रेम से रचे गये इन्सान शायद ऐसे ही होते हैं–सुन्दर और अनोखे! डोना के व्यक्तित्व में जितनी उदासी है, उतनी ही मात्रा में हँसी और संगीत भी। जिस्म के हर पोर में जैसे लय और थिरकन भरी हो! कब आहें भरती है, कब गुनगुनाती है, दूर्वा थाह नहीं पाती। उसके हर सवाल का जवाब डोना के वही मुस्कराते हुए गहरे डिम्पल्स होते–यह गीत–संगीत क्या है, मन की साध, अतृप्ति, अभिलाषाएँ ही तो... जब मनुष्य रो नहीं पाता, गाता है... ये दुनिया के उत्सव और कुछ नहीं, टूटे सपनों का मातम है!

उसकी बातें दूर्वा को किसी जोगन की याद दिलाती है। कोलोम्बिया की ये जोगन–जींस के हॉट पैंट और स्पोर्ट्स ब्रा में, चीचा पीती हुई! नशे में उसकी आँखों की धूसर नील पुतलियों में हल्की लाली–सी घुल जाती है। एक बार उसने ही हँसते हुए कहा था–होगा कोई गोरा चोर, प्रेम के आखेट में किसी काली औरत की देह में चुपके से सेंध मार गया होगा! उसी की नीली आँखें सदियों से हमारी रगों में दौड़ रही हैं! एक पल की चोरी की सज़ा कितनी लम्बी... दूर्वा! कुछ चोरियाँ कभी छिपती नहीं, ख़ासकर प्रेम में की गयीं चोरियाँ। हवा में होती है उनकी गन्ध। सात तालों में बन्द कर रखो, सब पर ज़ाहिर हो जाती है...

वह हर बात को कविता बना देती है। मकई, चीनी और मधु को उबालकर देशी शराब चीचा बनाती हुई उस दिन डोना अपनी रौ में लगातार बोलती रही थी–जानती हो दूर्वा! यह शराब हमारे यहाँ 1948 में बैन कर दी गयी थी। गर्मी के मौसम में अगर ताज़ी पी गयी तो अच्छी वर्ना फर्मेंट की हुई बहुत स्ट्रोंग हो जाती है। यह लोगों को हिंसक बनाती है और उत्तेजित भी।

उस दिन डोना के घर दूर्वा का वह पहला दिन था। डोना उसे ज़बर्दस्ती होटल से अपने घर ले गयी थी, सामान समेत–जानती हो, यहाँ होटलों में किसी विदेशी औरत का अकेली रहना कितना ख़तरनाक है! शाम के सात बजे के बाद कभी गलियों में अकेली मत निकलना। अपने पासपोर्ट, ज़रूरी कागज़ात तो सम्हाल कर रखे हैं ना?

डोना अनाथ बच्चों के लिए एक एन.जी.ओ. चलाती है। एक बहुत पुराने और परित्यक्त चर्च के पिछले हिस्से में उनका ऑफ़िस था। साथ कुछ कमरे और लम्बी बारादरियाँ। तीस–चालीस बच्चे और कुछ अन्य कर्मचारियों में सिमटी थी उसकी दुनिया। डोना को देखकर उसने जाना था, नीयत हो तो कितने भी सीमित साधन और सुविधा में इन्सान दूसरे के लिए बहुत कुछ कर सकता है, छोटे–से–छोटे हिस्से का भी एक और हिस्सा निकालकर किसी को दे सकता है।

देने से कभी कुछ कम नहीं होता, ये तो हमारा जोड़ना है जो हमें किसी अर्थ में बहुत ग़रीब कर देता है.

डोना जैसी शख़्सियत को देखकर उसे ख़याल आया था, होने को उसके पास भी सब कुछ था मगर वह आजीवन अभाव से भरी रही। पिता की अथाह दौलत भी उनकी उदासीनता और सौतेली माँ के हृदयहीन व्यवहार की भरपाई नहीं कर पायी। जीवन में जिस दिन प्रेम का पहला संकेत मिला वह उसी दिन उसकी उँगली पकड़कर अपने ऐश्वर्य की प्राणहीन दुनिया से बाहर निकल आयी... मगर वह भी बस एक मृग मरीचिका ही थी, यह बात वह बहुत बाद में समझ पायी थी। इतनी देर से कि तब तक लौट जाने के सारे रास्ते उसके लिये बन्द हो चुके थे। वह रिश्तों की दुनिया में महज़ एक रिफ़्यूजी बनकर रह गयी थी!

"आपकी दोस्त पीछे की ढलान में है, पहाड़ की दीवार से लगे रेड मकाउ (लाल तोते) के झुण्ड को देख रही हैं।" उस आदमी ने जिसने अपना नाम मजाज़ बताया था, उसे इधर–उधर देखते हुए देखकर कहा था।

दूर्वा उठकर खड़ी हो गयी थी–"जी! उसे पंछी बहुत पसन्द हैं, मुझे भी!" "तब तो आप पंछियों की दुनिया में ही आ गयी हैं!" किनारे पर रखे अपने कैमरे को उठाते हुए उसने कहा था–"कहते हैं, यहाँ सत्तरह हज़ार पंछियों की प्रजातियाँ पायी जाती हैं, पूरे दक्षिण अमेरिका में पाये जाने वाले पंछियों का लगभग आधा!"

"अच्छा!" सुनकर दूर्वा को दिलचस्प लगा था। "अपको यहाँ की हर बात आँकड़ों के साथ मालूम है!" "जी क्या करूँ, अपना प्रोफ़ेशन ही ऐसा है–फ़ोटो जर्नलिस्ट हूं। और आप...। शायद कोई पेंटर, कवि या ऐसी ही किसी प्रजाति की... नहीं?"

बात करते हुए दोनों पिछले ढलान की ओर बढ़ने लगे थे। मजाज़ के सवाल से वह यकायक चौंककर रुक गयी थी–"आपको कैसे पता... कि मैं पेंटर हूँ!"

मजाज़ रुका नहीं था, चलते–चलते उसकी तरफ़ मुड़कर देखा भर था–"आप नदी को देख नहीं रही थीं, आँखों से पी रही थीं, उसके साथ एकसार हो गयी थीं... और आपके ये गन्दे नाख़ून... रंगों के धब्बों से भरे उँगली के पोर... "

सुनकर दूर्वा झेंप गयी थी। कल ही आश्रम के बच्चों को एक एक्रेलिक पेंटिंग का डेमो दिया था... ये बुरी आदत छूटती नहीं उसकी, कॉलेज के दिनों में कितनी डाँट पड़ती थी इसके लिए! वह लगभग दौड़ते हुए मजाज़ के साथ हो ली थी–"हाँ! तभी तो इस रंगों की नदी के सम्मोहन में दुनिया के दूसरे हिस्से से खिंची चली आयी हूँ... ये नदी सालों से मेरे सपनों में आकर मुझे बुलाती रही है..." अनायास इतना कुछ एक साथ बोलते हुए उसने महसूस नहीं किया था कब वह उससे सहज हो गयी है।

मगर मजाज़ ने यह महसूस किया होगा तभी आत्मीयता से मुस्कराया था–"यह मुझे भी बुलाती है, या यूँ कहें दक्षिण अमेरिका का यह पूरा हिस्सा! एमाज़ोन के सघन, आदिम रेन फॉरेस्ट, पेरु, ब्राज़ील, वेनेजुयेला, इक्वेडोर, बोलिविआ, गुयेना... कोलोम्बिआ! जितनी हिंसक और ख़तरनाक है यह दुनिया उतनी ही सुन्दर और उत्तेजक भी! इसके पोर–पोर में नशा भरा हुआ है, सम्मोहन है। यहाँ कोई आये और इसका दीवाना न हो जाय यह सम्भव नहीं। आज पाँच साल से हर साल यहाँ आ रहा हूँ। इतनी तस्वीरें लीं, मगर अब तक इस ज़मीन के सौन्दर्य और रहस्य को अपने कैमरे में पूरी तरह क़ैद नहीं पाया! जाने क्या है जो हर बार हाथ आते–आते छूट जाता है। अजीब क़िस्म की निराशा है यह, कहकर समझाना मुश्किल। शायद इसी को क्रियेटिव ऐंज़ाइटी कहते हैं! यह ज़मीन बुलाती है, भुलाती है और बरगलाती भी है..." कहते हुए वह बेचैन होकर सिगार के लम्बे--लम्बे कश खींचता है। हवा में बेसुध करने वाली मर्दानी ख़ुशबू फैल जाती है। दूर्वा साँस लेने से बचने की कोशिश में और गहरी साँस लेती है, पेट के तल में तितलियाँ तैर आती हैं...। "मगर कब तक यह बनैला सौन्दर्य, जंगल की कुँवारी दुनिया...हर साल यहाँ

के लाखों पेड़ हलाक करके ना जाने कितनी ज़मीन नंगी की जाती है, इसकी हरियाली पर सीमेंट–कंक्रीट पोता जाता है। मुझे डर है, दुनिया के 20% ऑक्सीजन बनाकर 'लंग ऑफ़ प्लानेट' कहलाने वाले ये सदाबहार जंगल एक दिन ख़ुद साँस–साँस को मोहताज़ ना हो जायें!"

मजाज़ की बातें सुनते हुए जाने क्या अनायास घटा था उसके भीतर। लगा था, किसी को जानने के लिए उसे पहचानना ज़रूरी नहीं। जैसे ये मिजाज़! कुछ है उसमें जो बहुत पहचाना, आत्मीय–सा है, एक तरह से आश्वस्त करता हुआ! वह भी इस ज़मीन–आसमान केअबोले दुख को समझता है। वे अच्छे दोस्त हो सकते हैं...। वह मजाज़ से यह बात कह नहीं पाती मगर जानती है कि मजाज़ भी इस बात को महसूस कर रहा होगा। मजाज़ रुक कर एक उड़ते हुए हंस के जोड़े की तस्वीर लेता है–"ब्लैक नेक्ड स्वान! जानती हैं, ये हंस मुझे क्यों इतने प्यारे लगते हैं? बहुत वफ़ादार होते हैं ये। जोड़ी टूटने पर अकेले जी नहीं पाते..." ये बातें जाने उसने कैसी आवाज़ में कही थीं। जैसे किसी गहरे खोह में घुटी हुई हवा का एक झोंका! दूर्वा को लगा था, दर्द से उसका भी कोई पुराना वास्ता रहा है। उसका ये भटकाव बेमानी नहीं! उसकी तरह वह भी भीतर से बनजारा है...!

तस्वीरें लेते हुए मजाज़ की पसीने से भीगी हुई चौड़ी पीठ की तरफ़ वह अनमनी–सी देखती रही थी–कब कहाँ कौन मिल जाता है...दोपहर का सूरज माथे पर है, उमस अपने चरम पर। नदी की सतह से भाप–सा उड़ रहा है। सी लेवेल पर यह जगह बहुत गर्म है। मगर जैसे–जैसे ऊपर जाते हैं, तापमान गिरता जाता है। अजीब लगता है नदियों की गर्म भाप उड़ती वादियों में खड़े हिम आच्छादित पर्वतों को देखना। विसंगतियाँ अद्भुत सौन्दर्य रचती हैं जीवन में!

"कितनी अनोखी है यह दुनिया, कितनी विस्मयकारी... देख–सुनकर चकित रह जाता हूँ..." उसकी सोच से अनजान मजाज़ जैसे ख़ुद से ही बात करता है–"ये मासूम–से परिन्दे..." इनके बारे में जानकर समझ आता है, कुदरत के डी.एन.ए. में ही हिंसा है,

एक जन्मजात घृणा! कभी थमेगी कैसे! निर्माण के साथ ध्वंस का अमर बेल सृष्टि की देह में शिरा, उपशिरा, कोशिकाओं की तरह अनवरत फैलता रहता है...। कभी ख़ुद को ही महसूस कर देखिये...। और फिर जैसे जागते हुए–सा उसकी ओर मुड़ता है–"एक छोटी–सी गीत गाने वाली गार्डन चिड़िया होती है चिकाडीस! गौरैया से भी छोटी। ख़ुशरंग और नाज़ुक! मगर यह शीत ऋतु में अपने कोटरों में सोते चमगादड़ों को बेरहमी से चोंच मार–मार कर लहूलुहान करती हैं और फिर उन्हें बाहर लाकर खाती हैं! इसी तरह अर्जेंटीना के समन्दर पर मँडराने वाले 'सी गल' भी व्हेल्स को पानी की सतह पर नोच–नोचकर खाते दिख जाते हैं! फिर वे शाम की सुनहरी धूप में अपने सफ़ेद, लम्बे डैने भिगोकर समुद्र, आकाश और हवा का प्रेम गीत गाते हैं, मौसम की भीगी देह पर नीली उदासी का रूमान रचते हैं..." बात के अन्त तक आते–आते मजाज़ की आवाज़ में गहरा तंज़ घिर आया था। सुनते हुए दूर्वा ने अपने जिस्म में अनायास उग आते काँटों को महसूस किया था। ओह! कितना भयानक होता होगा यह सब कुछ! उसने सामने की एक झाड़ी में चहकती हुई चिड़ियों को डरी हुई आँखों से देखा था–क्या ये भी वैसी ही निर्मम हत्यारिन हो सकती हैं! दूसरे ही क्षण उसने अपनी आँखें फेर ली थीं–किसी की फ़ितरत उसके चेहरे पर कहाँ लिखी होती है...!

मजाज़ ने दूर्वा के चेहरे पर फैले दहशत को देखा था और फिर शायद बात बदलने के लिए सहज होकर बोला था–"आप डर गयीं! नहीं, मैं इन बेज़ुबानों को बदनाम नहीं करना चाहता। रात के दूसरे हिस्से में हमेशा सबेरा होता है... हिंसा के साथ दया और घृणा के साथ प्रेम... ये बात और है कि इनकी मात्रा में अक्सर सन्तुलन नहीं होता। जानती हैं, हिन्दुस्तान के हॉर्न बिलस जो देखने में टौकान और वुड पेकर के बीच का कोई पंछी लगता है, अपनी मादा को अण्डे देने के समय पेड़ के कोटर में रख उसका मुँह मिट्टी, पंछियों के बीट और तिनको से बन्द कर देता है। इसके बाद वह तब तक अपने परिवार को कोटर के मुँह पर बने छोटे सूराख़ों से खाना लाकर

खिलाता रहता है जब तक कि उनके बच्चे उड़ने के लिये तैयार नहीं हो जाते हैं।"

उसकी बात सुनते हुए दूर्वा के भीतर अनायास एक गुबार–सा उठा था–"ये प्रेम है?" "अब आप जो कहें..." मजाज़ ने अपने कन्धे उचकाये थे–"सुरक्षा के लिए और..." "और...?" इस बार पूछते हुए उसकी देह की सारी शिराएँ झनझनाने लगी थीं। वह जानती है नर के इस व्यवहार के पीछे का मनोविज्ञान! क्या पंछी, क्या मनुष्य! मजाज़ ने उसकी सोच को अनायास शब्द दिया था–"अपनी मादा को बेवफ़ाई करने से रोकने के लिए भी..."

"तो वफ़ा ऐसे वसूली जाती है..." दूर्वा की आवाज़ बुदबुदाहट में तब्दील हो गयी थी।

कैसी अभिशप्त है वह! स्वर्ग के इस हिस्से में खड़ी होकर भी उसे इस समय अपना नरक याद आ रहा था–कोठी की ऊँची दीवारें, बरामदे में रात–दिन गुर्राते ग्रेट डैन कुत्ते और कबीर की वे हिकारत भरी आँखें... उसका मन, चाहना, न चाहना कभी किसी के लिए कोई मुद्दा नहीं रहा। सब पर पहरा, सब पर राशन–साँसों पर, सपनों पर...। खिड़की की सलाखों के पीछे का टुकड़ा–टुकड़ा आकाश उसकी साँसों में फाँस डाल देता था। अक्सर वह ख़ुद से कहती–उसे सारा आकाश चाहिए! मगर कबीर हर रात उसके सीने पर सवार होकर कहता–"बहुत हो गया तुम्हारा पागलपन! अब अपनी औकात में रहो!" क्या है उसकी औकात! वह ईजेल पर चढ़ी अपनी अधूरी पेंटिंग्स से पूछती। रंगों के गूँगे धब्बे स्तब्ध पड़े रहते।

कई बार कबीर किसी पपी की तरह उसका सर सहलाते हुए कहता "काश अपने इस पाग़लपन में वैन गो की तरह तुम भी कुछ अच्छा रच पातीं!" सुनकर उसके भीतर कुछ सड़ने लगता। उसकी जान ले लेने की अपनी हत्यारी इच्छा के बीच लफ़्ज़ों में पर्याप्त नर्माहट घोलकर वह कहती, "मुझे दुनिया देखनी है कबीर! किसी पैकेज टूर पर नहीं! हिप्पियों की तरह! बनजारों की तरह! बस झोला उठाकर चल पड़ेंगे, जिधर आँख जायेगी!" "अच्छा!"

कबीर होंठों ही होंठों में मुस्कराता। "हाँ!" वह अपनी उछाह में कहती जाती–"समन्दर पर होती बारिश देखेंगे, पूरे चाँद की रातों में ताजमहल...। सुना है, अनारकली अब भी अपने सलीम के लिए शाही दरबार में रक़्स करती हुकूमत को ललकारती फिरती है! आधी रात छनाके से टूटकर बिखरते उसके घुँघरू की आवाज़ से सोये परिन्दे जाग जाते हैं..." उसकी उजली आँखों की ओर देखते हुए कबीर के होंठ परिहास में अब पूरी तरह फैल जाते–"तुम वास्तव में पागल हो!"

कबीर के जाने के देर बाद तक वह अपनी रंग से लिथड़ी हथेलियों के छापे आईने पर डालती हुई उसके शब्द दोहराती रहती–"तुम वास्तव में पागल हो मिस दूर्वा! कैनवास पर मचे ये रंगों के दंगे दरअसल तुम्हारे भीतर का उन्माद है...! तुम बिना सरहदों की एक बेहद दुनिया चाहती हो...। यहाँ हर बात की एक हद होती है!"

लोग कहते हैं, कलाकार समय की नब्ज़ पकड़ता है। समझता है मौन की भाषा! हवा, धूप, जल में समाहित अमूर्त जीवन को मूर्त रूप देता है, प्राण प्रतिष्ठा करता है प्रकृति के सारे पवित्र तत्त्वों में–ठीक किसी पुजारी की तरह! मगर... वह तो बस पागल है! न बसन्त उसके वश में है न पतझड़ उसकी ज़द में। सिर्फ़ ढेर–से रंग हैं और हैं कुछ अबुझ इच्छाएँ–सृष्टि को प्यार की नर्म उँगलियों से रचने की, इन्द्रधनुष में बुनने की...। ठीक दुनिया के एक कोने में बहने वाली इस नदी की तरह–'द लिक्विड रेनबो'!

अपने अतीत में डूबकर वह अपने आस–पास से एकदम असम्पृक्त हो आई थी, जाने कितनी देर तक के लिए। मजाज़ ने शायद उसे जगाने की कोशिश की थी–"अच्छा ये नदियाँ जानती हैं, समन्दर इनकी पहचान लील जायेगा, फिर भी उसी की तरफ क्यों दौड़ती जाती हैं! देखिये इस नदी को, दुनिया की सबसे अनोखी नदी है, मगर अपने सारे रंगों के साथ बेतहाशा भाग रही है, उसे ख़ुद को खो देना है। ख़त्म कर देना है गुआयाबेरो नदी की बाँहों में... एक आत्महन्ता दौड़!" बातों के बीच मजाज़ उसकी ओर लौट आया था–"आप औरतें भी कुछ–कुछ ऐसी होती हैं–इन नदियों की

तरह...किसी दूसरे में होना आप लोगों के लिए अपने होने से ज़्यादा ज़रूरी क्यों होता है!"

"आपने ठीक समझा!" दूर्वा ने ख़ुद को सहेजा था—"औरतें इन नदियों की तरह होती हैं, मगर वे अपनी पहचान खोने के लिए नहीं, दूसरों को पूर्ण करने के लिए ख़ुद को देती हैं। उसका न होना हर होने को अर्थ देता है, इस सृष्टि के डी.एन.ए. में वह है, क्या करें, उसका अधूरा रहना दुनिया के मुकम्मल होने के लिए बहुत ज़रूरी है।"

"आप हिन्दुस्तान से हैं न? हूँ... ये फलसफ़ा और कहाँ!" मजाज़ के चेहरे पर दोपहर का सूरज पिघल रहा है। कॉटन की खाकी शर्ट कन्धे पर तरबतर। उसकी देह से उठती सिगार और पसीने की गन्ध हवा को अलस बना रही है। दूर्वा अनमन हो उठती है—ऐसी ही एक दोपहर, काजीरंगा का हरहराता जंगल और वह फॉरेस्ट डिपार्टमेंट का छोटा–सा डाक बंगला... शादी के बाद वे पहली बार बाहर निकले थे, हनीमूननुमा उस यात्रा पर। बंसबाड़ी में छिपकर निरन्तर बोलता घुग्घू, गर्म, तेज़ हवा में उड़ते सूखे पत्ते और नींद, आलस्य में ऊँघता सारा जंगल... वह दोपहर अपनी उमस, एकान्त और आदिम, वन्य इच्छाओं के साथ आज भी उसके भीतर जीवित रह गयी है, जाने क्यों! एक गहरे धँसा काँटा जो रह–रहकर कसक उठता है।

ख़ुद से परे होने की कोशिश में वह कुछ दूर नदी में बने दो विशाल कुण्डों के बीच की छोटी–सी पत्थर की पुलिया पर जा खड़ी होती है। चारों तरफ़ से रंगीन पानी रेशमी पर्दे की तरह लहराते हुए नीचे गिर रहा है। नीचे पानी की सतह पर धूप में दमकते लाखों सतरंगी बुलबुले और झाग। तेज़ पछाड़ की धमक और गूँज... गुफा की दीवारों पर धूप की काँपती, उड़ती चमकदार तितलियाँ। वह इस पूरे परिदृश्य को अपने भीतर समेटने के लिए एक बार फिर अपनी आँखें बन्द करती है—यह उसकी दुनिया है, हज़ारों जाने–अनजाने रंगों की दुनिया... लाल, पीला, हरा, नीला, काही, बासन्ती, सुनहरा... प्रकृति की कलापी में घुले हुए रंगों का मेला! इस जादुई नदी के बीच जाने कितने सारे विशाल गड्ढे हैं जिन्हें 'जाएंट केटेल' कहा जाता है।

इनमें जब सख़्त पत्थर के टुकड़े गिरते हैं और बहाव के साथ तेज़ गति से घूमते हैं तो ये गड्ढे और गहरे होते जाते हैं। कुदरत के यह अनोखे खेल... वह हर क्षण हैरान हो रही है। उसे यहाँ की दूसरी नदियाँ–मैगडालेना, काउका, गुआविआरे... भी देखनी हैं। उसने यहाँ आने के लिए महीनों इन्तज़ार किया! कुदरत की यह होली गीष्म ऋतु में ही शुरू होती है जब सूरज की गर्म किरणे 'माकारेनिआ क्लाविजेरा' नामक पौधे को सुखा देती हैं और नदी का तल तरह–तरह के रंगों से रंग जाता है, ख़ासकर लाल रंग! इतने तेज़ बहाव में कैसे ये सूखे पौधे पत्थरों से इस तरह चिपके रह जाते होंगे! जिजिविषा! और क्या... हज़ार मौत के बाद भी जीवन इसलिए तो बना हुआ है!

"अब अपने ध्यान से बाहर निकलो जोगन, जल समाधि लेने का विचार है क्या?" जाने कब डोना लौट आयी थी और अब मजाज़ के बगल में खड़ी उसे देखते हुए मुस्करा रही थी। "काश!" दूर्वा झेंपी–सी मुस्कराती है–"और तुम! मुझे लगा पंछियों के घोंसले में तुम भी जाकर बस गयीं! तब की गयी अब आ रही हो! कहाँ थीं?"

"बसने का मन तो था मगर बदमाश तोतों ने चोंच मार–मारकर भगा दिया। वे इन्सानों पर भरोसा नहीं करते..."

"करें भी क्यों!" मजाज़ ने दूसरा सिगार सुलगा लिया था–"इन्सान उनके छोटे–से आशियाने में भी सेंध लगाने पहुँच जाते हैं! कितना बड़ा पेट है उनका कि सारी दुनिया निगलकर भी भरता नहीं!" "पोचरों ने एक–एक घोंसला नोच डाला है! हज़ारों एक्ज़ॉटिक पंछियों की तस्करी हर साल होती है। आलू–प्याज़ की तरह इन बेज़ुबानों को बोरियों में ठूँस कर ले जाते हैं। रास्ते में ही आधे से अधिक दम तोड़ देते हैं!" बताते हुए डोना के चेहरे की मुस्कराहट खो गयी थी। यह टॉपिक उसे हमेशा संजीदा कर देती है।

दूर्वा पुलिया से बाहर निकल आयी थी–"काश हम यहाँ कैम्प लगा सकते! रातें यहाँ ख़ूबसूरत होती होगी न!"

"ख़ूबसूरत नहीं, डरावनी! सारे रंगों में स्याही घुल जाती है, हवा चुड़ैल की तरह खिलखिलाती फिरती है, लहरें बहसी जानवर की

तरह चिंघाड़ती है!" कहकर डोना कुछ देर ख़ुद ही हँसती रही थी फिर गम्भीर होकर बोली थी–"नहीं! केनो क्रिसटेलस में कैम्पिंग की इजाज़त नहीं। पर्यावरण की सुरक्षा के लिए खराब मौसमों में इधर सैलानियों को भी आने नहीं दिया जाता।"

"बहरहाल! यहाँ तक का सफ़र भी कम रोचक नहीं। विलाविसेन्सिओ से एक कारगो प्लेन से माकारेना फिर बोट से यहाँ। मगर दिक़्क़त यह है कि सिर्फ़ रविवार को आता है यह कारगो जहाज़ और शुक्रवार को लौट जाता है। आप लोग भी ऐसे ही आये होंगे!" एक विशाल पीले चोंच वाले टौकान पंछी पर अपना लेंस फोकस करते हुए मजाज़ ने कहा था। इस समय सूरज उसके सामने दूर तक उतर आया था और एक सुनहरे फ्रेम में उसका पूरा जिस्म घिर गया था।

दूर्वा डोना के बगल में बैठ गयी थी–"सूरज पीला पड़ रहा है, दिन अपने ढलान पर है..." कहते–कहते वह रुक गयी थी। उसे दो दिन पहले देखी डोना की वे भयातुर आँखें याद हो आयी थीं जो मोमबत्ती की पीली रोशनी में थरथराती हुई काँच की तरह पारदर्शी और तरल दिख रही थीं। उस दिन रात की प्रार्थना के बाद जब अनाथाश्रम के सारे बच्चे सो गये थे, डोना उसे चर्च के दक्षिण वाले हिस्से में ले गयी थी। टूटे खँडहरों के बीच कुछ कमरे साबुत थे जिनमें खण्डित मूर्तियों के साथ तरह–तरह के सामान भरे हुए थे। इधर बिजली नहीं थी। आसमान में कृष्ण पक्ष का फीका चाँद था और डोना के हाथ में मोमबत्ती। दीवारों पर पड़ती पीली रोशनी में नाचती परछाइयों के बीच डोना कितनी अजीब लग रही थी, किसी देहातीत स्वप्न या धूसर रूह की तरह–"मुझे रातें डराती हैं दूर्वा! भयानक परछाइयाँ मुझे घेर लेती हैं। सारे इन्सानी चेहरे जानवरों में तब्दील हो जाते हैं... वे मुझे घेरकर मेरे जिस्म को भँभोरते हैं... कहते–कहते उसकी आँखें फैल जाती हैं–तुम नहीं जानतीं, दिन के उजाले में सारे जानवर इन्सानी मुखौटों में छिपे रहते हैं मगर जब अँधेरे का आसेब ज़मीन पर उतरता है, सारे शैतान एक–एक कर जग जाते हैं और

फिर शुरू होता है प्रेतात्माओं का खेल...” सुनते हुए दूर्वा के रोंगटे खड़े हो गये थे। उसने बढ़कर डोना की बाँह थाम ली थी।

डोना ने उसे बताया था, बचपन में उसके सौतेले बाप ने लगातार उसका बलात्कार किया था। वह किसी गुरिल्ले दल का सदस्य था। उसकी माँ का इस्तेमाल भी उस दल के द्वारा ड्रग आदि पहुँचाने के लिए किया जाता था। वे खूँखार माफिया रात–दिन की लड़ाई के बाद थोड़ी नींद, भोजन और देह के तकाज़े में अपने–अपने आस्ताने की ओर लौटते थे। बँधुआ मजदूर–सी ये औरतें उनका खाना बनाने, गन्दे कपड़े धोने और जिस्म की भूख मिटाने के काम आती थीं। वे इन्सान भी हैं, इस सवाल ने कभी किसी को परेशान नहीं किया।

यहाँ की लाखों औरतों की तरह ही डोना और उसकी माँ का भी हाल था–हर तरह से सतायी और बेबस! बेजान सामान की तरह यहाँ–वहाँ फेंकी जाती हुई। डोना को याद है, कई बार उसकी माँ की आँखों के सामने ही उसका सौतेला बाप उसे कमरे में घसीट लेता था। उसकी माँ उसे बचाने आती थी और बेरहमी से पिटती थी। उसके बाद सारी रात माँ–बेटी एक–दूसरे से लिपटकर रोती थीं। डोना को आज भी गहरी रातों में अपनी देह पर माँ के खुरदरे हाथों का स्पर्श अनुभव होता है। वह उसके जीवन का सबसे बड़ा सुख था! कहते हुए डोना रोते–रोते मुस्कराने लगती थी। तब उसका चेहरा कितना अजीब लगता था! कुछ हद तक डरावना!

"एक दिन मेरे सौतेले बाप ने मुझे एक देह की मण्डी में बेच दिया था, सिर्फ़ इसलिए कि उस दिन उसके पास शराब के लिए पैसे नहीं थे। तब मैं ग्यारह साल की थी...” डोना के गहरे साँवले चेहरे पर पत्थर बनती धूसर नील आँखों में उस समय कुछ नहीं था, एक अजीब–सा सन्नाटा, किसी मरघट की तरह। वह देखती है और सिहरती है। "एक आबनूसी देह का विशाल दैत्य मुझे खींचकर ले जा रहा था और मेरी माँ चुपचाप देख रही थी। उस समय उनकी आँखें किसी ज़िबह की जाती हुई जानवर की तरह थी–लाल और डबडबायी हुईं! मेरे सौतेले बाप ने पीटकर उस दिन उनका बायाँ

हाथ तोड़ दिया था। तेज़ बुख़ार में जल रही थी वह। हिलने–डुलने में भी असमर्थ! माँ की आँखों पर नज़र पड़ते ही मैं चीख़ते–चीख़ते एकदम से चुप हो गयी थी–मैं इससे अधिक दुख उन्हें दे नहीं सकती थी, इसलिए अपना आतंक, दर्द सीने में भींच लिया था!" डोना की तेज़ साँसों से एक समय मोमबत्ती बुझ गयी थी। नीले अन्धकार में देर तक बची रह गयी थी धुएँ की गन्ध और डोना की घुटी–घुटी हिचकियाँ–"मुझे मेरी माँ के पास जाना है दूर्वा... मैं उन्हें रोज़ ढूँढ़ती हूँ।" डोना की थरथराती देह को अपने शरीर से लगाये उस दिन वह उस टूटे हुए प्राचीन चर्च के अहाते में जाने कब तक खड़ी रही थी। अनाथाश्रम के भीतर कोई छोटी बच्ची रह–रहकर नींद में रो उठती–माँ... तो ठहरे हुए सन्नाटे में दरार–सी पड़ जाती।

"औरतों का जीवन तो दुख का होता ही है, मगर काली औरतों के दुखों का तो कोई अन्त ही नहीं। ऊपर से ग़ुलाम! उन्हें रौंदना, कुचलना, भोगना हर गोरे के अख़ितयार में था। दस–बारह साल की एक काली बच्ची बलात्कार या वेश्यावृत्ति के लिए बूढ़ी मानी जाती, न जाने कितनी बार वे गर्भवती होतीं और कितनी बार उनका हमल गिराया जाता। "कोलोम्बिया में 1850 में दास प्रथा क़ानूनी रुप से ख़त्म किया गया..." दूर्वा की बात सुनकर डोना हँसती है–"सब कहने की बात है! स्कूल की किताबों में पढ़ाई जाने वाली! सच तो यह है कि गोरे आज भी मालिक हैं और हम ग़ुलाम! इन्सान का पहनावा बदला है, फ़ितरत नहीं!"

डोना की बातें सुनते हुए दूर्वा को चार्ल्स डिकेन्स, विलियम ब्लेक की रचनाओं में पढ़ी ग़ुलाम बच्चों की तकलीफ़ें याद आती हैं। ये बच्चे दुनिया के हर कोने में पाये जाते हैं–ब्राजील के रेड लाइट एरिया में, थाईलैंड के बाज़ारों में, कोलकाता की गलियों में, गोवा के समुद्र तटों पर... कहीं सैलानियों की मालिश कर रहे हैं, कहीं अपंग करके भीख मँगवाये जा रहे हैं तो कहीं ईंट–पत्थर ढो रहे हैं। बँधुआ मज़दूर, सेक्स वर्कर, भिखारी... कुछ दिन पहले ब्राजील के व्यापारियों ने उनकी दुकान और बाज़ार का सौन्दर्य ख़राब करने के

जुर्म में फुटपाथ पर सोने वाले अनाथ, भिखारी बच्चों को गोली से भुनवा दिया था।

डोना की संस्था का बूढ़ा चपरासी मैल्कम शाम को रम के नशे में गिटार बजाकर गाता है–"नो ले पेक़ ए ला नेगरा..." (डोंट बीट द ब्लैक वुमन) कार्टाजेना–कोलोम्बिया का 16वीं सदी का एक गीत–प्रसिद्ध गायक 'जो एरोयो' का गाया हुआ। 'जो एरोयो' इसी प्रदेश से था। गीत में जाने कैसा दर्द था। पूरी तरह न समझकर भी दूर्वा का मन भर आता था। संगीत शब्दों से परे जाकर संवेदना को छूता है, वह भाषा का मोहताज़ नहीं–अनपढ़ मैल्कम की इस बात से वह इनकार नहीं कर पाती।

कोलोम्बिया के संगीत में स्पैनिश, कोलोम्बिया, अफ्रीकन और यहाँ के आदिवासी संगीत का प्रभाव है। बढ़ते हुए नशे के साथ अपने आँसू पोंछते हुए मैल्कम उसे बताता–"कोलोम्बिया इसी तरह का एक संगीत है जिसमें गीत के साथ नाचते हुए, ग़ुलाम किस तरह ज़जीरों में जकड़कर रखे जाते थे, का वर्णन किया जाता है। तुम देखोगी तो तुम्हारी आँखें फटकर आँसू बहेंगे सिनोरिटा! ओह! आज़ादी! इससे बड़ी कोई नियामत नहीं!" रम की पूरी बोतल ख़त्म कर मैल्कम घोड़ों के अस्तबल में सूखी घास की ढेर पर लुढ़क जाता। सुनकर दूर्वा अपने भीतर एक बहुत बड़ा अँधेरा समेटकर चुपचाप उठ आती है–आज़ादी...!

इसी आज़ादी के लिए तो वह छोड़ आयी थी एक अमीर पति, अपना अजन्मा बच्चा! जिस बच्चे की चाह उसके हृदय को मथ डालती थी, उसके आने का समय उसके मुताबिक़ तब तक आया नहीं था। एक ग़ुलाम अपने बच्चे को क्या दे सकता है विरासत में, बेबसी और घुटन के सिवाय! वह अपने बच्चे के लिये ताज़ी हवा और आकाश के सन्धान में निकली थी। जब तक उसकी तलाश ख़त्म नहीं होती, इस बच्चे को रुकना पड़ेगा... रुको मेरे बच्चे... माँ जल्द तुम्हें लेने आयेगी... अक्सर अपने ख़यालों में दूर्वा दो छोटी–छोटी गुलाबी हथेलियों को अपने गाल से सटाकर सिसकते हुए कहती है।

वक़्त किसी के लिए ठहरता नहीं, मगर सही वक़्त के लिए उसे तो ठहरना ही पड़ेगा! उम्र की सलवटों को वह अपने जिस्म पर गहराते हुए देख रही है। समय उसके भीतर से रोज़ कुछ न कुछ खोदकर ले जा रहा है, वह छीज रही है रेशा–रेशा।

"हर जगह तुम समाधि लगाकर बैठ जाती हो दूर्वा! सोचने की बीमारी है तुम्हें!" डोना उसके हाथ में सिल्वर फॉयल में मुड़ा बड़ा–सा क्लब सैंडविच थमाती है। "इसमें तो चिकन होगा न... तुम्हें बताया था, नॉन वेज नहीं खाती!" दूर्वा ने डोना को सैंडविच लौटा दिया था। "ओह सॉरी! फिर तुम यह सलाद खा लो, सिर्फ़ लेटस, चेरी टमाटर, मोज़ारेला चीज़ और ऑलिव!" "बढ़िया!" दूर्वा ने उसके हाथ से सलाद का दोना ले लिया था, साथ में गेहूँ और तिल का भूरा, खुरदरा ब्रेड–"सलाद में इतना सारा सलाद ऑयल मुझे पसन्द नहीं, जितना फायबर मिलता है उतना ही फैट!" "तो आप शाकाहारी हैं! क्यों!" मजाज़ अपना सैंडविच कुतरते हुए उसके बगल में आ बैठा था–यू ब्राहमिन?" "इसलिए नहीं! एक बार किसी ने कहा था, जब तक आप क़त्ल किये हुए बेज़ुबान जानवरों का मांस खाते हैं तब तक ख़ुद को अहिंसक नहीं कह सकते। वह बात मेरे दिल को लग गयी।"

"हूँ" उसकी बात सुनकर मजाज़ सोच में डूब गया था। फिर बहुत देर बाद बोला था–"बेज़ुबान जानवरों की क्या कहें, यहाँ तो बेकसूर इन्सानों का ख़ून पानी की तरह बहता है और हम अहिंसक होने की ख़ुशफ़हमी में जीते हैं। जानती हैं, मेरे पिता इराक के एक कुर्द सिपाही थे। माँ एक जर्मन नर्स। युद्ध के दौरान रेडक्रॉस के साथ इराक गयी थी... बाद में माँ ने बहुत चाहा था, पिताजी उनके साथ जर्मनी चले आयें, मगर वे नहीं माने थे। आज़ादी उनके लिए दुनिया की सबसे ज़रूरी चीज़ थी। हज़ारों साल से ख़ानाबदोशों की यह जाति अपनी इज़्ज़त, नस्ल और ज़मीन के लिए लड़े जा रही हैं, कभी शिया मुसलमानों की हैसियत से, कभी सुन्नी तो कभी यहूदी या ईसाई के रूप में।"

"जी जानती हूँ थोड़ा बहुत इन लोगों के बारे में। बहादुर होते हैं। अच्छे सिपाही भी। हिन्दुस्तान के कर्नाटक राज्य में कूर्ग एक छोटी–सी जगह है। वहाँ इस जाति के लोग पाये जाते हैं। कहा जाता है कि इनके पूर्वज अरब देशों से आये। कूर्ग रेजीमेंट के सिपाही अपने शौर्य और वीरता के लिए जाने जाते हैं।"

"वाकई!" मजाज़ ने हैरत से उसकी बात सुनी थी–"सचमुच। यह दुनिया बहुत छोटी है!" "और गोल भी!" दूर्वा अपना सलाद ख़त्म करते हुए मुस्करायी थी–"आप अपनी माँ के बारे में बता रहे थे।" "जी! जंग के दौरान मेरे पिता के मारे जाने के बाद मेरी माँ किसी तरह इराक से भाग आयी थी। तब मैं उनके पेट में था।"

"अच्छा! तो फिर आप वहाँ कभी नहीं गये?" मजाज़ की बात सुनते हुए अब डोना भी उत्सुक हो उठी थी। "नहीं, गया था! मेरी माँ ने मुझे मरने से पहले अपनी क़सम दी थी मगर मैं क्या करता, मेरा खानाबदोश ख़ून मुझे बुला रहा था, लहू की महक, जंग की भेरी मुझे पागल कर रही थी। फ़ोटो जर्नलिस्ट की हैसियत से गया और कई साल भटकता रहा। आईएसआई का मज़हबी जुनून, हिंसा, बर्बरता का ताण्डव और ख़ूनी खेल देखा। मासूम और मज़लूमों की लाश पर वे इस्लामी राज्य की नींव रखना चाहते हैं। यही दीन है उनका! दो सालों में मेरे कैमरे का लेंस ख़ून से तरबतर हो गया। जिधर देखो लाशे, जिधर देखो ख़ून... ज़मीन पर सड़ते जिस्म और आकाश पर चील–कौओं का हुजूम! मुझे ऊपर वाले का नाम सुनकर दहशत होने लगी थी। अल्ला–हो अकबर के नारे के साथ बच्चों, बूढ़ों, औरतों की चीख़ें, सड़क पर इधर–उधर लुढ़कते इन्सानों के कटे हुए सर... कुर्द, ईसाई, सुन्नियों की जलती हुए बस्तियाँ, बाज़ारों में पिंजरों में बन्द सरेआम बिकती औरतें, हारे हुए कुर्द सिपाहियों का गला काटा जाना तो कभी ज़िन्दा जलाया जाना... मैं बीमार हो गया! यह कैसी आज़ादी, किसकी आज़ादी! भाग आया वहाँ से।

बहुत आत्म मन्थन के बाद समझा, आज़ादी चाहिए मुझे मेरे ख़ून में बहते जुनून से, हबस से, दरिंन्दगी से। लड़ाई! लड़ाई! लड़ाई!

किसलिए?–ज़मीन के लिए! अहंकार के लिए! हवस के लिए... सब कुछ हथिया लेने के चक्कर में हमने अपना रहा–सहा भी खो दिया है। अपनी कमज़ोरियों के हाथों ग़ुलाम बनकर रह गये हैं। अपनी क़ैद में हैं!

लगातार बोलते हुए मजाज़ एकदम से चुप हो गया था जैसे थक गया हो, फिर रुक–रुककर बोला था–अब लड़ाई बस ख़ुद से है। ख़ुद को हराना है, ख़ुद से जीतना है। इसी में लगा हूँ रात–दिन... "

उसकी ओर देखते हुए डोना की आँखें वाष्पित हो उठी थीं–सारी दुनिया का दर्द एक–सा है। सुख अलग–अलग होते होंगे...। अनमनी–सी वह धीरे–धीरे गुनगुनाती है–

"आज़ादी! आज़ादी! किस–किस से आज़ादी... इससे आज़ादी, उससे आज़ादी, ख़ुद से आज़ादी... "

दूर्वा सामने बहती हुई रंगों की उदास नदी को चुपचाप देखती है। आकाश का इस्पाती नील उसमें घुल रहा है। शाम उतर रही है धीमे पाँव। बीस किलोमीटर चौड़ी, सौ किलोमीटर लम्बी एक नदी! जीवित जादू, पिघला तिलस्म! "अच्छा, ये नदियाँ गत–आगत समय की कितनी कहानियों, हादसों की गवाह है! काल के साथ निरन्तर बह रही हैं। सोचो कभी ये बोले तो! बीत गये समय की कितनी बातें, साज़िश, गुनाह उजागर हो जायेंगे... नहीं?" उसने मुड़कर मजाज़ को देखा था। मजाज़ कुछ दूरी पर एक बौने, छतनार पेड़ में चहचहाते पंछियों के झुण्ड की ओर देख रहा था। उधर से नज़रें हटाये बिना उसने अनमने भाव से कहा था–"हाँ! अगर एक दिन ये सारा जंगल, आकाश, धरती सचमुच बोल पड़े तो...! जानती हैं, एक अनुमान के अनुसार एमाज़ॉन के गहरे जंगलों के भीतर आज भी पचास से ज़्यादा आदि मानवों के क़बीले हैं जिनका हमारी तथाकथित सभ्य दुनिया से कोई सम्पर्क नहीं।"

"अच्छा है, नहीं है!" डोना ने आवेश में भरकर कहा था–"होता तो आज वे भी नहीं होते! दूर्वा! सन् 1500 में जो नब्बे लाख

आदिवासी उन जंगलों में थे, 19वीं सदी आते–आते सिर्फ़ दस लाख रह गये और आज की तारीख़ में, विश्वास करोगी, मात्र ढाई लाख!"

"ये ख़त्म होने का ही समय है डोना! सिर्फ़ इन जंगलों से ही नहीं, सभ्य देशों और शहरों से भी! कई देशों से कई समुदाय ग़ायब कर दिये गये, मानचित्र से कई ज़मीन के टुकड़े, गाँव, खेत, हरियाली... अब इस धरती के आदि मानव या तो ग़ुलाम हैं या देशद्रोही, गद्दार, नक्सलवादी! बड़ी अन्तरराष्ट्रीय कम्पनियों के बड़े, दैत्याकार मशीनें धरती पुत्रों के जंगल, पहाड़, आकाश उखाड़कर ले जा रहे हैं और दुनिया की सारी ताक़तें, हथियार इन मासूमों के ख़िलाफ़ गोलबन्द होकर खड़े हैं। अजीब लड़ाई है–भूखे, नंगों और निहत्थे मजलूमों के साथ तोप और बन्दूक़ों की। पूरी दुनिया में अकाल पड़ जाय, मन्दी आ जाय मगर हथियार के कारख़ाने कभी बन्द नहीं होते, उनके मुनाफ़े में कोई कमी नहीं आती... देखा है इथियोपिआ के कंकाल जैसे भूखे बच्चों को! और बागी लोग? नंगे पाँव अपने कमज़ोर कन्धों पर भारी बन्दूक़ें उठाकर एक–दूसरे के पीछे दौड़ रहे हैं! आज़ादी के चक्कर में महाशक्तियों के ग़ुलाम बन गये हैं, उन्हें पता ही नहीं! वही–आज़ादी!" पहली बार जाने किस रौ में दूर्वा लगातार बोलती चली गयी थी। उसके चुप होने के बाद देर तक वहाँ ख़ामोशी पसरी रही थी। उधर जंगलों में पंछियों की आवाज़ें तेज़ हो रही थीं, पानी में बहता इन्द्रधनुष फीका पड़ गया था। दिन डूबने में अब ज़्यादा समय नहीं था।

माहौल को हल्का करने के लिए ही शायद मजाज़ अपने कपड़े झाड़ते हुए उठ खड़ा हुआ था–इधर कुदरत की शान देखो! इन जंगलों में ही नहीं, इस ज़मीन के भीतर भी हरियाली–ही–हरियाली है–एमराल्ड–पन्ने का सबसे बड़ा भण्डार इस देश में है, लगभग सत्तर से नब्बे प्रतिशत! दुनिया का सबसे नायाब पन्ना!"

"और इसके लिए मार–काट भी कम नहीं! ड्रग, औरत और पन्ने के खदानों पर वर्चस्व के लिए लड़ाई! लिबरल और कन्सर्वेटिव के बीच भी सालों से गृहयुद्ध। यह देश आन्तरिक कलह में चिथड़ा–चिथड़ा हो गया है! ख़ैर छोड़ो! तुम्हें पन्ने से जुड़ी एक

लोक कथा सुनाती हूँ। बहुत दिलचस्प!" डोना दूर्वा के साथ–साथ चलने लगी थी–"एक स्त्री फुरा और एक पुरुष टेना को ईश्वर एरेस ने धरती को आबाद करने के लिए पृथ्वी लोक में भेजा था। उनको अमरता का वरदान मिला हुआ था। एरेस ने दोनों को एक–दूसरे के प्रति वफ़ादार रहने की हिदायत दी थी। मगर फुरा नहीं रह सकी। क्रोध में आकर भगवान एरेस ने उनसे अमरता का वरदान वापस ले लिया। इसके बाद जल्द ही बूढ़े होकर फुरा और टेना मर गये। अब भगवान को उन पर दया आई और उन्हें तूफ़ानों और साँपों से सुरक्षित दो विशाल शिलाखण्डों में तब्दील कर दिया। कहते हैं इन शिलाखण्डों के भीतर फुरा की आँखों से बहे आँसू पन्ना बनकर जम गये! ये दो 840 और 500 मीटर ऊँचे विशाल पत्थर आज भी मीरेनो नदी की घाटी में दूर से देखे जा सकते हैं!" कहानी सुनकर दूर्वा खो–सी गयी थी–"पन्ना के चमकते हरे टुकड़े... फुरा के आँसू... ओह! कितना रूमान होता है न इन लोक कथाओं में!"

"यहाँ जितने फूल उतने ही काँटे...। फुरा के आँसू आज भी कहाँ थमे हैं..." डोना अपनी ही कहानी में खोयी–सी थी–"इस ज़मीन की शिराओं में बहने वाला ख़ून हरा है, बह रहा है ज़माने से! दुनिया समझकर समझना नहीं चाहती। जंगल उजाड़कर तमाम हरियाली निचोड़ रही है, पन्ने खोदकर धरती की कोख सूनी कर रही है...! एक आकाश बचा है, उसमें भी छेद ही छेद!"

मजाज़ ने अपने कैमरे आदि बैग में डालते हुए एक बार फिर प्रसंग बदला था–"यहाँ आते हुए मैं कोकोरा वैली पहले गया था। आरमेनिआ शहर से सालेनटो शहर तक बस की कुछ मिनटों की यात्रा फिर वहाँ से कोकोरा वैली। धुन्ध और उमस का अजब मौसम वहाँ–गहरी मटमैली धुन्ध में डूबे वैक्स पाम के 60–60 मीटर ऊँचे दैत्याकार पेड़... रातों में शहर भुतहा लगता है। गैस लाइट में गीली–गीली चमकती सड़कों पर रातों को अकेले चलते हुए लगता है, वैक्स पाम के लम्बे साये आपका पीछा कर रहे हैं। जिस्म में काँटे उग आते हैं!"

"आप सड़क मार्ग से भी जा सकते हैं। यह अनुभव भी सुखद होता है। नदी के किनारे–किनारे अद्भुत दृश्य। पूरे रास्ते में कैम्प के लिए जगह, लॉज, केबिन्स, भाड़े पर घोड़े... गाँव की ज़िन्दगी की झलक और उनका अनुभव। आपने तन्दूरी ट्रौट तो ज़रूर खाया होगा, इस इलाक़े की ख़ास डेलिकेसी है।" मजाज़ की बातों से डोना का ध्यान बँट गया था। बात करते–करते वह मजाज़ के साथ आगे बढ़ गयी थी।

दूर्वा को लग रहा था, इस जगह से जाते हुए उसके भीतर का कोई अदृश्य कोना भीतर ही भीतर खींच रहा है। वह अपने आपका एक बहुत बड़ा हिस्सा यहाँ छोड़े जा रही है और अब पूरी उम्र उसकी याद में उदास रहेगी। दोपहर का वह 'समर रेन'–उजली धूप में आकाश से बरसती पारे की वे चमकदार बूँदें... क्षितिज पर आर–पार फैला इन्द्रधनुष और भाप छोड़ती ज़मीन... दिन में गर्मी और उमस के बढ़ जाने पर अक्सर यहाँ हल्की बारिश हो जाती है। उसके बाद पूरा जंगल निखर आता है, हर तरफ़ चमकीला और रंगीन! पंछी की तेज़ चहक के साथ पूरा जंगल एकदम से गूँजने लगता है।

कुछ दृश्यों को सिर्फ़ जिया जा सकता है, किसी शब्द या रंगों में उनकी अभिव्यक्ति सम्भव नहीं। दूर्वा को लगता है, जिन्हें वह कैनवास पर उतार नहीं पायी, वही उसकी बेहतरीन पेंटिंग्स हैं! कहते हैं, चित्रकारी ख़ुशी देती है मगर उन तस्वीरों का क्या जिन्हें एक कलाकार अपनी एक–एक पीड़ा से गुज़रते हुए सिरजता है! कलापी में घुले रंगों में कितना तेल होता है और कितने आँसू... वह मजाज़ और डोना के पीछे अनमन चलती रहती है। भीतर जाने कैसा द्वन्द्व है–

ग़ुलामी दुख देती है मगर आज़ादी की ख़ुशी की भी एक सीमा होती है। एक हद के बाद लगता है, आसपास बाँधने, रोकने, घेरने वाली कोई बाँह नहीं, अपनी प्रतीक्षा में कोई घर जाग नहीं रहा! बहुत निरर्थक लगता है अपना होना...। इस तरह के होने या न होने में क्या फ़र्क़ है! आज कल वह अक्सर सोचती है। अजनबी शहरों से गिरती शाम या उतरती रात गुज़रते हुए किसी घर की रोशन खिड़कियों या

चिमनी से उठते धुएँ को देखकर मन में अजीब–सी कसक उठती है–काश उसे भी कहीं लौटना होता!

वह आगे चलती डोना की लम्बी, सतर काया की तरफ़ देखती है–किस पत्थर और आग से बनी है यह औरत! भीतर एक–एक नस तड़का हुआ है मगर हिम्मत से खड़ी है। पीड़ित औरतों, बच्चों के लिए सालों से लड़ रही है, एक पूरे हिंसक समाज से, व्यवस्था से। इस देश के चरम दक्षिण पन्थियों ने महिलाओं के प्रदर्शन, धरने पर रोक लगा दी। अन्याय के विरुद्ध आवाज़ उठाने वाली महिला एक्टिविस्टों का अपहरण, बलात्कार, हत्या–क्या नहीं हुआ। डोना के दफ्तर और अनाथाश्रम पर भी जाने कितनी बार हमले हुए। दो बार मरते–मरते बची मगर उसकी हिम्मत और तेवर में कोई फ़र्क नहीं आया। कहती है हारने के लिए मेरे पास कुछ नहीं है और जीतने के लिए सब कुछ। डोना को देखकर उसे आश्वासन मिलता है–नहीं सब कुछ ख़त्म नहीं हुआ है अभी। उम्मीद की एक बूँद रोशनी ज़िन्दा है, डोना–डोना जैसी औरतें ज़िन्दा हैं! वे दुनिया की गन्दगी बुहार कर मजलूमों, बेकसों के लिए एक महफ़ूज़ जगह बनाने में लगी हैं। उनकी यह कोशिश बड़ी बात है। हार या जीत नहीं।

आगे चलते हुए अचानक डोना रुककर पीछे मुड़ी थी–"कहाँ खोयी हो दूर्वा? हमें देर हो रही है, लौटना है! परसों इंडिया का प्लेन पकड़ना है कि नहीं तुमको?"

"ओह! आप परसों अपने देश लौट रही हैं!" डोना की बात सुनकर मजाज़ भी चलते–चलते ठिठक गया था। दूर्वा कुछ बोल नहीं पायी थी, अपनी मुट्ठी में एक जलते–बुझते जुगनू को अनायास भरकर चुपचाप उनके साथ हो ली थी। पीछे नदी 'लिक्विड रेनबो' उतरती रात के अँधेरे में जाने कब चुपके से स्याह पड़ गयी थी।

एलडोराडो इंटरनेशनल एयरपोर्ट, बोगोटा में इमिग्रेशन चेक पार करने के बाद उसे मजाज़ मिल गया था। देखकर जाने क्यों उसे हैरत नहीं हुई थी। उसकी मनःस्थिति भी इन दिनों उसकी तरह हो रही होगी।

मकारेना से लौटने के दूसरे दिन ही डोना की हत्या हो गयी थी। साथ ही उसके पूरे अनाथाश्रम को तहस–नहस कर दिया गया था। पाँच बच्चे और दो औरतें भी मरी थीं। उस समय संयोग से दूर्वा सफ़र की तैयारी में शॉपिंग पर निकली थी। ख़बर सुनकर सीधे अस्पताल पहुँची थी। वहाँ देखा था, डोना आख़िरी साँसें ले रही है। उसे हिचकियाँ आ रही थीं। पाँच गोलियाँ लगने के बाद उसका बच पाना नामुमकिन था। ख़ून से भीगी पट्टियों के बीच बस उसकी आँखें ही दिख रही थी–दो नीले सितारे, धीरे–धीरे बुझते हुए! उसे देखकर अचानक जागी–सी थी डोना–''दूर्वा! मेरी आख़िरी ख़्वाहिश पूछो...'' जवाब में वह चुपचाप रोती रही थी। कुछ कह नहीं पायी थी। वहाँ खड़ी नर्स ने उसे पहले ही बता दिया था डोना मर रही है। कुछ देर गहरी–गहरी साँस लेते हुए वह पड़ी रही थी और फिर कहा था–"मुझे अपनी माँ से मिलना है दूर्वा! प्लीज़!''

"तुमने अपने साथ यह क्यों होने दिया डोना! तुम जानती थी। "हिचकियों के बीच बहुत मुश्क़िल से वह ये कुछ शब्द कह पायी थी। जवाब में डोना ने डूबती आवाज़ में शायद कहा था–"आज़ादी..." बगल में खड़े उसके एक मित्र ने अपनी जलती हुई सिगरेट उसके होंठों से लगा दी थी। इससे पहले वह बार–बार सिगरेट माँगती रही थी–बस एक कश... डोना ने एक गहरा कश खींचा था मगर धुआँ वापस छोड़ नहीं पायी थी। उसकी आँखें एक पल के लिए उजली होकर एकदम से बुझ गयी थीं। अब वहाँ बस ज़र्द नीला रंग और गहरा धुआँ था...

"मैंने बहुत सोचा ये दो दिन दूर्वा। अपने डर से भागकर इससे पीछा नहीं छूटेगा। कोई कितनी भी दूर निकल जाय, अपने आप से छूट पाता है क्या! मुझे सामना करना होगा–अपना सामना! तो लौट रहा हूँ उसी बारूद और लाशों के देश में। उन्हीं के बीच शायद ख़ुद को जीत पाऊँ!" मजाज़ थका–सा धीरे–धीरे बोल रहा था।

मगर उसके शब्द जैसे दूर्वा तक पहुँचे नहीं थे। वह खड़ी–खड़ी बुदबुदाती रही थी, जैसे खुद से ही मुखातिब हो–''मुझे तो अपनी ज़िन्दगी में बस 'हाँ ना' कहने का हक़ चाहिए था मगर...''

"मेरे फ्लाइट का समय हो गया है दूर्वा... अब चलूँगा!" उसकी तरफ़ थोड़ी देर तक देखने के बाद मजाज़ ने अपना केबिन बैग उठा लिया था। दूर्वा कुछ बोल नहीं पायी थी। चुपचाप उसे जाते हुए खोयी–खोयी नजरों से देखती रही थी और फिर जाने क्यों अचानक पीछे से पुकारकर बोली थी–"क्या हम फिर कभी मिलेंगे मजाज़?" उसका सवाल सुनकर चलते हुए मजाज़ एक पल के लिए ठिठका था, उसके कन्धे सख़्त हुए थे और फिर बिना मुड़े कहा था–"खुदा ने रखा तो... ज़रूर!" सुनकर दूर्वा ने एक लम्बी साँस ली थी और अपने भीतर के शून्य में अभी–अभी अँखुआ आये एक नन्हें–से इन्तज़ार के पौधे को सहेजकर उठ खड़ी हुई थी। उसके प्लेन की बोर्डिंग की घोषणा होने लगी थी। अब उसे भी चल देना होगा...। पता नहीं कहाँ के लिए! इतने वर्षों के सफ़र में एक घर की तलाश में वह अपने घर से बहुत दूर निकल आयी है, अब लौटते हुए समझ आ रहा था।

एक नयी पगडण्डी

दूसरे दिन हिमालय और सुज़ाना को उन्होंने अपने साथ ऑस्ट्रिया आने के लिए मना लिया था। वह हैम्बर्ग के लिए निकलने से पहले उनसे मिलने आर्ट गैलरी गये थे। सुज़ाना ने कहा था, बट वी आर कम्प्लीटली ब्रोक! दूर्वा ने उसकी बात काट दी थी–वह सब हिसाब बाद में होता रहेगा। फ़िलहाल हमारा साथ होना सबसे ज़रूरी बात! ज़िन्दगी बार–बार मौक़े नहीं देती...

ऑस्ट्रिया वह सड़क के रास्ते गये थे। 6 घण्टे की यात्रा। मजाज़ को मोज़ार्ट के शहर जाल्ज़बर्ग पर एक फ़ीचर तैयार करनी थी। घण्टों की यात्रा के बाद भी वह वहाँ पहुँचते ही निकल पड़े थे और देर रात तक इस पुराने शहर की गलियों में घूमते रहे थे। पत्थरों से बँधी हुई गलियों में दोनों तरफ़ के लिपे–पुते मकान, जैसे खिलौना घर!...। लैम्प पोस्ट की कुहरीला रोशनी में गीला–गीला चमकते हुए! रंगीन शामियाने के नीचे बिछी कुर्सी–मेज़ें, यहाँ–वहाँ चाँदी के बर्क़ में लिपटे सैलानियों के मनोरंजन के लिए पुतले–से खड़े लोग, वायलिन बजाते पारम्परिक पोशाक में म्यूज़िशियन...

बियर की बोतलें मेज़ पर रखते हुए मजाज़ ने कहा था, आप लोगों को महसूस हो रहा है, यहाँ की हवा में संगीत है? यहाँ आते ही मेरी नसों में कुछ धीमे–धीमे बजने लगता है...। जैसे कोई सपेरा बीन बजा रहा हो! अजीब–सा है यह शहर! वर्तमान में खड़ा अतीत में उसाँसें लेता हुआ...। इसकी गलियों में वक़्त जैसे सदियों से थमका हुआ है। जाने कितनी बार यहाँ मैं बेमक़सद चलता रहा हूँ,

सारा–सारा दिन, रातें–इन बेशुमार गलियों के भूलभुलैया में...। यहाँ के हर घर, हर दरवाज़े की एक अपनी कहानी होती है। चलते हुए कोई भी दहलीज़ जैसे आवाज़ देकर रोक लेती है! मैंने सुनी है!...। गूँजती दीवारें, आँगन, बारादारियाँ...। कितनी कहानियाँ होती हैं इन प्राचीन शहरों की चुप्पी में...। एक अनुभव जिसे लफ़्ज़ों में बयान नहीं किया जा सकता! कई बार सच, यह काफ़ी डरावना होता है!

दूर्वा ने चीज़ बॉल की प्लेट अपनी ओर सरकाई थी–तुम्हारे लिए टोफू ऑर्डर किया है सुज़ाना! फिर मजाज़ की ओर मुड़ी थी–"सही है, ऐसे शहरों में अतीत ज़िन्दा इन्सान–सा होता है–हर क़दम पर साथ–साथ चलता–बोलता! ऐसी जगहों में आप वर्तमान और गुज़रे समय में एक साथ होते हैं। दो वजूद, दो किरदार में जैसे। जहाँ पहुँचते हैं, कुछ बीत गया साथ हो लेता है। नए जिस्म में कोई पुरानी रूह की तरह...। पुरानी जगहों की यही ख़ासियत होती है। माज़ी की गन्ध से बोसीदा हवा, रात के काले जल में चमकता शहर का प्रतिबिम्ब और रूह में समा गयी आवारगी...। मोरोक्को के पुराने हिस्सों में कई बार मुझे ऐसा ही लगा है।

दूर्वा कहे जा रही थी मगर मजाज़ जाने क्या सुन रहा था। उसकी न देखती हुई आँखों की दृष्टि किसी नक्षत्र में थी। दोनों भीड़ में थे फिर भी शायद अकेले थे। समुद्र से घिरे दो निस्संग टापुओं की तरह! दो प्रेम करने वालों के बीच कभी कोई तीसरा नहीं होता। गुंजाइश ही नहीं होती! वह अपना एकान्त चुन लेते हैं या कि निबिड़ एकान्त उन्हें चुन लेता है। उनकी तरफ़ देखते हुए हिमालय भीतर से उदास हो आया था। किसी के हिस्से जीवन के नाम पर बस शून्य आता है...। कितना समय हो गया इस तरह किसी के साथ हुए! उसने सुज़ाना की ओर देखा था। वह भी उसे ही देख रही थी। उसी की नज़र से! एक बात जो दोनों के साझे की है, दोनों में वक़्त–बेवक़्त कौंध जाती है। वह जी रहे हैं दो सिरे पर अकेले–अकेले खड़े एक–सी मनःस्थिति में...। रेल की समानान्तर दौड़ती मगर कभी न मिलने वाली दो पटरियों की–सी है उनकी नियति।

एक छोटे–से क्षण में उसे सुज़ाना के लिए दुख हुआ था, उसकी जैसी है वह, हर कोलाहल में अकेले रह जाने के लिए अभिशप्त द्वीप–सी!

इस तेज़ सर्दी में पैबन्द लगे पुराने कोट में एक बूढ़ा घूम–घूमकर सबके टेबल पर वायलिन बजा रहा था। कुछ रुककर सुन रहे थे, कुछ अपनी बातों में मशगूल थे। वायलिन बजाना ख़त्म कर वह बूढ़ा कुछ देर अपनी टोपी आगे बढ़ाकर खड़ा उन सैलानियों की ओर उम्मीद–भरी आँखों से देखता फिर आगे बढ़ जाता। उनके टेबल पर आकर उसने 'मैरेज़ ऑफ फ़िगारों ओवरचर' बजाया था। उसके ख़त्म होने के बाद कुछ देर तक सब चुप रहे थे फिर मजाज़ ने उस बूढ़े को आग्रह कर अपने पास बैठा लिया था–गाएस! तुम लोगों ने महसूस किया, संगीत ख़त्म होने के ठीक बाद बजना शुरू होता है? कान से परे रूह में कहीं...। मैं दिनों तक एक गीत के साथ रहता हूँ, जो मौन में तब्दील हो जाता है उसका बजना कभी थमता नहीं हमारे भीतर!

वह बूढ़ा जिसने अपना नाम रोमेल बताया था, उनकी बातों से बेख़बर जल्दी–जल्दी लम्बी घूँटों में अपना 'कम्पारिया' ख़त्म किया था और दस 'यूरो' की टिप्स लेकर बगल की मेज़ की ओर बढ़ गया था। ज़ाहिर है, यह उसके धन्धे का वक्त है, इन सैलानियों की तरह संगीत उसके लिए विमर्श का विषय नहीं, रोज़गार है। पेट से जुड़े मसलों में रूमानी नहीं हुआ जा सकता। यह ख़ालिस अय्याशी है उन जैसों के लिए।

मजाज़ अपने में था, दूर्वा उसके साथ। उन्हें इस वक़्त बस देखा जा सकता था, साथ नहीं हुआ जा सकता था। धीरे–धीरे मेज़ पर उँगली बजाते हुए उसने सुज़ाना से कहा था, "मोज़ार्ट का 'सोनेट्स फॉर टु प्यानोज़' सुनना। यह किसी और ही दुनिया में ले चलता है, वाकई...। कुछ कॉन्सर्ट्स में इस्तेमाल यूरोपियन वुड विंड अद्भुत है! हालाँकि नये कॉन्सर्ट्स में इसकी जगह अकारिना और पैन फ्लूट का इस्तेमाल भी बुरा नहीं। मगर फिर भी, ओरिजिनल ओरिजिनल ही होता है!"

सुज़ाना चुपचाप मजाज़ की बातें सुनती रही थी। उसके चेहरे पर कोई भाव नहीं थे। ज़ाहिर है उसकी बातें उसके सर के ऊपर से गुज़र गयी थीं। उसने अपना बियर ख़त्म कर लिया था और दूसरा ड्रिंक लेने से मना कर दिया था। हिमालय का बियर अभी तक गिलास में आधा भरा हुआ था। हवा में सिगरेट के धुआँ के साथ ग्रिल होते फिश की गन्ध थी। एक हेलिकॉप्टर तेज़ शोर मचाते हुए सामने की झील के ऊपर देर से चक्कर लगा रहा था। उसका फ्लैश लाइट ऑन था।

दूर्वा छोटे–छोटे निवालों में अपना खाना ख़त्म कर रही थी। रेस्तराँ के वेटर ने उनसे बार–बार ऑस्ट्रिया का मशहूर डिश स्निट्ज़ेल खाने का आग्रह किया था–बछड़े का नर्म मांस, कुरकुरे ब्रेडक्रम में तला हुआ...। सुनकर सुज़ाना ने अपना चेहरा घुमा लिया था। फिर दूर्वा ने बहुत ढूँढ़कर कुछ वेज़ मोमोज मँगाये थे, साथ में काले ऑलिव, पिकल्ड ककड़ी, लेटस टोफू सलाद...। खाते हुए वह बार–बार मजाज़ के मुँह में एक कौर डाल देती थी। या वह ख़ुद ही उसके हाथ से कुछ न कुछ ले लेता था। यह खाने से ज़्यादा कुछ बाँटने की इच्छा थी शायद। हर चीज़ जब किसी से बाँट लेने का मन हो तो समझना प्यार हो गया है...। स्कूल के दिनों में कभी किसी ने कहा था, बाग से चुराई हुई कैरिया थमाते हुए! उन दिनों शेयरिंग का यही मतलब हुआकरता था।

खाना ख़त्म कर दूर्वा ने प्लेट सरका दिया था–आई एग्री विद यू, संगीत प्रेम का, आत्मा का सनातन भोजन है–फूड ऑफ़ सोल, यू नो! किसी ने कहा भी है न, संगीत चुप्पी की देह पर उकेरा गया चित्र है! यह वाकई कमाल है कि गीत ज़िन्दगी की सबसे भयानक सच्चाई किस ख़ूबसूरती से बयान कर जाता है! कई बार समझ में नहीं आता मगर अपनी तरल उँगलियों से यह संवेदना ज़रूर छूता है, वह भी बिना शब्द, भाषा के, बिल्कुल अदेह...। जहाँ शब्द विवश हो जाते हैं, चूक जाते हैं, संगीत बोलता है, सुरीला फलसफ़ा ज़िन्दगी का–सच! सिर्फ़ सच! कई बार मुझे भी लगा है, चुप्पी की तरह एक

संगीत ही है जो हर अनकहे को व्यक्त कर सकता है। यह सचमुच हील करता है। एक फ़ाहा, एक दवा, एक जादू...। "और..." मजाज़ जो बेहद गम्भीरता से अब तक उसे सुन रहा था, ने हल्के–से मुस्करा कर पूछा था। उसके इस छोटे–से सवाल में जाने क्या था, दूर्वा ब्लश कर गयी थी।

हिमालय और सुज़ाना उठकर झील की रेलिंग के किनारे–किनारे टहल रहे थे। वह दोनों भी उठ खड़े हुए थे। मजाज़ ने दूर्वा का हाथ अपने हाथ में लेते हुए कहा था, कहीं पढ़ा था, संगीत के बिना जीवन एक न सुधर सकने वाली भूल है! मुझे अफ़सोस है कि यह भूल मैंने सालों की है। ग़म–ए–रोज़गार जो ना कराये...।

दोनों पानी के क़रीब आये थे। काठ के प्लेटफ़ॉर्म के नीचे सीमेंट के नमक खाये खम्भे से निरन्तर टकराते पानी की नमकीन गन्ध रात की हवा में तेज़ थी। साथ लंगर डाले जहाज़ों के आसपास पंछियों का उदास शोर। दूर्वा रेलिंग से लगकर नीचे की ओर झुकी थी और इसके साथ ही उसकी कलाई पर मजाज़ की पकड़ अनायास सख़्त हो उठी थी। इस साधारण–सी क्रिया में जाने क्या बात थी, दूर्वा की आँखें अनायास वाष्पित हो उठी थीं। उसका होना भी ज़रूरी है किसी के लिए...। जाने कब से ऐसा नहीं लगा था। अपने हाथ पर फैले स्पर्श के सुखद ताप को महसूसते हुए वह पानी की ओर देखती रही थी–यूँ दो होकर दुनिया को देखना...। कुछ पलों को काश हमेशा के लिए फ्रीज़ किया जा सकता! काले, चमकदार पानी की सतह पर पूरा किनारा अपनी रोशनी और रंगीन छवियों के साथ उतरा हुआ है। दिसम्बर की आख़िरी तारीख़ में खुले आकाश से ठण्ड बर्फ़ के नर्म गालों की तरह उतर रही। थोड़ी ही देर में उनके बाल नम हो आये थे।

मजाज़ और अपने इस साथ को दूर्वा हर सवाल–जवाब से परे रखना चाहती है। कोई उम्मीद भी नहीं। यही एक दिन हर रिश्ते के लिए दीमक बन जाते हैं। कितना तो पीछा किया, पकड़ा, बाँधा मगर किसे अपना बना सकी! किस जाल में यह पंछी आता है! नहीं!

रिश्तों का छाया युद्ध अब नहीं! मगर जाने इस पल क्या घटा था उसके भीतर, मुड़कर अचानक पूछ बैठी थी—कुछ कहोगे नहीं? सुनकर मजाज़ देर तक कुछ नहीं बोला था, बस उसके थोड़ा और क़रीब हो गया था। अब उसकी भाप बनती साँसे दूर्वा के चेहरे पर थीं। जुड़ी भौंहों के नीचे आँखों की जगह अँधेरे में दो सुलगती तीलियाँ—नहीं, ऐसा कुछ नहीं कहना जो तुम ऑलरेडी जानती हो!

"कब तक रुकोगे?" ना चाहते हुए भी वह दूसरा सवाल भी कर गयी थी।

"जब तक जाने का विकल्प बचा रहेगा, रुका रहूँगा...! सुनो, रिश्ते में दीवार नहीं, दरवाज़ा बनना मेरे लिए..."

"प्रेम...?" इस प्रश्न पर आते—आते उसकी आवाज़ रुँध गयी थी।

"नहीं जानता!" जवाब में मजाज़ की आवाज़ सपाट थी—बस इतना जानता हूँ, सौ साल और तुम्हारे साथ रहना चाहता हूँ, जीना चाहता हूँ पहली बार, मर गया तो तुम्हारे लिए लौट आना चाहता हूँ इस नर्क में एक बार फिर..."

उसकी बात पूरी होने से पहले ही दूर्वा मजाज़ के सीने में धँस गयी थी, अपने ही आँसुओं में अन्धी होते हुए—फ़िलहाल इतना ही काफ़ी है! प्यार न भी करो तो चलेगा!

दूसरे दिन वह दिनभर पुराने शहर में घूमते रहे थे। मजाज़ की फ़ोटोग्राफ़ी गिरते दिन तक जारी रही थी। हर दो क़दम पर वह रुक जाता। जाने उसे किस बात की तलाश थी। उठाई गयी तस्वीरों को देखता और निराशा में सर हिलाता, ओह! नहीं...। वह सब हैरत से उन ख़ूबसूरत तस्वीरों को देखते—कितनी अच्छी तो आयी है! क्या प्रोब्लेम है! वह फिर लेंस में आँखें गढ़ा देता —नहीं समझोगे! मुझे इस शहर का जिस्म नहीं, रूह को कैमरे में क़ैद करना है। इसकी गन्ध को, धड़कन को, व्यक्तित्व को...। वह सब जो गुज़र कर नहीं गुज़रता, बदलते वक़्त के लिबास में एक—सा रहता है, जैसे रूह...।

जाल्ज़्बर्ग का यह प्राचीन शहर यूनेस्को का सांसकृतिक हेरिटेज़ घोषित किया गया है। बारोक़ स्थापत्य कला यहाँ अपने चरम पर है।

मजाज़ ने घूमते हुए एक मँजे हुए टूरिस्ट गाइड की तरह उन्हें बताया था, बेहद सुसज्जित और नाटकीय बारोक़ स्थापत्य कला का आरम्भ सत्रहवीं सदी की शुरुआत में इटली में हुआ था और बाद में धीरे–धीरे यह समस्त यूरोप में फैली। जाल्ज़्बर्ग फेस्टिवल में कभी आओ, वह वाकई देखने की चीज़ है। ओपेरा, कॉन्सर्ट, थियेटर की अनोखी दुनिया है यह।

वह लोरेट्टो स्प्रिचुअल सेंटर ऑफ़ सेंट ब्लइसे, गेट्रेइडेगास्से–मुख्य बाज़ार, ग्रेन लेन, मोजर्ट वोहन्हौस देखते हुए थक गये। "इस घर को देखो..." आठ कमरों की वह हल्की पीली इमारत जिसमें अभी म्यूज़ियम बना हुआ है, को दिखाते हुए मजाज़ की आँखें जैसे किसी सपने में हो आयी थीं–मज़ार्ट इस घर में, जिसे डांस मास्टर्स हाउस कहा जाता है, 1773 से 1787 तक रहा। वह जीनियस पाँच साल की उम्र में धुन बना रहा था, कैन यू बिलीव!

"जितनी जल्दी शुरुआत की उतनी जल्दी उसका अन्त भी हुआ। पैंतीस साल! यह भी कोई उम्र थी जाने की! जाने ऐसा क्यों होता है इन जैसी शख़्शियतों के साथ! दूर्वा की बात पर मजाज़ आगे चलते हुए ठिठका था और फिर मुड़कर उसके साथ हो लिया था–ऐसे लोगों की ज़िन्दगी को उनके जीए हुए सालों से नहीं, उपलब्धियों से गिना जाता है। जीना भी उनका, मरना भी उनका! संगीत की दुनिया के वह भगवान हैं...।

मिराबेल पैलेस के बाग़ में हज़ारों अनचीन्हे, अनाम फूलों के बीच वह खो–से गये थे। सुज़ाना बाहर क्यारियों के बीच ही बैठी रही थी। अन्दर नहीं गयी थी। हर जगह टिकट के दाम बहुत थे। कभी दूर्वा तो कभी मजाज़ ख़र्च कर रहे थे। उसे यह अच्छा नहीं लग रहा था। उसने चलते हुए घर से पैसे मँगाये थे जो शायद आज मिल जायें।

बारोक़ स्थापत्य कला के उजले चमकदार रंग, नक़्क़ाशी की साफ़, महीन बारीक़ियाँ, अंडाकार दरवाज़े और लहरदार दीवारें, चटकदार रंगों से उकेरी गयी छतों पर पौराणिक कहानियाँ...

भव्यता की ऐसी शाही नुमाइश कि आँखें देखते हुए चुंधिया जा रही थीं। "देखो"! मजाज़ ने दूर्वा का हाथ पकड़कर एक दीवार पर फिराया था–यह दीवारे रेशम के पर्दे–सी पारदर्शी और हवा में उड़ती हुई–सी लगती हैं न? जैसे यह ठोस, थमे हुई नहीं, मोशन में हों, चलती हुई...यह कमाल है इस स्थापत्य कला का! हर अचल में गति का अहसास, समय, ब्रह्माण्ड के साथ–साथ गतिमान! लगता है हवा में तिरतिराते हुए यह पर्दे किसी भी पल देह से लिपट जायेंगे, नहीं?

देर शाम वह खाने के लिए 'चिली लाउंज' गये थे। सुज़ाना बेहद थक गयी थी और अपने कमरे में ही कुछ मँगाकर खाना चाहती थी मगर दूर्वा उसे आग्रह कर साथ ले आयी थी। अकेले कमरे में देर तक पड़ी–पड़ी वह बोर हो जाती। मजाज़ ने दूर्वा से पूछकर 'सटोरी' मँगा लिया था। हिमालय वाइन या अन्य ड्रिंक के बारे में अधिक नहीं जानता इसलिए इसका फ़ैसला उन्हीं पर छोड़ देता है। सुज़ाना ने एक ब्रोकोली सूप मंगा लिया था गार्लिक ब्रेड के साथ। वह बुझी–बुझी–सी है। शायद थकान के कारण।

"एक ही आसमान के नीचे कितनी सारी दुनिया है न!" मजाज़ ने बियर अपने गिलास में उँडेलकर सिगार का गहरा कश लिया था। उसकी आँखें सपाट दीवार–से खींचे क्षितिज पर टँकी थीं–कहीं दीवार ही दीवार, दो क़दम सीधे चलने की गुंजाइश नहीं...। और कहीं बस सीधे–समतल रास्ते, आँख बन्द कर दौड़ जाओ...। मैं अक्सर सोचता हूँ इस पर! कहते हुए वह उनकी ओर मुड़ा था–इन्सान की फ़ितरत अजीब है, वह अपने ही रास्ते में आ जाता है! सच! कितना डरते हैं हम ख़ुशियों से, ख़ुद पर साँकलें चढ़ाते रहते हैं! यू नो, यह ख़ौफ़ हमें विरासत में मिलता है, हमारे डी.एन.ए. में धँसे हुए हमारे अबा ओ अजदाद...। इस ज़मीन पर हँसना मत, जीना मत, आसमान वाले ख़फ़ा हो जायेंगे...! जाने यह ज़िन्दगी की नियामतें किसके लिए बनी थीं...

"वही!" दूर्वा को इस उन्मुक्त परिवेश में बहुत पीछे रह गयी अपनी धरती के दुख याद आये थे। यहाँ के खिलखिलाते, आज़ाद चेहरों से उन उदास, विरक्त चेहरों का कोई मेल नहीं।

वृन्दावन की विधवाएँ, उनका सफ़ेद थान–सा रंगहीन, सूना जीवन...। सब याद आते चले गये थे। माहौल में घुली हँसी, काँच के बर्तनों की ठुनक, खाने की ख़ुशबू अनायास ज़र्द–सी पड़ गयी थी। इसी दुनिया का वह भी एक हिस्सा है! ऐसा क्यों होता है! लोग ख़ुद के लिए दोज़ख क्यों गढ़ लेते हैं! वह कौन–सा फ़लसफ़ा है जो हर ख़ुशी को, उजाले को गुनाह समझने की तालीम देता है!

कुछ लड़कियाँ सामने प्लेटफ़ॉर्म पर नाच रही हैं। बिल्कुल अपने में डूबी हुई–सी। उनके आसपास जैसे कोई नहीं, न दुनिया न कोई वर्जना। बिल्कुल निर्द्वन्द्व, उन्मुक्त! आज़ादी का सही अर्थ तो यही है शायद, किसी की निजता का अतिक्रमण किये बग़ैर अपने स्पेस में खुलकर जी सकना। उसने सुज़ाना से कहा था, जानती हो, स्वामी विवेकानन्द ने अपने किसी परिचित को यूरोप से एक पत्र में लिखा था कि यह धरती इसलिए इतनी ख़ुशहाल है क्योंकि यहाँ की औरतें इतनी ख़ुश और उन्मुक्त हैं। जिस देश की बहू–बेटियाँ दुखी रहती हैं उस देश में सुख–शान्ति नहीं होती। कितना सच कहा था न!

"यह अपवाद हैं दूर्वा!" देर से चुप बैठा मजाज़ अब बोला था–दुनिया के अधिकतर हिस्से में औरत अभी भी सताई हुई है। तुमने मेरी तरफ़ की दुनिया अब तक नहीं देखी। वहाँ की औरतों की तकलीफ़ बयान से बाहर है। अपने फ़ोटो जर्नलिज़्म के इस पेशे में मैंने लेंस के ज़रिये वह सब देखा है जिन्हें देखने के बाद आँखें अन्धी हो जाना चाहती हैं।

सुनकर हिमालय चुप रहा था। कई बार वह भी इसी पागल इच्छा से होकर गुज़रा है–काश यह सब देखने से पहले वह अन्धा हो जाता!

मजाज़ अपने में सम्पृक्त बोलता जा रहा था–यमन की वह आठ साल की बेहद ख़ूबसूरत बच्ची मुझे नहीं भूलती जो शादी की पहली रात अपने चालीस साल के शौहर के हवस के हाथों मारी गयी थी। उससे पहले ही दिन उसने मेरे हाथों से चॉकलेट लिए थे। उसकी मोती जैसी आँखों में फ़रिश्तों की–सी मासूमियत देखी थी मैंने।

और दूसरे दिन उसके नन्हे जिस्म को ख़ून से लथपथ भी देखा था...। उस दिन लेंस से लगी मेरी आँखें पथरा गयी थीं। मुझसे तस्वीर नहीं ली गयी थी। एक परी को मैं लाश में तब्दील नहीं कर पाया। मगर वह ना ली हुई तस्वीर आज भी मेरे जेहन में ताज़ा है। ...ऐसी न जाने कितनी ली, न ली हुई तस्वीरें मेरे भीतर भरी हुई हैं जो रोती–कराहती हैं, मुझसे मुश्किल सवाल करती हैं...। मैं उन्हें नुमाइश पर तो लगा सकता हूँ मगर इंसाफ़ नहीं दिला सकता!

कहते–कहते मजाज़ का चेहरा तमतमा आया था–जानते हो, कई बार मेरे मन में ख़याल आया कि उस फ़ोटोग्राफ़र की तरह मैं भी ख़ुदकुशी कर लूँ जिसने भूख से धीरे–धीरे मरते एक बच्चे की मौत के इन्तज़ार में बैठे गिद्ध की मशहूर तस्वीर ली थी। वही गिद्ध तो हम सब हैं शायद–किसी की मौत के इन्तज़ार में बैठे कि हादसे हों, तमाशा हो और हम उनकी नुमाइश लगायें...। कोई मसलों के हल नहीं चाहता, मसले होंगे तो सबके कारोबार चलेंगे, दुकानें चलेंगी, रोज़ी–रोटी का जुगाड़ होगा!

दूर्वा ने एकदम से बढ़कर मजाज़ का हाथ पकड़ लिया था। मजाज़ ने मुस्कराने की कोशिश की थी, हालाँकि इस कोशिश में उसका चेहरा कुछ और बिगड़ आया था–आई एम सॉरी! मैं बिल्कुल ठीक हूँ। सुनते हुए हिमालय को बहुत पहले अपने देश में किसी श्मशान में अर्थी के इन्तज़ार में बैठे कुछ डोम लोगों की स्मृति हो आयी थी। भूखे, ग़रीब लोग, किसी की मौत के इन्तज़ार में तीर्थ के कौओं की तरह बैठे हुए! कोई मरे तो उनके घर का बुझा चूल्हा जले, भात की हाँडी चढ़े! मनुष्यों की यह दुनिया मनुष्य को कितना जलील, कितना असहाय कर देती है! वह मुर्दों की उतरन पर आजन्म जीने पर बाध्य कर दिया जाता है, पिण्ड में डाले भात चुराकर खाता है! एक इन्सान की यह दशा देख दूसरे इन्सान को शर्म से शायद मर जाना चाहिए...। मगर नहीं, किसी को कोई फ़र्क़ नहीं पड़ता! सब अपनी–अपनी जगह मजबूर। कोई नियत से, कोई फ़ितरत से तो कोई हालात से। किसे दोष दें! दोषी शायद सब या कोई भी नहीं...।

"जंग से चिथड़े–चिथड़े हुए यह मुल्क..." मजाज़ अपने में ही डूबा हुआ–सा लगातार बोल रहा था–पूरी इन्सानियत बेलिबास हो गयी मगर इनकी लाशों की भूख नहीं मिटी। जंग कोई और करता है मगर उसकी क़ीमत चुकाते हैं बच्चे, औरतें! इन ग़रीब मुल्क की बेटियाँ कुछ कपड़े–खाने के एवज़ में बेच दी जाती हैं, नाम बेशक होता है शादी का। आठ–आठ, दस–दस साल की बच्चियाँ...। खेलने–पढ़ने की उम्र में अधेड़ मर्द, कमरतोड़ काम और कई–कई बच्चों के बोझ से झुकी। इनकी आँखों के सितारे चमकने से पहले ही बुझ जाते हैं। जो सुहाग की पहली रात जान से बच जाती हैं वह सालों हर दिन, हर रात रेप झेलने के लिए अभिशप्त होती हैं!

सुज़ाना जो बीच में मेज़ पर सर रखकर ऊँघ गयी थी अब सजग होकर मजाज़ की बातें सुनने लगी थी–फनी! हमें दुनिया का जो दूसरा सिरा हरा दिखता है, वहाँ भी कोई छाँव नहीं। सब झुलस रहे हैं! इन्सानों ने यह अपनी कैसी दुनिया बना ली!

मजाज़ ने बिल मँगाया था–कभी मिडिल ईस्ट आना, देखना वहाँ की बेआब ज़मीन किस तरह वर्षों से इन्सानी लहू से गीला है...। सदियों से लड़ते हुए अब लोगों को याद तक नहीं रहा वह लड़ किस बात पर रहे हैं! यह आदत में शुमार हो गयी है! एक दिन ख़ून न दिखे तो ख़ाली–ख़ाली लगता है। पूरी की पूरी क़ौम सेडिस्ट हो चुकी है। हड्डी चबाते हुए अनजाने में अपने ही ज़ख़्म से रिसते ख़ून का मज़ा लेने वाले जानवरों की तरह इन्हें भी अपने ख़ून की लत लग चुकी है...।

"ओह! यह सब कितना भयानक है!" दूर्वा ने अपना कोट उठा लिया था। बिल आते ही सुज़ाना ने बढ़कर ले लिया था–आज मैं पे करूँगी, प्लीज़! देर शाम उसके अकाउंट में पैसा आया था आज।

उस रात ख़ूब बारिश हुई थी। टूटकर! पूरा शहर सुबह तक भीगा था। तापमान लगातार उतरते हुए शून्य से नीचे चला गया था। रात के अन्तिम पहर तक गुलज़ार रहने वाली शहर की गलियाँ बिल्कुल सुनसान पड़ी थी। जैसे इस शहर में रहने वाला हर कोई बिस्तर में दुबक गया हो। बारिश में भीगती एक नींद, स्वप्न से भरी रात...

दूर्वा भी सो जाना चाहती थी, मगर जैसा कि अक्सर होता है, उसे नींद नहीं आयी। वह खिड़की पर खड़ी अनझिप आँखों से लगातार गिरती बारिश में भीगते इस पुराने शहर को देखती रही थी—जैसे कोई कम्बल में मुड़ा बूढ़ा आदमी लाचार भीग रहा हो। सब सो रहे होंगे...। थकी तो वह भी बहुत है, काश सो पाती! मगर जाने क्या है जो उसे सो जाने से रोकता है। औरों की तरह वह आसानी से सो नहीं पाती। एक अनाम अकुलाहट! जैसे कोई बन्द है भीतर और बाहर निकलने का रास्ता ढूँढ़ रहा हो। वह ख़ुद से कब मुक्त होगी...। यह अपना आप ही शायद उसका सबसे बड़ा कारागार है!

बिस्तर पर पेट के बल लेटे मजाज़ की नंगी पीठ हल्के अँधेरे में चमक रही है। उसे देखकर कई बार उसे रश्क़ होता है। बिस्तर पर लेटते ही ऐसे सो जाता है...। अगर किसी से ख़ुद को बदल लिया जा सकता तो शायद वह मजाज़ हो जाती। उसे देख जाने क्यों उसे ध्रुव तारे की याद हो आती है। वैसा ही स्थायित्व—सा कुछ है उसमें। बिना किसी प्रतिश्रुति के लगता है, उस पर विश्वास किया जा सकता है। वर्ना तो कब का गठरी भर कसमें—वादे गंगा में सिरा आयी है। ख़ूब देखा उनका हश्र! कितना अजीब है, जब लगता है, कुछ भी शेष नहीं बचा, अन्तर्मन तक ख़ाली हो गये हैं, कोई अनायास इस तरह उग आता है मरु जीवन में नन्हे कोंपल—सा...। कोई वापी हो जैसे भीतर, किसी गुप्त अन्तःस्रोत से बार—बार भर आता हुआ! प्रेम भी शायद आत्मा की तरह बस चोला बदलता है; मरता कभी नहीं! पहला तो वह होता है, मगर आख़िरी कभी नहीं! बस एक ही दुख, कुछ लोग बहुत देर से जीवन में आते हैं! मगर जब भी आते हैं लगता है, जीवन उसी क्षण, वहीं से आरम्भ हो रहा! उससे पहले जो जीते रहें वह बस आदतन जीते रहे हैं, वक़्त बिताना! मगर अब वह अपना सारा जीया—सहा बुहारकर फेंक देना चाहती है और एकदम नयी—नकोर बनकर मजाज़ के साथ होना चाहती है। अतीत की कोई भी छाया उनके बीच उतरकर आड़ न बन सके! मगर हर सोचा—चाहा कहाँ पूरा होता है...।

भीतर जन्म भर के अनुभव पहाड़–से जम गये हैं। जो दर्द सह जाते हैं, वह न बहकर नासूर बन जाते हैं एक दिन। दुखते नहीं अब उस तरह मगर अन्दर ही अन्दर रिसते रहते हैं हर समय। कभी के ज़िन्दा घावों के दाग से वह ओने–कोने तक भरी हुई है। कोई पूछता है तो बता नहीं पाती, उसे क्या हुआ है। निकल आने मात्र से अँधेरी सुरंगों की स्मृतियाँ पीछे छूट नहीं जातीं। अवसर मिलते ही पालतू चिड़िया–सी कन्धे पर झट आ बैठती हैं। वह भी समय–असमय अपने बीते हुए में अनायास हो आने के लिए अभिशप्त है। उठते–बैठते जाने कब, कौन हाथ पकड़कर रोक लेता है! फिर देर तक के लिए उसकी गति स्थगित हो जाती है। बढ़ने की हर कोशिश के बावजूद वह किसी अज्ञात कील से गड़ी एक ही जगह अवश्य खड़ी रहती है। हिलने–डुलने में भी असमर्थ...।

जाने कब मजाज़ उठ आया था। पीछे से आकर बाँहों से पकड़ा तो वह चौंकी। "क्या हुआ! सोयी नहीं?" "हूँ! बस..." उसे सूझा नहीं था, क्या जवाब दे। "मुझे उठा लिया होता! बारिश की ऐसी रातों में अकेले–अकेले जागना गुनाह होता है, जानती नहीं?" "अच्छा!" वह मुड़कर उसकी तरफ़ हो ली थी–नयी–नयी मुहब्बत है, इसके कायदे–क़ानून से अभी वाक़िफ़ नहीं न! "कोई बात नहीं! मैं हूँ न, सब सिखा दूँगा..." मजाज़ की हल्की लाली घुली आँखों में शरारत थी। दूर शहर के चौराहे में खड़े एक बिल बोर्ड की रोशनी उसकी पुतलियों में सीधी पड़ रही थी। वाइन, हवाना सिगार में घुली उसकी मर्दानी देह गन्ध...। दूर्वा ने अनायास अपनी साँस रोक ली थी–ओह! कितना समय गुज़र गया...। उसे ऐसे सामीप्य से घबराहट होती है अब। देह झुलसकर झड़ने लगता है जैसे। वह पतझड़ हो गयी है...

मजाज़ ने अपनी मुट्ठी में पिघलती उसकी उँगलियों के कम्पन को महसूस किया था। उसके क़रीब आते ही वह जम–सी जाती है। उसने अपनी पकड़ ढीली कर ली थी–रिलैक्स! मुझसे मत डरो!

"डरती नहीं..." कहते हुए उसके गले में जाने क्या अटक गया था। क्या कहती! बहुत प्यासे को कोई अचानक समन्दर थमा दे तो उसके होंठ पत्थर बन ही जायेंगे। जिस निस्संगता में वह अब तक

जी रही थी वह हर रात उसे बेआवाज़ थोड़ा–थोड़ा ख़त्म करती जा रही थी। किसी को पता चले न चले वह अपना टूटना सुन सकती थी। सतह पर बनी हुई भीतर से सतत दरकती हुई–ज़मीन काटती नदियों में टूटकर निःशब्द समाते किनारे की तरह...

"...बस इस तरह जीने की आदत नहीं रही..."

"कब से...?" अपनी बात अधूरा छोड़ते हुए मजाज़ ने उसके गाउन की बाँह सरकाकर कन्धे को अनावृत कर दिया था। गले की हड्डी पर का नीला तिल कमरे के नीम उजाले में चमक उठा था। उसने हल्के–से उस पर उँगली फिराई थी–इसे पहली बार मुझे चूमना था...।

दूर्वा की बाँहें अवश–सी हो आयी थीं। शब्द भी कितने मांसल हो सकते हैं! स्पर्श बनकर इस तरह छूते हैं...। वह ख़ुद को अर्से बाद इस तरह महसूस कर रही, एक–एक पोर–अग्नि–कण–सी चिटकती हुई...। कहाँ बेसुध पड़ी थीं अब तक यह पागल इच्छाएँ...। उसने तो कब का ख़ुद को जीवन के हर उत्सव से अलग कर लिया था!

"तुमने बताया नहीं, कब से...?" मजाज़ ने अपना सवाल दोहराया था। उसकी अबाध्य होती उँगलियाँ उसके कन्धे से नीचे फिसल आयी थीं।

"ठीक से याद भी नहीं अब तो..." दूर्वा को अचानक जैसे साँस लेने में तकलीफ़ होने लगी थी। यह नसों में मीठा–सा, गरम–सा क्या बहने लगा इस तरह...!

मजाज़ उसे बाँहों से घेरकर बिस्तर पर ले गया था–सब कह डालो, ख़ुद को उँड़ेल दो। जो साथ ढोती आ रही हो अब तक, चाहता हूँ सिरा आओ किसी नदी में। एकदम नयी–कोरी बनकर मिलो मुझे...। मजाज़ के इन शब्दों में जाने क्या था, दूर्वा भीतर से डबडबा आयी थी। मजाज़ ने हल्के उजाले में उसे देखा था, कोई नदी–सी बिछी थी वह बिस्तर पर–रसमसाती देह पर बहती हुई आँखें, गर्म मोम का सैलाब जैसे...।

"जो सालों तक घटा वह एक कर्मकाण्ड ही था, एक तरफा! उसमें मैं कहीं नहीं थी! किसी की भूख, हिंसा, अहंकार के आगे

पड़ा मांस का एक टुकड़ा, बोटी–चमड़ी...। बहुत अपमानजनक था वह सब!"

मजाज़ के होंठों के नीचे उसकी आँखें पिघली जा रही थीं–अकेली रह–रहकर गूँगी हो गयी थी। कुछ कहना, कुछ सुनना चाहती थी। वह बातें जो औरत को हिम शिला से नदी बनाती हैं...। मगर उसके पास इन बेवकूफ़ाना बातों के लिए न धैर्य था न समय। उसे सब कुछ इन्स्टंट चाहिए था, तैयार! घड़ी देखकर कहता, मेरे पास दस मिनट हैं, इतने कपड़े पहनकर बिस्तर पर क्यों आती हो! प्यार की कोई बात नहीं होती थी उसके पास। बस कुछ अश्लील शब्द! वह चाहता मैं उनको उच्चारूँ। मुझसे नहीं होता। मेरे ठण्डे जिस्म से उसे कोफ़्त होती। अक्सर कहता 'यू फ्रीज़िड वुमन!' मुझे मेरे किये की सज़ा मिलती, वह मुझे गीली मिट्टी–सी रौंद डालता। अपने तनाव से फ़ारिग होकर झटके से मुड़कर सोते हुए उसके मेरी ओर उछाले गये 'आई लव यू' शब्द मेरी खुली पीठ पर थूक–से पड़ते और अपनी रुलाई रोकने के लिए तकिये में चेहरा धँसाये मेरी साँस घुटने लगती...। उसके लिए एक अदद उगालदान बनकर रह गयी थी मैं! मेरे वैवाहिक जीवन की अधिकतर रातें ऐसी ही हुआकरती थीं!

सुनते हुए मजाज़ के होंठ गहरे तक उसके गले में धँस आये थे–सुनो! मैं तुम्हारे हर आँसू आज ख़ुद में सोख लूँगा, अब बारिश का मेघ नहीं, रेशम का फाहा बनकर उड़ना मुझमें निर्बन्ध, मैं तुम्हारी उड़ान, तुम्हारा आकाश बनना चाहता हूँ...।

दूर्वा सघन होकर उससे लिपट गयी थी–मुझे कुछ मत देना, मुझे कुछ नहीं चाहिए तुमसे। बस मुझसे मेरा होना कभी मत छीनने की कोशिश करना...

"मुझे कुछ नहीं छीनना, बस जुड़ना है तुमसे, एक होना है–अपनी नोरा के ज़रिये..." मजाज़ की आवाज़ चाशनी–सी गहरा रही थी।

"नोरा...?" दूर्वा ने अँधेरे में उसका चेहरा टटोला था।

"हाँ, नोरा! हमारी बेटी का यही नाम होगा। मैंने कब से सोच रखा है।"

"ओह!" दूर्वा अनायास रोने लगी थी–"नोरा...!"

एक अलग-सी सुबह

दूसरे दिन हिमालय ने मोटेल से निकलते हुए कहा था, आर्टिकल 370 के हटने के बाद से ही उसकी माँ वैली में अपने गाँव लौटने की ज़िद किये जा रही है। कल भी फ़ोन किया था। वही एक रट! वह कुछ समझना ही नहीं चाह रही। कहती है, जहाँ तेरी बहन, बाबा रह गये हमें वहीं चलकर रहना चाहिए।

"तो इसमें समस्या क्या है! अच्छा ही तो है, अपने घर लौटोगे...। आख़िर इसी दिन का तो इन्तज़ार कर रहे थे तुम लोग इतने सालों से!" मजाज़ की बात पर हिमालय चुप रह गया था। क्या कहता! क़ानून बनाकर कुछ नहीं होगा जब तक वादी के लोग उनके लिए अपने दिलों के दरवाज़े नहीं खोलते। बन्दूक़ की नोक पर कब तक और कहाँ तक हिफ़ाज़त हासिल की जा सकती है! जब तक आप अपने पड़ोसियों पर भरोसा नहीं कर सकते तब तक चैन से नहीं रह सकते। जिन अपनों ने बुरे वक़्त में आँखें फेर लीं उनसे अब क्या उम्मीद की जा सकती है। एक बार किसी तरह जान बचाकर निकल आये। हर बार क़िस्मत साथ देगी यह कहा नहीं जा सकता।

मजाज़ ने कहा था, पाँच साल पहले वह कश्मीर गया था एक टीवी चैनल की ओर से वहाँ की जीवनशैली पर एक फीचर तैयार करने। फिर हिमालय की ओर मुड़ा था—कमाल के मेहमाननवाज़ होते हैं आप कश्मीरी लोग। वाक़ई, जब तक लोग ख़ुद वहाँ जाकर न देख लें, समझ नहीं सकता जिसे कश्मीरियत कहते हैं वह शै आख़िर है क्या! आप तो वहाँ अक्सर जाते होंगे?

"92 के बाद नहीं गया..." हिमालय ने साधारण ढंग से जवाब दिया था।

"क्यों!" हिमालय के जवाब ने शायद मजाज़ को हैरत में डाल दिया था।

"क्योंकि हम कश्मीरी हैं, वह हमारी ज़मीन है..." कहते हुए हिमालय का चेहरा सपाट बना रहा था—वहाँ हमारे सिवा कोई भी जा सकता है, जैसा कि आपने देखा, वहाँ उनकी दिल खोलकर मेहमाननवाज़ी की जाती है, यही कश्मीरियत है...

हिमालय ने यह बातें चाहे बहुत सामान्य ढंग से कही थीं मगर सुनते हुए मजाज़ के चेहरे का रंग बदल गया था। उसने धीरे-से हिमालय के कन्धे पर हाथ रखा था—नैचुरल जस्टिस होता है, यक़ीन रखो और उसका इन्तज़ार करो...

"नैचरल जस्टिस नहीं, बस पॉलिटिक्स! और इन्तज़ार की भी भली कही आपने!" हिमालय ने मुस्कराकर अपने कन्धे उचकाये थे—बस यही तो कर रहे हैं! और क्या है अपने वश में! एक पीढ़ी खप गयी...। एक तैयार है खपने के लिए! उसके बाद तो शायद हम रहेंगे भी नहीं भेंट चढ़ने के लिए। जानते हैं शायद, हम ख़त्म होने की कगार पर खड़ी नस्ल हैं मजाज़! हम अपनी बेगुनाही, अपनी कश्मीरियत की भेंट चढ़ गये...

सुज़ाना आगे चलते हुए अचानक ठिठककर मुड़ी थी, गाएस! एक बात बताऊँ? आज मेरा जन्मदिन है!

"अरे! अब तक चुप रही!" हिमालय ने आगे बढ़कर उसके गाल चूम लिए थे। दूर्वा और मजाज़ ने भी बढ़कर उसे विश किया था।

"मुझे एक गिफ्ट चाहिए!" सुज़ाना ने नाटकीय ढंग से कहा था।

"हाँ-हाँ, कहो ना!" दूर्वा उससे लिपट गयी थी—जो तुम चाहो!

"हम आज सारा दिन हँसी-ख़ुशी बितायें, कुछ भी निगेटिव न कहें, न सुनें...। बस इतना ही! कहो, दोगे?"

"बिल्कुल! आज हम बस मस्ती करेंगे। तुम्हारा यह बर्थ डे यादगार रहेगा, वी प्रॉमिस!" सुज़ाना की फैली हथेली पर हिमालय, सुज़ाना, मजाज़ ने बारी-बारी से अपने हाथ रख दिये थे।

मजाज़ ने उन तीनों की एक तस्वीर ली थी–जानते हो, जिस तरह हम अधिकतर अपने दुख ख़ुद पैदा करते रहते हैं, उसी तरह ख़ुशी भी क्रिएट कर सकते हैं। सोहबत भी बड़ी चीज़ है। कोई किसी क़ब्रिस्तान में एक दिन बिताये और फिर मेले में दूसरा दिन और ख़ुद फ़र्क़ देख ले। असल में ग़म और ख़ुशी दोनों छूत की शै होती है, साथ होने से लग जाती है। फिर मन भी इन्सान का पंछी जैसा होता है, किसी भी पिंजरे में हो, आसमान को नहीं भूलता। अँधेरे के बीहड़ में गुम सूरजमुखी की तरह हमेशा उजाले की तलाश में रहता है।

"तो तय रहा, आज से हम बस ख़ुश रहेंगे!" सुज़ाना अर्से बाद खुलकर मुस्करायी थी।

"यह कोई निर्णय होता है क्या कि जब चाहे ले लिया और ख़ुश हो लिए!" हिमालय कन्धे उचकाकर चलने लगा था।

"क्यों नहीं! इच्छा शक्ति होनी चाहिए बस। एक ही हालात में कोई सतर खड़ा रहता है तो कोई कच्ची दीवार की तरह टूटकर गिर पड़ता है।" मजाज़ अपना सामान समेटकर उनके साथ हो लिया था–चलो यहाँ के एक छोटे–से गाँव में मेला लगा है, बनजारों के ख़ूब करतब होते हैं, तरह–तरह के पारम्परिक खानों के स्टाल्स भी लगते हैं। तुम लोगों को अच्छा लगेगा।

उस छोटे–से सपने जैसे गाँव में अधिकतर लोग आज पारम्परिक वेशभूषा में थे। बैग पाइपर की धुन पर हर तरफ़ से रंग–बिरंगी झाँकियाँ निकल रही थीं। ऊँचे, तगड़े दौड़ते घोड़ों के साथ बनजारे बीच सड़क तरह–तरह के करतब दिखा रहे थे। फूड स्टाल्स से पकते खानों की सुगन्ध उठकर पूरे माहौल को महकाये हुए थी। वाइन के फाउंटेन के साथ बियर के अनगिनत ड्रम लगे हुए थे। बड़े जम्बो बियर गिलासों में पानी की तरह बियर पीते स्वस्थ–गुलाबी लोग ख़ुशी से जैसे फटे पड़ रहे हों। जगह–जगह क़तार में खड़े लोकगीत गाते, गोल होकर नाचते उनका उत्साह अपने चरम पर था। जर्मनी बियर का स्वर्ग है। बभारिया में उन्होंने जितनी तरह के बियर देखे थे उतने शायद कहीं नहीं। कम–से–कम हज़ार तरह के। मगर यहाँ भी कई फ्लेवर के बियर थे। औरतें ताज़ा स्ट्राबेरी गरम

चॉकलेट सीरप में डुबोकर बेच रही थीं। गुब्बारे की तरह बड़ी–बड़ी हवाई मिठाइयों से आकाश ढँक गया था।

सुज़ाना ने एक बनजारन से अपनी नाक छिदवायी थी, कलाई ठोड़ी और बाँह पर गोदने गुदवाये थे। दूर्वा ने उनके आग्रह पर दो रंगीन शाल और गिलट की चूड़ियाँ ख़रीदी थीं–हमारे देश में तो यह सब ख़ूब मिलता है! "जिस देश में जाओ कुछ दिनों के लिए वहीं की बन जाओ, उन्हीं की बोली, उन्हीं का खाना...। सच, बेहतर एन्जॉय करोगी! सैलानी बनकर तुम किसी जगह की रूह को, मिट्टी की ख़ुशबू को पूरी तरह महसूस नहीं कर सकती।" मजाज़ ने कुछ नाचती हुई बनजारनों के साथ उनकी तस्वीर ली थी–देखो दूर्वा, यह शाल का रंग कैसे तुम्हारे चेहरे पर ग्लो कर रहा! दिसम्बर की सफ़ेद धूप बसन्ती पीली हो रही...

"जो तुम्हें दिखेगा वह शायद हमें ना दिखे मजाज़! बस प्यार के पास दो आँखें होती हैं, बाक़ी तो दुनिया अन्धी होती है..." सुज़ाना ने कौतुक भरी आवाज़ में कही थी, एक साधारण–सी बात! मगर जाने क्यों मजाज़ की तपे रेत–सी त्वचा का रंग एकदम से गहरा गया था। कुछ न बोल पाने की अकबकाहट में वह मुड़कर दूसरी तरफ़ देखने लगा था। एक इतना लम्बा–चौड़ा डीलडौल पसीजकर रेशम होता हुआ...। दूर्वा भीतर तक नम हो आयी थी। इन दिनों वह किसी अजाने मीठे रस में सीझी–सी रहती है। झूठ को कितने शब्दों में बताना पड़ता है! मगर सच के लिए एक मौन ही काफ़ी...। वह बार–बार मन में दोहराती रहती है वह दृश्य जब कोलोम्बिया एयर पोर्ट पर मजाज़ ने जाते हुए मुड़कर एक पल के लिए उसे ठिठककर देखा था और वह पल हमेशा के लिए दर्ज हो गया था उनके बीच। एक न किया वादा लेकर लौटी थी उस दिन वहाँ से वह। कोई क़रार ऐसे भी होता है! बिना बही–खाता, रसीद, गवाही के...। उसे हैरत होती है!

यह उसके हैरान होने के दिन हैं। हमेशा की पुरानी यह दुनिया इन दिनों वह जैसे नये सिरे से आविष्कार कर रही है। इतना सब कुछ था जीने के लिए और वह देख न सकी...! अब नीला, गेरुआ,

कासनी शब्द मात्र नहीं, सच के रंग हैं...। आईने के सामने खड़ी वह चीन्हती है ख़ुद में इनको और फिर–फिर हैरान होती है।

"सिर्फ सब कुछ होने से नहीं होता! उन्हें देखने के लिए आँखें चाहिए होती हैं। वही आँखें तो प्यार है..." पिछली रात अपने शब्दों के आख़िर तक आते–आते मजाज़ पूरी तरह उसमें जज़्ब हो आया था। दूर्वा कुछ बोल नहीं पायी थी। बस आप्लावित नदी–सी ओने–कोने तक भरी पड़ी रही थी। इसके बाद का मौन लम्बा खिंचा था। और फिर उसके सीने में चेहरा धँसाये हुए मजाज़ ने एक समय बाद अलस आवाज़ में कहा था–देखो, यह भी होता है! समन्दर नदी में उतरकर खो जाता है...। एक बात कहूँ, इस तरह ख़ुद को देकर पूरा हुआ जा सकता है...। पता नहीं था! अब तक जो किया–जीया, अब लगता है, बस एक कर्मकाण्ड था, रिचुअल...

मेला शाम के गिरने तक चला था। वह सब निरन्तर घूमते रहे थे। घूमते हुए जाने कितनी बार बियर पी थी, स्नेक्स खाये थे। दूर्वा और सुज़ाना ने कम उम्र लड़कियों की तरह छोटी–मोटी शौक़ की चीज़ें ख़रीदी थीं। ख़रीदारी करते हुए सुज़ाना ने दूर्वा के कान में धीरे से जाने कैसी आवाज़ में कहा था–ऐसा लग रहा है, हम अपने हनीमून पर आये हैं, नहीं? सुनकर दूर्वा ने मुड़कर अनायास दूर तस्वीरें खींचते मजाज़ की ओर देखा था। उसकी चौड़ी पीठ पर उस समय शाम का सूरज पिघल रहा था। पिघली थोड़ा वह भी थी। सुज़ाना के ठीक पीछे खड़ा हिमालय उसकी बात सुन मुस्करा नहीं पाया था। अचानक एक डर ने उसे आ घेरा था, साथ चलते हुए सुज़ाना कहीं बहुत दूर न निकल जाय! वह कहीं पहुँचने के लिए इस सफ़र पर नहीं निकले हैं, उसे याद होना चाहिए...

दूर्वा ने एक दुकान से एक लकड़ी का करछुल ख़रीदा था। वह अजीब मौज़ में थी। मजाज़ उसका दाम चुकाते हुए कौतूहल से मुस्कराया था–करछुल! इसका क्या करोगी? "तुम्हारे लिए खाना बनाऊँगी, और क्या!" बताते हुए दूर्वा के गालों पर आलता घुल आया था–जानते हो, एक साध थी जो आज पूरी हुई, अपने किसी बहुत अपने के साथ किसी दिन मेले में जाना चाहती थी और ज़िद

कर–कर के ढेर–सी चीज़ें ख़रीदना चाहती थी...। सुनकर मजाज़ ने उसकी नाक की नोक चूम ली थी–बताओ, और क्या ले दूँ! दूर्वा सचमुच मचल गयी थी–ढेर सारे रंग, हँसी, गीत...

"इन सब का कॉम्बो पैक तो मैं हूँ, मुझे लो...!" मजाज़ की आँखों में हँसी चमक रही थी।

"तुम्हें मोल नहीं लेना न, तुम अनमोल जो हो!" दूर्वा संजीदा नहीं होना चाहती थी मगर बात के अन्त तक आते–आते उसकी आवाज़ की चहक ठहर–सी गयी थी।

"ऐसा! ओके! और?" मजाज़ की आँखों में ठहरी हँसी की चमक अब गीली हो आयी थी।

"और एक घर!"

"घर!"

"हाँ घर! वही घर...। जानते हो, एक औरत के लिए सबसे ज़रूरी क्या होता है एक घर में?...। बेडरूम नहीं, रसोई! इस रसोई की वह रानी होती है..." कहते हुए दूर्वा आज कोई और ही हो गयी थी जैसे–वह औरत जिसकी प्रकृति बस सिरजना–सहेजना होती है। मजाज़ ने उसे एक नयी नज़र से देखा था, अब समझ आया था जैसे, आज़ादी नहीं, घर की तलाश में दूर्वा अपने पीछे वह मकान छोड़ आयी थी! उसकी मुट्ठी में अपना हाथ देते हुए उसने कहा था–"दिया!" दूर्वा ने झट दूसरा हाथ उसके हाथ पर रख दिया था–सच न...?

"बिल्कुल झूठ!"

मजाज़ की बात पर दूर्वा हँस नहीं पायी थी–"अगर यह मज़ाक़ है तो यह मज़ाक़ दुबारा मत करना। मैं इसे कभी समझ नहीं पाऊँगी..."

वह रात के खाने के लिए एक ऐसे रेस्तराँ में गये थे जहाँ स्थानीय पारम्परिक खाना परोसा जाता था। उस समय वहाँ काफ़ी भीड़ थी। मेले से लौटते बहुत–से लोग वहाँ आये हुए थे। बहुत कोशिश कर उन्हें कोने का एक टेबल मिल पाया था। मजाज़ ने बैठते हुए दूर्वा को छेड़ा था–लुक एट यू टु! धूप में घूम–घूमकर गहरा टैन! एकदम लाल भभूका हो रही हो। ऊपर से यह रंग–बिरंगी शाल, चूड़ियाँ, सुज़ाना के टैटूस...। एकदम बन्जारन–सी लग रही हो तुम दोनों!

"कई साल से बनजारन ही तो हूँ!" दूर्वा ने हैंडबैग से छोटा–सा आईना निकालकर ख़ुद को देखा था। वह अब भी हल्के–फुल्के मूड में थी–और अब तुम मिले भी हो तो एक बन्जारे ही!

"अब सोचता हूँ खेमा गाड़ ही लूँ..." कहते हुए मजाज़ की पुतलियों में वही शरीर हँसी सिमट आई थी। मगर उनकी बातों के बीच सुज़ाना अनमनी–सी बैठी रही थी। उसका ध्यान कहीं और था। दूर्वा ने मुड़कर उसे टहोका लगाया था–यू ओके? "हम्म..." सुज़ाना ने अपने फ़ोन पर से नज़र उठायी थी–आंटी का फ़ोन आया था। आज फिर कुछ उपद्रवियों ने उनके स्कूल में घुसकर तोड़–फोड़ की...

"ओह!" दूर्वा ने उसके कन्धे पर हाथ रखा था–आंटी ठीक है ना! उन्हें कोई चोट तो नहीं आयी?"

"चोट...। यह तो अन्दरूनी ज़्यादा है...। ऐसा हेट क्राइम तो जाने कब से हो रहा है हमारे साथ! ख़ैर, जाने दो। हम अपनी शाम न बर्बाद करें। आज सुबह का वादा याद है ना?" सुज़ाना ने मुस्कराने की कोशिश की थी। हिमालय तभी बाहर से आकर बैठा था–माँ का फ़ोन था! "कैसी हैं? सब ठीक न?" सुज़ाना के सवाल पर उसने कन्धे उचकाये थे–हाँ, वही–अपने घर लौटने की ज़िद...। अपने सामान पैक करना शुरू कर दिया है। कहती है इस बार की शिवरात्रि अपने ही घर मनायेगी! कैसे समझाऊँ उन्हें...। फिर इधर–उधर देखा था–अब तक खाने का ऑर्डर नहीं दिया? बहुत देर हो गयी हमें तो यहाँ बैठे हुए!

"आज यहाँ भीड़ भी बहुत है, वेटर सारे व्यस्त।" इधर–उधर देखते हुए मजाज़ ने एक पास से गुज़रते हुए वेटर को आवाज़ दी थी मगर वह उन्हें अजीब नज़रों से देखते हुए बग़ल से गुज़र गया था। सुज़ाना ने असमंजस भरी नज़रों से दूर्वा को देखा था। इसके बाद लगभग और आधा घण्टा बीत गया था। कभी हिमालय और कभी मजाज़ ने कई और वेटरों को आवाज़ देकर रोकने की कोशिश की थी मगर नतीजा हर बार वही हुआ था–वेटर्स उन्हें अनसुना करके आगे निकल गये थे।

आख़िर मजाज़ को गुस्सा आ गया था और उसने कुछ तेज़ आवाज़ में रेस्तराँ के कैप्टन को बुला भेजा था। आस–पास के लोग

चौंककर उनकी तरफ़ देखने लगे थे। दूर्वा ने घबराकर मजाज़ की बाँह पकड़ ली थी। सुज़ाना का चेहरा फक पड़ गया था।

रेस्तराँ का कैप्टन आया तो उसके चेहरे पर नागवारी के भाव स्पष्ट थे—क्या बात है? आप लोग शोर क्यों मचा रहे हैं?

"शोर हम मचा रहे हैं!" मजाज़ का चेहरा सुर्ख़ पड़ गया था—एक घण्टे से हम यहाँ बैठे हैं! आपका कोई वेटर हमारे टेबल पर नहीं आ रहा और अब आप हमारी शिकायत सुनने के बजाय...

"जी, वेटर्स को हमने ही निर्दोष दिये थे। यह शानदार रेस्तराँ शरीफ़ गोरे मेहमानों के लिए बना है, आप जैसे रंग—बिरंगे जिप्सियों के लिए नहीं! यू मे लीव..." रेस्तराँ कैप्टन ने बेहद तीखे, अवज्ञा भरे लहजे में कहा था। सुनकर वह सन्न रह गये थे। हिमालय ने अपने आसपास देखा था। सब चुप थे, कौतूहल भरी नज़रों से देखते हुए। जैसे वहाँ कोई तमाशा हो रहा हो। उस आदमी ने फिर कहा था, उसी बदतमीज़ लहज़े में—आप लोगों ने सुना नहीं? आप लोग यहाँ से अब निकल लीजिए वर्ना...। अब वह हद पार कर रहा था। ख़ुद को ज़ब्त करता हुआ मजाज़ अब दाँत पीसते हुए आगे बढ़ा था मगर दूर्वा ने उसे फिर पकड़ लिया था—मजाज़, प्लीज़...।

मजाज़ ने दूर्वा के रुलाई भरे चेहरे की ओर देखा था और ख़ुद को रोक लिया था—*आई एम ओके, डोंट वरी*! वह उठ खड़े हुए थे और दरवाज़े की ओर बढ़े थे। सभी अब भी चुपचाप उन्हें देख रहे थे, उपहास, कौतूहल और अवज्ञा की दृष्टि से। जाते—जाते हिमालय अचानक रुका था और मुड़कर उस तमाशबीन भीड़ से मुख़ातिब हुआ था—हम सैलानी हैं—आपके मेहमान! आपकी सभ्यता और संस्कृति से वाकिफ़ होने आपके देश आये थे—हो लिए! वाक़ई बहुत समृद्ध और सभ्य हैं आप लोग! बस, अब थोड़ा मनुष्य भी हो लीजिए!

उसकी बात सुनते ही वहाँ एकदम से सन्नाटा छा गया था और फिर लोग अचानक उत्तेजित होकर तेज़—तेज़ बोलने लगे थे। मगर इसके बाद वह वहाँ रुके नहीं थे, तेज़ी से निकल आये थे। पीछे से किसी ने ज़ोर से सीटी बजायी थी, कई लोग एक साथ ताली बजाकर हँस उठे थे।

एक यात्रा अपनी ओर...

उस रात उनमें से किसी को नींद नहीं आयी थी। होटल पहुँचकर देर रात तक सब साथ बैठकर बातें करते रहे थे। रेस्तराँ में घटी उस घटना के सिवाय हर तरह की बात! जिस बात ने उनके भीतर आग लगा दी थी उसका ज़िक्र करते हुए वह बच रहे थे, यह समझते हुए कि हर बात के बीच वही एक बात उन सबके भीतर लगातार बनी हुई है।

सुबह की रोशनी फैलने से पहले सब अपना–अपना सामान पैक कर होटल की लॉबी में आ गये थे। आज उन्हें लौटना था। पहले तय था कि वह साथ जर्मनी लौटेंगे मगर अब उनके प्लान में कुछ तब्दीली आ गयी थी।

हिमालय देर से चुप था। रात भर जागने से उसकी आँखें लाल हो रही थीं। बाक़ी दूसरों की आँखें भी भारी थीं। रास्ते में रुककर कहीं कॉफ़ी पीने का विचार था उनका। निकलने से पहले हिमालय ने अचानक सबकी ओर बारी–बारी से देखकर बेहद शान्त लहजे में कहा था–तय कर लिया गाएस! अब अपने वतन लौट जाऊँगा! अपनी ज़मीन के लिए लड़ते अपने लोगों का मूवमेंट जॉइन करूँगा...। बहुत भाग लिया, सच! भगोड़ों का कोई वतन नहीं होता! उसकी बात सुनकर सबने एक–दूसरे की ओर हैरान नज़रों से देखा था। एक संक्षिप्त–सी चुप्पी के बाद सुज़ाना ने मुस्कराकर सहमति में सर हिलाया था–तुमने मेरे मन की बात कह दी हिमालय! बहुत भटक लिए, चलो, अपने वतन लौटते हैं, फिर वहाँ जो भी मिले...।

"और तुम?" मजाज़ ने दूर्वा की ओर मुड़कर पूछा था। उसके सवाल में कोई उम्मीद–सी थी। जाने वह क्या सुनना चाहता था। दूर्वा जवाब में अनमन–सी मुस्करायी थी–मैं...। बहुत रंग लिए ख़ाली कैनवास...। अब कुछ बेरंग ज़िन्दगियों में रंग भरना चाहती हूँ! तो लौटूँगी अपने कृष्ण के पास–वृन्दावन! अबीर–गुलाल की इस ज़मीन पर उन बेवा औरतों की ज़िन्दगी में रंगों की सबसे अधिक ज़रूरत है। सुनकर मजाज़ देर तक चुप रह गया था। दूर्वा शायद किसी प्रतिक्रिया की उम्मीद में उसकी ओर सवालिया निगाहों से देखती रही थी। मगर मजाज़ का ध्यान कहीं और था। अपने में खोया–सा वह बैठा रहा था।

सामान समेटते हुए दूर्वा ने फिर उसे देखा था–कुछ कहोगे नहीं? उसके सवाल पर सिगार का एक गहरा कश लेकर मजाज़ ने सोच भरी आवाज़ में रुक–रुककर कहा था–अपनी ज़मीन के बिना हम सब खुली जड़ों के लोग हैं, इसी तरह दर–बदर भटकते हुए...। कितना भी अपनायें, प्यार करें, रहेंगे हर जगह बेगाने ही! ग़ैर को कोई नहीं अपनाता...। प्रेज्युडिस–पूर्वाग्रह–इस दुनिया का सबसे पुराना रोग है। वह हमेशा से इसकी बीमार है। तो चलें, पहले अपनी थोड़ी–सी ज़मीन, थोड़े–से आसमान का बन्दोबस्त करें फिर इस रोग की दवा तलाशने निकलेंगे...।

"नाउम्मीद हो?" दूर्वा उसकी आँखों में झाँक रही थी। "नहीं! हम लड़ेंगे इस बीमारी से! बस ज़रा ताज़ा दम हो लें...। जूझने के लिए भी पैर अपनी ज़मीन पर टिके होने चाहिए न! सुनकर सुज़ाना उठ खड़ी हुई थी–तो फिर अब देर किस बात की! उसकी आवाज़ में चहक थी–मुझे स्टेशन तक छोड़ दो, इज़रायल लौटने से पहले मुझे रशिया जाना होगा। दो–चार ज़रूरी काम निबटाने हैं।

हिमालय दूर्वा और मजाज़ के साथ फ़िलहाल जर्मनी लौट रहा है। देश लौटने से पहले उसे कई औपचारिकताएँ पूरी करनी हैं, शायद अपना जर्मन पासपोर्ट भी लौटाना पड़े। वह शरणार्थी की हैसियत से है यहाँ, एसाइलम पर।

गाड़ी की ओर बढ़ते हुए दूर्वा ने मजाज़ की बाँह पकड़कर अनिश्चय भरी आवाज़ में कहा था—वृन्दावन की विधवाओं पर एक फ़ीचर करने तुम इंडिया आओगे ना, तुमने वादा किया है...।

मजाज़ गाड़ी स्टार्ट करते हुए मुस्कराया था—मुझे मेरा कोई वादा याद दिलाने की तुम्हें कभी ज़रूरत नहीं पड़ेगी दूर्वा, मैं ज़रूर आऊँगा! मेरा वतन कहीं भी हो, मेरा घर हमेशा तुम रहोगी...! कहने के बाद एक संक्षिप्त—से विराम के बाद उसने फिर कहा था, और हाँ, सुनो, इस बार हम अपनी 'नोरा' को भी घर ले आयेंगे! वह कब से हमारे इन्तज़ार में खड़ी है...।

जवाब में दूर्वा कुछ कहना चाहती थी मगर अचानक चेहरा घुमाकर वाष्पित आँखों से खिड़की के बाहर देखने लगी थी, उधर जिधर सूरज उग रहा था! कार एक हल्के झटके के साथ चल पड़ी थी। उनका सफ़र शुरू हो गया था—इस बार कहीं और के लिए नहीं, अपनी ओर! वह लौट रहे थे, कुछ माँगने, तलाशने नहीं, बल्कि इस बहुत बड़ी दुनिया में अपने हिस्से की थोड़ी—सी ज़मीन, थोड़ा आसमान रिक्लेम करने के लिए जो जाने कब से स्थगित पड़ा उनकी राह देख रहा था!

□□